Alex

Besançan, description historique des monuments et établissements publics de cette ville

Anatiposi

Alexandre Guenard

Besançan, description historique des monuments et établissements publics de cette ville

Réimpression inchangée de l'édition originale de 1860.

1ère édition 2023 | ISBN: 978-3-38270-094-2

Anatiposi Verlag est une marque de Outlook Verlagsgesellschaft mbH.

Verlag (Éditeur): Outlook Verlag GmbH, Zeilweg 44, 60439 Frankfurt, Deutschland
Vertretungsberechtigt (Représentant autorisé): E. Roepke, Zeilweg 44, 60439 Frankfurt, Deutschland
Druck (Imprimerie): Books on Demand GmbH, In de Tarpen 42, 22848 Norderstedt, Deutschland

BESANÇON.

DESCRIPTION HISTORIQUE
DES
MONUMENTS ET ÉTABLISSEMENTS PUBLICS
DE CETTE VILLE ;

PAR ALEX. GUENARD,

BIBLIOTHÉCAIRE HONORAIRE, MEMBRE DE L'ACADÉMIE DE BESANÇON
ET DES SOCIÉTÉS D'ÉMULATION DU DOUBS ET DU JURA.

DEUXIÈME ÉDITION, ORNÉE DE GRAVURES.

BESANÇON,

LIBRAIRIE DE Mme BAUDIN, NÉE BINTOT, ÉDITEUR,
PLACE SAINT-PIERRE N° 2.

1860.

Lorsque, consultant moins mes forces que mon amour du pays, j'ai publié, il y a quelques années, l'ouvrage que je réimprime aujourd'hui, j'ai pris l'engagement de le revoir sérieusement, de le corriger, de l'améliorer, en un mot de ne rien négliger pour le rendre digne des personnes qui voudront bien le lire.

Qu'il me soit permis d'affirmer que j'ai fait tout ce qui dépendait de moi pour remplir ma promesse. J'ai consulté pour mon travail les livres imprimés ou manuscrits relatifs à l'histoire de Besançon, en indiquant la source où je puisais.

C'est ainsi que j'ai emprunté à MM. Marnotte et Delacroix la description des monuments anciens et modernes de notre vieille cité, et il m'est doux de leur en témoigner ma reconnaissance.

Je dois des remerciements à M. le chanoine Thiébaud, qui a bien voulu me donner des détails intéressants sur les restaurations qui viennent d'être faites à l'archevêché, à M. l'abbé Besson, qui m'en a fournis sur le collége de Saint-François-Xavier, qu'il dirige, depuis son établissement, avec un succès qu'atteste le nombre croissant des élèves.

M. le président Bourgon et M. Paul de Jallerange ont mis à ma disposition leurs bibliothèques, ainsi que les documents qu'ils ont recueillis, et j'en ai profité amplement.

Enfin, un homme en qui la bienveillance surpasse encore le savoir, mais qui me défend de le nommer, m'a aidé de ses conseils et m'a prodigué les trésors de sa mémoire.

Avec autant de secours, j'aurais dû faire une œuvre qui ne laissât rien à désirer; mais on me tiendra compte de ma bonne volonté, et cela me suffira, car j'aspire moins au titre de savant, dont je ne me crois pas digne, qu'à celui de citoyen zélé pour la gloire de la ville où j'ai passé d'heureuses années, dont le souvenir ne s'effacera pas de ma mémoire.

7 août 1860.

BESANÇON.

PRÉCIS HISTORIQUE.

Deo et Cæsari fidelis perpetuò.

Besançon, en latin *Vesontio*. Son nom, tiré de sa position, a peu varié (1).

Les commencements de son histoire sont pleins de récits fabuleux, de légendes merveilleuses, produit de la poétique imagination du moyen âge, dont la raison ne permet pas de faire usage; mais on sait qu'à l'époque de la conquête des Gaules par les Romains, cette ville était très importante. Jules-César en donne une idée exacte dans ses *Commentaires* (2).

« Elle offre, dit-il, de grands avantages pour sou-
» tenir la guerre; la rivière du Doubs l'environne
» presque tout entière, et décrit un cercle à l'entour;

(1) *Bisentium, Besantio, Bisuntius,* et dans quelques chartes des IXe-XIIIe siècles, *Chrysopolis;* ce dernier nom paraît lui avoir été donné seulement par les archevêques. (*Documents historiques sur la Franche-Comté,* II, p. 303.)

(2) *De Bello gallico,* lib. I, p. 38.

» l'intervalle qu'elle ne baigne point, et qui n'a pas » plus de six cents pieds, est couvert par une haute » montagne, dont la base touche des deux côtés aux » rives du Doubs. Une enceinte de murs forme de » cette montagne une citadelle, et la joint à la ville. »

César lui conserva sa suprématie sur les autres villes de la Séquanie; mise au nombre des *municipes,* par Auguste ou plutôt par Galba (1), dont les habitants avaient soutenu la cause contre Néron, elle eut son sénat, ses décemvirs, ses décurions, et fut la résidence des lieutenants romains et le siége des assemblées de la province.

A l'instar de plusieurs autres cités gauloises, elle avait son dieu, *Vesonticus deus,* et sa déesse (2) protecteurs. Les principales divinités des Romains y avaient des temples remarquables par leur étendue et leur magnificence; *Mercure* et *Apollon* y étaient honorés d'un culte spécial. Au commencement du XVIIe siècle, on voyait encore sur le mont *Cœlius* les restes de quatre colonnes (3) qui, dans les temps anciens, avaient été surmontées de statues d'autant de divinités.

Besançon fut heureux sous les empereurs romains et en particulier sous Trajan et les Antonins. Des

(1) Une médaille de Galba porte ces mots : *Municipium Vesuntium.*

(2) Voy. *Documents historiques sur la Franche-Comté,* I, p. 148.

(3) Voy. les figures de ces colonnes, *Chifletii Vesontio*, pars I, p. 57.

monuments remarquables et des voies romaines qui conduisaient en Italie, en Allemagne et dans les Gaules belgique et lyonnaise, marquèrent leur trop courte domination.

Il ne paraît pas qu'avant le règne de Marc-Aurèle, il se soit étendu au delà du Doubs; sous ce prince, cette ville s'accrut des quartiers de Charmont, Battant et Arènes, situés sur la rive droite de ce fleuve. Sous l'empire d'Aurélien, elle possédait une de ces belles écoles que les Romains entretenaient dans leurs villes de premier ordre.

Saint Ferréol et saint Ferjeux vinrent y prêcher l'Evangile sur la fin du IIe siècle. Leur mission durait depuis près de trente années, lorsque ces saints apôtres furent arrêtés par l'ordre de Claudius, préfet de la province, et condamnés à être décapités. On place cet événement à l'année 212, sous le règne de l'empereur Caracalla.

Saint Ferréol est regardé comme le premier de nos évêques (1). Ce ne fut que plus d'un siècle après son martyre que la majeure partie de la population fut convertie à l'Evangile, par les évêques Maximin et Eusèbe.

Au commencement du IVe siècle, Besançon fut ruiné par les Allemands, commandés par Crocus.

Cette ville n'était point encore rétablie, lorsque

(1) Dissertation de D. Ferron sur la chronologie des évêques, etc. (*Documents historiques*, II, p. 65.)
Au IXe siècle seulement, ils prirent le titre d'archevêque.

Julien y passa en 356. Témoin de son état, cet empereur la décrit dans sa lettre au philosophe Maxime (1) :

« Besançon n'est plus qu'une ville ruinée; cependant autrefois elle était grande et spacieuse, ornée » de temples magnifiques, fortifiée de bons murs et » plus encore par la nature de sa position. Environnée » du Doubs, cette ville est au milieu des eaux, comme » un rocher inaccessible aux oiseaux mêmes, excepté » d'un côté, on l'on voit une plaine formée par les » bords avancés du fleuve qui l'entoure. »

A cette époque, Besançon, resserré dans des bornes très étroites, n'occupait plus que la montagne, et se terminait aux environs de la place Saint-Quentin. Cependant l'espace jusqu'à la rivière n'était pas absolument désert (2).

Sur la fin du même siècle, il résista aux Alains et aux Vandales, qui l'assiégèrent en 407. L'évêque Antide, qui s'était réfugié à Ruffey, village sur l'Ognon, y fut massacré par ces barbares. Quelques années plus tard, il fut soumis aux Bourguignons. Attila le prit en 451 et le renversa de fond en comble; mais les habitants, s'étant retirés sur le mont *Cœlius* avec tout ce qu'ils avaient de richesses et de munitions, s'y renfermèrent pour défendre jusqu'à la mort leur patrie, leur liberté et leur religion. Attila ne put les forcer dans une position aussi avantageuse.

(1) Lettre XXXVIII.

(2) Mémoire sur les différentes positions de la ville de Besançon, par D. Berthod. (*Documents historiques*, II, p. 229.)

En 534 finit le premier royaume de Bourgogne. Besançon avait conservé sa liberté ; il passa sous les rois francs et garda les lois romaines.

Besançon demeura longtemps à se relever de ses ruines ; un voile s'étend sur ses annales, la liste des évêques se perd, des malheurs inouis, communs à la province entière, font oublier le nom même de la cité, et ce n'est qu'à la fin du VIe siècle qu'il reparaît dans l'histoire.

Alors on vit briller sur le siége épiscopal saint Nicet, et après lui saint Prothade.

Besançon n'était point reconstruit, mais Prothadius, maire du palais de Bourgogne, et père de l'illustre évêque, profita de sa haute faveur pour engager le roi à le rétablir.

Il ne fut rebâti d'abord que sur la montagne, mais il s'étendit peu à peu du côté de la rivière, et fut entouré successivement de murs d'enceinte dont on trouve des restes (1).

Siége de l'évêque métropolitain et résidence des ducs gouvernant la Bourgogne, cette ville conservait encore quelques traces de sa splendeur passée, lors-

(1) En 1840, lors de l'ouverture de la nouvelle rue Moncey, on a découvert une enceinte fortifiée flanquée de tours, avec rempart encaissé entre les murailles. Cette enceinte est remarquable par sa grande solidité et par les fragments d'architecture trouvés à travers ses ruines.

M. l'architecte Marnotte a publié, dans le *Recueil de l'académie* du 27 janvier 1842, p. 83, une *Dissertation* fort curieuse sur cette construction.

qu'en 732, une irruption des Sarrasins la replongea dans de nouvelles misères.

Quoique favorisée de Charlemagne, on ne voit pas qu'elle ait promptement réparé ses pertes. Louis le Débonnaire y envoya régulièrement ses grands officiers, appelés *missi dominici.* Charles le Chauve y passa en se rendant en Italie, lui accorda le péage appelé tonlieu *(teloneum),* et donna le droit de battre monnaie (1) à ses archevêques, qui en ont joui pendant plusieurs siècles.

Besançon ne put éviter la fureur des Hongrois, qui achevèrent, en 937, de détruire ce qui avait échappé aux autres barbares; la ville fut saccagée, les églises détruites; tout fut rempli de désolation.

Les comtes de Bourgogne, et notamment Otte-Guillaume, l'un des plus illustres, s'attribuèrent des droits considérables sur Besançon, où le régime municipal ne subsistait plus. A cette époque, l'histoire de cette cité n'offre que de la confusion et des ruines. Ces temps de troubles et de désolation, où le souvenir d'une irruption était souvent effacé par une irruption plus terrible, sont tout à fait stériles pour ses annales.

L'an 1000, époque redoutable, qui devait amener la fin du monde, s'est écoulé; Besançon, qui a souffert

(1) Les monnaies de S. Jean et S. Etienne portaient d'*azur à un demi-bras vêtu d'or posé en pal au côté dextre*, ayant les trois premiers doigts de la main ouverts, et à gauche une aigle d'or prenant son essor et portant à son bec un écriteau d'argent, sur lequel était écrit en lettres de sable : S. JEAN.

sans être anéanti, mais resserré dans d'étroites limites, perd son indépendance, et le pouvoir féodal l'envahit.

En 1032, à la mort de Rodolphe III, surnommé le Fainéant, s'éteint la dernière race des rois de Bourgogne, et alors Besançon passe sous la puissance germanique.

En 1043, l'empereur Henri III, fils de Conrad le Salique, se rendit à Besançon pour y célébrer ses fiançailles avec Agnès, petite-fille d'Otte-Guillaume. La cérémonie s'accomplit avec un grand éclat, en présence d'une multitude de seigneurs et de vingt-huit prélats, tant bourguignons qu'allemands. Henri créa les archevêques princes de l'empire, et onze ans après investit de ses droits sur cette ville Hugues Ier, l'un des plus grands prélats qui en aient occupé le siége ; fait capital, dont l'influence est ressentie pendant plusieurs siècles.

Hugues ou ses successeurs instituèrent une *mairie* pour administrer la ville, une *vicomté* et des *juges*, nommés *régales*, pour rendre justice aux citoyens et prononcer sur leurs différends, sauf l'appel à la cour impériale. Ces juridictions donnèrent lieu à de longs débats entre les archevêques et la bourgeoisie, sans que les intérêts de la cité en fussent mieux protégés.

L'épiscopat de Hugues Ier forme dans l'histoire de Besançon une ère nouvelle; ce prélat tenta d'y rappeler le mouvement et l'aisance, et sous son gouvernement paisible, au milieu des travaux nombreux qu'il fit exécuter, la ville agrandie se repeupla; mais ce progrès fut lent.

Hugues Ier mourut en 1067.

En 1076, l'empereur Henri IV fut reçu à Besançon avec une magnificence royale, par le comte Guillaume, qui l'y retint pendant les fêtes de Noël, et le reconduisit jusqu'aux frontières des Etats voisins.

Dans les XIe et XIIe siècles, si l'on en excepte la partie construite sur la montagne, séjour de l'archevêque, de ses officiers et de son chapitre, l'enceinte actuelle de Besançon était occupée par quatre ou cinq villages épars, avec leurs meix, leurs champs, leurs vergers, leurs vignes. Dans ces colonies rustiques, tout était construit sans ordre, suivant que le voisinage d'une église, d'une abbaye ou de la rivière, avait aggloméré les habitations. La plupart des maisons étaient bâties en bois, et quand on vendait une maison de pierres, on avait soin de déclarer dans l'acte cette circonstance, qui alors était remarquable.

Le mariage de Béatrix, fille de Renaud III, notre dernier comte de la race d'Otte-Guillaume, avec Frédéric Barberousse, replaça la ville sous l'autorité plus immédiate des empereurs. Frédéric vint à Besançon et y tint, en novembre 1157, cette cour plénière aussi célèbre par le grand nombre et l'éclat des seigneurs qui la composaient, que par la fameuse bulle que ce prince y reçut du pape Adrien IV, et qui fut le signal du schisme et de la guerre. En 1167, cet empereur apaisa la sédition qui éclata contre l'archevêque Herbert; mais cette sédition annonçait la force croissante de la cité, et montrait que bientôt elle demanderait le rétablissement de ses franchises municipales.

Henri VI, fils aîné de Frédéric, lui succéda sur le trône d'Allemagne; persuadé qu'il ne conserverait d'autorité sur cette ville qu'autant qu'il s'assurerait l'affection de ses habitants par des bienfaits, il déclara qu'à l'avenir elle serait libre et gouvernée par des hommes de son choix (1).

La commune, relevée, nomma ses prud'hommes ou recteurs, et se constitua; mais à peine trente années s'étaient écoulées, que les citoyens, qui s'étaient mis sous la protection de Jean de Bourgogne, comte de Chalon, ayant expulsé l'archevêque Gerard, Henri, roi des Romains, pour les punir de cette révolte, les priva des droits qui leur avaient été accordés, et l'empereur Frédéric II sanctionna tous les décrets rendus à cette occasion.

Les dissensions entre les prélats et la cité ne furent jamais qu'assoupies. Après des luttes violentes, des combats continuels, la commune, aidée par Jean de Chalon, surnommé le Sage, qui aspirait à relever dans notre ville l'autorité des comtes de Bourgogne, parvint à se rétablir, et, tolérée ou reconnue, elle

(1) Voy. la savante *dissertation* de M. Castan sur l'*établissement de la commune de Besançon*, br. in-8°.

subsista dès 1260. De cette époque date le premier sceau de la ville.

La commune reçut des lettres plus ou moins flatteuses des prétendants à l'empire, et choisit un protecteur qui devait défendre ses franchises.

Le premier fut Hugues, duc de Bourgogne, avec qui elle traita, en 1264, pour quinze années.

Otton IV, en 1279, prit des mesures pour s'assurer la gardienneté de cette ville, située au centre de ses Etats.

En 1289, l'empereur Rodolphe Ier vint assiéger Besançon, dont les habitants lui avaient donné des sujets de mécontentement ; mais, appelé par ses affaires en Italie, il chargea son beau-frère, Jean de Chalon, sire d'Arlay, de continuer le siége. Les Bisontins, ne recevant pas de secours du comte palatin, leur gardien, négocièrent avec le sire d'Arlay. Rodolphe, à qui leurs propositions furent communiquées, consentit à leurs demandes. Un traité passé, le 5 juin 1290, entre les habitants et le sire d'Arlay au nom de l'empereur, garantit à la cité la jouissance de ses franchises et de ses libertés (1).

Besançon se considéra alors comme une sorte de république; tous les citoyens prirent part au gouvernement, sans distinction de fortune et de naissance.

En 1295, les barons franc-comtois s'étant ligués

(1) Voy. ce traité dans l'*Essai sur l'histoire de la Franche-Comté*, par M. Ed. Clerc, I, p. 473.

contre Philippe le Bel, les confédérés se réunirent secrètement à Besançon pour se concerter sur leurs intérêts communs. En apprenant que la ville était un foyer d'intrigues contre lui, le roi de France résolut de s'en emparer, et il y réussit, à l'aide d'intelligences qu'il se ménagea parmi les habitants.

Jean d'Arlay, du consentement de Philippe le Bel, se fit conférer par son frère Hugues, alors archevêque, le titre et les fonctions de vicomte, qu'il exerça avec dureté. Maître absolu à Besançon à l'époque de sa guerre contre Eudes, duc de Bourgogne, il fit de la ville sa principale place d'armes; l'alliance de ce seigneur fut fatale aux Bisontins.

Eudes, étant entré en Franche-Comté en 1306, avec 9,000 hommes, vint camper non loin de Besançon. Impatients de voir leur territoire dévasté par les Bourguignons, les bourgeois firent une sortie générale; mais, attaqués à la fois en flanc et de front, ils se débandèrent et, après avoir fait des prodiges de valeur, regagnèrent en désordre la ville. L'élite de la jeunesse périt dans cette bataille, qu'on appela, du nom du lieu où elle avait été livrée, *l'effroi de la Malcombe.*

Peu de temps après, grâce à l'intervention de Philippe de Valois, Jean d'Arlay et Eudes firent la paix.

Pendant les vingt années qui suivirent, tous les malheurs fondirent à la fois sur Besançon. En 1348, la fièvre noire causa d'horribles ravages dans la ville et toute la province. Elle fut suivie du supplice et de l'expulsion des Juifs, accusés d'avoir empoisonné les fontaines. L'année suivante, un violent incendie réduisit en cendres tout le chapitre, et les bourgeois de Saint-Etienne, accueillis par leurs parents ou par leurs amis, vinrent habiter les autres quartiers de la ville, où ils trouvèrent facilement à former de nouveaux établissements.

Peu d'années après, un tremblement de terre jeta l'épouvante parmi les habitants, qui se réfugièrent dans les rues et les places publiques, dans la crainte d'être écrasés sous les ruines de leurs maisons.

Enfin, les chroniques mentionnent une inondation qui détruisit les moulins de Rivotte, de Saint-Paul et de Chamars; les eaux dépassèrent de plus de six pieds l'autel des Jacobins, des Cordeliers et du Saint-Esprit, et atteignirent les margelles du pont de Battant.

En 1355, la cité fit un traité de gardienneté avec Jean de Chalon pour soixante ans, et Charles IV institua le comte de Montbéliard (Henri de Montfaucon) son vicaire dans la province de Besançon. Deux ans après, elle traita avec Philippe de Rouvre.

En 1362, elle faillit tomber entre les mains d'un parti d'Anglais. Pendant la nuit du 22 décembre, ils lui donnèrent un assaut; mais une partie de la garde soutint le choc, jusqu'à ce que les citoyens, accourus en hâte, culbutèrent les ennemis et les obligèrent à se retirer, laissant beaucoup de morts. Dans une seconde tentative, les Anglais furent encore mis en déroute par Jean de Vienne et d'autres seigneurs franc-comtois.

En 1363, Jean de Chalon-Arlay fit la guerre aux citoyens, qui refusaient sans doute de faire revivre l'acte de protection de 1355. L'empereur Charles IV annula ce traité; mais il attribua à Hugues, sire de Chalon-Arlay II, la juridiction et le jugement qui lui compétaient dans la cité, et de présider dans la régalie, comme aussi d'en relever tous les fruits et émoluments. En 1372, la cité admit Hugues et ses neveux Louis et Henri comme gardiens, et en 1386, Philippe le Hardi et Marguerite sa femme promirent de la défendre contre ses ennemis, excepté contre le roi des Français.

L'empereur Frédéric III étant venu à Besançon en 1442, pendant l'épiscopat de Quentin Ménart, confirma tous les priviléges de la cité. Six ans après, un nouvel incendie détruisit encore le chapitre; le feu se répandit avec une si grande violence, que toutes les maisons jusqu'au moulin de Tarragnoz furent réduites en cendres.

La peste se déclara peu de temps après avec une telle intensité, qu'au dire d'un de nos historiens, « ceux qui en étaient atteints n'avaient d'autre espé-
» rance dans leur mal que de s'en voir bientôt déli-
» vrés par une prompte mort (1). »

La guerre civile vint encore désoler cette cité; le

(1) Le P. Prost, *Histoire manuscrite de Besançon*, p. 536.

14 décembre 1450, la populace, sous prétexte de demander compte aux gouverneurs d'une somme qu'ils avaient exigée pour les nécessités publiques, se jette sur leurs maisons, qu'elle pille, et oblige plus de soixante des principaux citoyens à sortir de la ville à la hâte pour sauver leur vie.

Philippe le Bon, duc de Bourgogne, envoya Thiébaud de Neuchatel pour rétablir les gouverneurs. La ville, reconnaissante, conclut avec ce duc, en 1451, un traité de gardienneté, et lui fit part de sa juridiction et de ses revenus pour l'engager par son propre intérêt à la protéger.

En 1454, le feu consuma quarante-deux maisons dans la rue de Chartres, et la porte de Battant et tous les bâtiments qui y attenaient furent détruits. La veille de ce désastre, la rue Saint-Paul avait été également dévastée par le feu.

En 1476, Charles le Téméraire vint à Besançon et jura de lui garder ses franchises. Après la mort funeste de ce prince devant Nancy, la Bourgogne ayant été envahie par les armées de Louis XI, Besançon, qui résista d'abord à Craon, fut forcé de céder à d'Amboise et de reconnaître le roi de France pour gardien. Louis XI lui accorda des immunités et rechercha son amitié; Charles VIII y convoqua les états du comté; Louis XII lui fit de magnifiques présents; l'empereur Maximilien y établit son conseil et en fit sa place d'armes contre la France; enfin, Philippe le Beau, duc d'Autriche, et son fils Charles, depuis empereur, s'engagèrent en 1502 à garder et défendre les citoyens de Besançon, leurs droits, coutumes et franchises (1).

Dès le XVe siècle, on voit les bourgeois réunis en compagnies armées se livrer à des jeux militaires. « *Voulant avoir déduit et passe-temps louable, et faire service au pays,* » ils vont à des jours fixes et plusieurs fois l'an, sur un terrain destiné à cet usage, tirer de l'arc et de l'arbalète, armes qui furent remplacées plus tard par l'arquebuse et la couleuvrine. L'adresse était récompensée par des prix (2), et mieux encore par l'honneur d'être salué *Roi* et d'en garder le titre jusqu'à ce qu'un plus habile l'eût *détrôné.* De sages réglements maintenaient l'ordre et la discipline parmi les *Confrères.* Leur chef jouissait d'honneurs et de franchises propres à entretenir l'émulation.

Le premier dimanche de mai ramenait la fête du tir de l'oiseau, autrefois appelé *Papegay.* Le vainqueur, proclamé *Roi,* entrait immédiatement dans l'exercice de sa puissance souveraine. Etait-on assez heureux pour abattre l'oiseau doré trois ans consécutifs, on était *Empereur,* et l'on ajoutait aux premières prérogatives l'exemption du logement des gens de guerre, et l'exemption non moins précieuse des droits d'entrée pour une certaine quantité de vin.

(1) En 1488, sous l'épiscopat de Charles de Neuchatel, une imprimerie s'établit à Besançon.

(2) Ces prix, appelés *Chausses*, consistaient en coupes d'argent, en anneaux d'or, en étoffes de drap, et même en argent monnayé.

Nous ne parlons pas des ovations et des promenades triomphales des vainqueurs, partout précédés de l'oiseau martyrisé, partout suivis d'une foule de populaire ébahi, naïves réjouissances du bon vieux temps.

Le dernier costume des chevaliers de l'arquebuse consistait en un habit écarlate à brandebourgs en or et à boutons de même, marqués de deux fusils en sautoir. Ils avaient la brette au côté, et sur la tête un petit tricorne à ganse d'or, qui ne dépassait pas les ailes de pigeon du guerrier poudré. Telle fut la dernière expression de cette héroïque institution de la chevalerie en France, qui jetait encore un si grand éclat sur la province au commencement du XVIe siècle !

Charles-Quint ayant été nommé, en 1519, empereur d'Allemagne, Besançon dut de nouveaux avantages à sa bienveillance. Ce grand prince, voulant s'attacher les citoyens, confirma, en 1530, tous les priviléges dont ils jouissaient et leur accorda le droit de battre monnaie (1). Les armes de la ville étaient d'*or à une aigle éployée de sable;* Charles-Quint voulut y ajouter les siennes : ce sont les *deux colonnes* que l'aigle soutient dans ses serres; il lui donna aussi sa devise : *Plût à Dieu!* qui est encore celle des Bisontins.

(1) Si, longtemps après la mort de cet empereur, l'on conserva l'effigie de Charles-Quint sur la monnaie frappée à Besançon, c'est un effet de la reconnaissance des citoyens et une suite de leur tendre vénération pour le bienfaiteur de leur ville, qu'il aima autant qu'il en était aimé.

Les citoyens, reconnaissants de tant d'affection, érigèrent un monument au prince qui les avait comblés de tant de bienfaits. Claude Lhuillier, sculpteur et fondeur bisontin, trop peu connu, fut chargé de couler en bronze une statue colossale de l'empereur. Charles-Quint était représenté assis sur l'aigle impériale, tenant de la main droite l'épée et de l'autre le globe. Cette statue, l'un des plus beaux monuments de la ville, élevée par la piété des citoyens libres, a été détruite pendant les troubles révolutionnaires.

La prédication de la réforme occasionna dans la province des troubles auxquels Besançon ne put échapper. Le fameux Théodore de Bèze y avait fait de nombreux sectateurs aux opinions nouvelles. Sur les plaintes de l'archevêque Claude de la Baume, ils furent bannis de la ville en 1573. Le 21 juin 1575, les réformés cherchèrent à y pénétrer; mais l'alarme se répandit aussitôt de quartier en quartier, on courut aux armes, et le comte de Vergy, ce gouverneur si cher à la province, et dont Gollut a dit qu'il fut *autant sage, accort, valeureux et doux au peuple qu'autre quelconque gouverneur qu'ait eu la Bourgougne*, secondé par l'archevêque, se porta à la rencontre des assaillants, qui s'étaient avancés jusqu'à l'entrée du pont de Battant, avec quelques pièces de canon. Un engagement eut lieu, et les protestants, peu nombreux, furent obligés de se retirer en désordre.

Une fête fut instituée en commémoration de cette

victoire, et la croix placée sur le pont de Battant sert encore à la rappeler.

En 1595, Henri IV, à la tête d'une puissante armée, se présenta sous les murs de Besançon; mais moyennant une somme de 30,000 livres, le roi signa, de son camp de Saint-Vit, un traité par lequel il promit que l'armée française n'approcherait pas la ville de plus près de quatre lieues.

Quelques mois auparavant, un chef de bande lorrain, Tremblecourt, après avoir ravagé toute la partie de la province située entre la Saône et l'Ognon, s'était montré devant cette cité; mais l'arrivée de l'amirante de Castille, qui venait d'Italie, l'avait obligé de se retirer.

Les premières années du XVIIe siècle furent signalées dans Besançon par le séjour qu'y firent le duc de Nevers, le prince de Condé, le prince de Vaudemont, le prince et la princesse de Lorraine, le prince et la princesse d'Orange, et d'autres grands seigneurs de France et d'Allemagne. Cette cité, par son abondance et par sa beauté, faisait les délices de tous les étrangers. Mais, sur la fin de l'année 1628, la peste commença à y faire de grands ravages. « C'était (1) une compassion » que de voir cette malheureuse ville pendant que » le fléau de Dieu s'appesantissait sur elle : les mai» sons y étaient abandonnées, les rues désertes, et ce » n'était partout qu'une affreuse et vaste solitude. »

(1) Le P. PROST, *Histoire manuscrite de Besançon*, p. 600.

La peste ne fut que l'avant-coureur des malheurs qui désolèrent cette ville pendant la guerre de dix ans (1635-45); cependant elle résista, quoique agitée par des troubles domestiques qui lui donnèrent de vives alarmes.

En 1654, Besançon fut cédé par l'empereur au roi d'Espagne, en échange de Frankendal. Ce traité, ratifié par la diète de Ratisbonne, ne fut point accepté par les magistrats, qui voulaient prendre les précautions nécessaires pour conserver les immunités de la ville.

La mort de l'empereur Ferdinand III et l'élection de Léopold suspendirent les négociations. Après avoir rendu au père ce qu'on lui devait par de magnifiques funérailles, on fit éclater par des réjouissances la joie que l'élection du fils à l'empire donnait à toute la cité (1).

Le 18 septembre 1664, le marquis de Castel-Rodrigo arriva à Besançon pour en prendre possession au nom du roi d'Espagne (2). A cette occasion, la ville témoigna son contentement par des fêtes splendides (3); on jeta au peuple un grand nombre de pièces d'or et d'argent, qui portaient d'un côté

(1) *Besançon tout en joie dans l'heureuse possession de Son Altesse*, par Th. Varin. Besançon, 1659, in-4°.

En 1657, les revenus de la ville s'élevaient à 22,927 livres, et les dépenses à 14,144 livres.

(2) *Récit véritable de l'acquisition de la cité de Besançon*, en septembre 1664.

(3) *Narré fidèle et curieux de tout ce qui s'est passé dans l'heureuse prise de possession de la cité de Besançon*, en 1664, par Th. Varin. Besançon, 1664, in-4°.

l'effigie de Philippe IV, et de l'autre celle de la ville avec cette inscription : *Magno sub rege libera Vesontio.* Les droits de la cité furent conservés, et sa juridiction augmentée de cent villages; mais le roi nomma cinq sénateurs qui révisaient les sentences des juges municipaux.

Mal soutenue par le roi d'Espagne, son protecteur, cette ville ne put résister longtemps aux forces de la France. Deux fois attaquée en quelques années, deux fois soumise, elle succomba, après une résistance héroïque, sous les armes de Louis XIV (1). Ce puissant monarque y fit son entrée solennelle le 22 mai 1674; l'archevêque Antoine-Pierre de Grammont vint recevoir ce prince à la porte de la cathédrale, et lui adressa ces paroles :

« Sire, dans le temps que nous succombions sous » l'effort de vos armes, nous admirions vos vertus. » Nous allons louer Dieu des prospérités dont il » continue de combler votre règne, et lui rendre » grâces de ce que, si sa providence nous a destinés » à rester sous la domination de Votre Majesté, elle » nous a donné au plus grand de tous les rois. »

Besançon était moins alors une grande ville qu'une campagne riante et commode; on fauchait, on labourait dans son enceinte. Le clos de l'abbaye Saint-Paul, qui s'étendait de la *Munitionnaire* au jardin de

(1) Voy. *La nouvelle conquête de la Franche-Comté, poëme*, par N. Courtin, P.-H. Paris, 1674, in-4°.

l'*hôpital Saint-Louis,* présentait un espace désert, bordé seulement par les maisons des hommes de l'abbaye; Chamars était comme aujourd'hui sans habitations. La rue Saint-Vincent n'offrait que de rares maisons entourées de champs et de jardins; la rue des Granges se composait, ainsi que l'indique son nom, de fermes isolées, et dans la Grande-Rue un vaste champ régnait de l'église Saint-Maurice à la tour Saint-Quentin. Le plan de Besançon, levé en 1629 et placé aujourd'hui dans une des salles de la mairie, ne montre que de grands espaces vides. Pélisson, qui suivait Louis XIV lors de la conquête, dit que les habitations y sont accompagnées, pour la plupart, de parterres, de jardins et de petits bois (1).

C'est depuis la conquête que cette cité a pris cet aspect de grandeur et de prospérité qui l'a mise au rang des premières villes du royaume.

Louis XIV fit abattre ses anciennes murailles pour construire les remparts, plantés d'arbres, qui forment en tout temps une promenade agréable et solitaire; il fit détruire la partie haute du chapitre, où se trouvait l'église Saint-Etienne, pour y élever, sous la direction de Vauban, des fortifications destinées moins à mettre la ville à l'abri d'ennemis étrangers, qu'à maintenir les habitants, qui avaient manifesté leur répugnance à changer de domination. Les débris

(1) *Histoire de la conquête de la Franche-Comté*, par Pélisson. T. VIII, 1-199, de la *Continuation des Mémoires de littérature et d'histoire*, par le P. Desmolets.

des maisons canoniales et des églises furent employés à combler les caves et à niveler les rues, de manière à en faire disparaître la trace, et les pierres tirées des nouveaux fossés de la citadelle, taillés dans le roc, servirent à recharger toute la pente de la montagne, qui s'est peu à peu recouverte de verdure. On bâtit des casernes; Chamars fut fermé d'une double enceinte; on construisit les quais; l'entrée du pont de Battant fut décorée d'un arc de triomphe à la gloire de Louis XIV, et la ville repeuplée vit bientôt renaître son commerce et sa splendeur.

Depuis la fin du XIIIe siècle, Besançon jouissait d'une organisation municipale (1) qui n'avait éprouvé presque aucune variation (2). La ville était partagée en sept quartiers ou bannières (3), qui s'assemblaient le 24 juin, jour de la fête de saint Jean-Baptiste, pour procéder aux élections. Tous les citoyens avaient droit de suffrage, chaque bannière nommait quatre notables, qui faisaient en tout *vingt-huit;* ceux-ci élisaient *quatorze* magistrats, qui sous le titre de gouverneurs administraient la cité pendant un an; ils ne pouvaient être réélus qu'après un intervalle

(1) *Commentaires sur les usages et coutumes de Besançon*, par Cl.-Fr. d'Orival. Besançon, 1721, in-4°.

On trouve à la fin de cet ouvrage le traité de 1664, ainsi qu'un extrait des capitulations de 1668 et 1674.

(2) *Observations sur les juridictions anciennes et modernes de la ville de Besançon*, par J.-B. d'Auxiron. Besançon, Charmet, 1777, in-8°.

(3) Saint-Quentin, Saint-Pierre, Chamars, le Bourg, Battant, Charmont et Arènes.

d'au moins une année. Les *vingt-huit* formaient le conseil; leurs fonctions ne duraient également qu'une année; mais il y avait des circonstances importantes où l'on convoquait ceux de l'année précédente; les assemblées auxquelles ils assistaient étaient annoncées plusieurs jours à l'avance, ainsi que les objets qui devaient y être mis en délibération. Les décisions qui y étaient prises étaient censées l'expression de la volonté de la totalité des citoyens; aussi disait-on: *le peuple a été convoqué, le peuple a décidé.* Les gouverneurs étaient en même temps juges; mais ils ne connaissaient des procès criminels que réunis aux *vingt-huit.*

Louis XIV supprima cette forme de gouvernement, établit un bailliage auquel il donna les attributions judiciaires, et créa un corps de magistrats pour administrer la ville, qui jusqu'en 1789 a été régie à peu près comme les autres villes françaises.

Au mois de mai 1676, on transféra de Dole à Besançon le siége du parlement, l'un des plus anciens de la France, puisqu'il existait déjà sous les premiers comtes de Bourgogne. Dans l'origine, ce parlement suivait la cour du prince, qui y siégeait toujours; ensuite il fut assemblé pendant des temps limités et en différentes villes; Dole, Salins, Gray, Baume, Arbois, Pesmes et Besançon l'avaient successivement possédé (1).

(1) *Histoire du parlement*, par Lampinet. Ce manuscrit sera imprimé dans les *Documents sur l'histoire de Franche-Comté*, IV.

En 1691, Besançon devint le siége de l'université qui, créée à Dole par Philippe le Bon, avait répandu pendant tout le XVIe siècle un vif éclat. Transférée dans la capitale de la Franche-Comté, cette école y attira une foule de jeunes étrangers, particulièrement des Suisses et des Allemands des provinces rhénanes. Elle se composait des facultés de théologie, de droit et de médecine, qui toutes ont eu d'illustres professeurs. Celle de théologie s'honore des noms du savant abbé Bullet et de l'abbé Jacques, la faculté de droit des Courvoisier et des Grappe, et celle de médecine des Billerey, des Athalin, des France, des Rougnon, des Tourtelle, dont la réputation durera autant que le souvenir de l'ancienne université (1).

Besançon possède maintenant une faculté des lettres et une faculté des sciences, qui attirent un grand nombre d'élèves de toutes les parties de la province.

L'histoire de Besançon n'offre aucun événement remarquable pendant le XVIIIe siècle. Mais, à l'abri des invasions étrangères, cette ville employa toute son activité à s'agrandir; la rue Saint-Vincent s'accrut d'édifices remarquables par leur régularité et leur élégance; c'est de cette époque que datent les rues de la Préfecture, du Perron et la rue Neuve; tous les autres quartiers de la ville reçurent de nouveaux em-

(1) *Histoire de l'université du comté de Bourgogne*, par Labbey de Billy. Besançon, 1819; 2 vol. in-4°.

bellissements, les rues étroites furent élargies, et les habitations mal construites remplacées par d'autres plus commodes et plus élégantes.

La ville de Besançon a conservé le titre de CAPITALE de la province jusqu'en 1790, époque à laquelle elle est devenue, par suite de la nouvelle division territoriale, le chef-lieu du département du Doubs.

Pendant la révolution, cette cité eut aussi des moments difficiles; agitée par l'esprit de liberté qui se fit sentir alors si universellement, elle n'eut cependant point à déplorer les excès qui ont affligé la plupart des autres grandes villes.

Assiégé en 1814 par les puissances alliées, Besançon soutint avec courage un long blocus (1); depuis cet événement, sa tranquillité n'a été troublée que par les révolutions de 1830 et 1848, qui ont causé pendant plusieurs jours une vive agitation parmi ses habitants.

Nous donnerons dans des articles séparés la description de Besançon, de ses fortifications, de ses monuments échappés à la fureur des barbares et aux ravages des nombreux incendies qui l'ont affligé à diverses époques, de ses églises, etc.

(1) Voy. *Deux Epoques militaires à Besançon et en Franche-Comté, 1674-1814*, par M. Ordinaire; in-8°.

DESCRIPTION.

La position géographique de Besançon est au 47° 13' 45" de latitude, 3° 42' 30" de longitude au méridien de Paris; son sol est élevé de 242 mètres au-dessus du niveau de la mer.

Cette ville, située dans un vaste amphithéâtre et divisée en deux parties par la rivière du Doubs, est bâtie sur les débris de plusieurs cités. On y trouve des ruines et différents rez-de-chaussée; son sol, exhaussé d'environ 7 à 8 mètres, est riche en antiquités; dans quelque endroit qu'on le fouille, la bèche met au jour des médailles romaines, des amphores, des lacrymatoires, des fragments de poterie et des débris somptueux. Des constructions récentes ont mis à découvert des ruines de temples, de bains ou d'édifices publics, des chapiteaux d'un beau travail, des colonnes, des fragments de statues; et il n'est pas un seul quartier où l'on n'ait rencontré des pavés de mosaïque, les uns d'une élégante simplicité, les autres entourés de dessins variés.

Besançon renferme des monuments qui appartiennent à l'époque gallo-romaine et au moyen âge et qui attestent son antique splendeur. Sa position a été décrite par César avec autant de précision que de fidélité (1). Sa longueur, depuis le pied du rocher sur lequel la citadelle est assise jusqu'au fort Griffon, est de 1,700 mètres, et sa largeur de 1,300.

Très peuplée pour son étendue, cette ville est fort animée. Placée sur les limites de la Suisse, entre l'Alsace, la Bourgogne et la route du Midi, le canal du Rhin au Rhône, qui traverse ses murs, rend ses relations commerciales nombreuses et actives. Un de nos plus habiles ingénieurs, M. Parandier, a tracé le plan du chemin de fer qui aujourd'hui réunit Besançon à l'Océan par Dijon et Paris, à l'Allemagne par Mulhouse, à la Méditerranée par Lyon.

Chaque jour, du reste, apporte un changement notable dans l'aspect de la cité, car chaque jour le mouvement des affaires s'y multiplie, et l'on peut prévoir le temps où une nouvelle voie de fer directe de Gray en Suisse, par Morteau et Pontarlier, lui donnera la plus grande importance sous le point de vue commercial comme sous le point de vue militaire.

Ses quais, qui règnent le long du Doubs depuis l'hôpital du Saint-Esprit jusqu'aux Cordeliers, ont été exécutés sur la fin du XVIIe siècle. Leur étendue, leur

(1) Voy. *Précis*, p. 1.

régularité symétrique, ont quelque chose d'imposant pour le voyageur. On y jouit, d'un côté sur Chaudanne et Rosemont, et de l'autre sur les Chaprais, d'admirables points de vue. Si l'on exécutait du côté de Battant les quais que les besoins du commerce réclament, cette partie de la cité deviendrait enfin digne de l'autre et rendrait ce quartier, intéressant par sa population industrieuse, digne de fixer l'attention des étrangers.

Les quais ne sont point l'œuvre de Vauban. On voit sur un plan du 16 juillet 1688 préparé par cet habile ingénieur, qu'ils devaient être remplacés par des remparts tout à fait semblables à ceux du surplus de l'enceinte fortifiée. Ce fut pendant que Vauban était occupé loin de Besançon, que les magistrats et la population, désolés de voir enlever à l'emplacement restreint de la cité une si large zone de terrain, exécutèrent, de concert avec l'entrepreneur des fortifications, et avec une rapidité extraordinaire, les constructions actuelles.

De retour, Vauban, furieux, fit exécuter militairement l'entrepreneur, qu'il accusa de *traîtrise envers le service du roi.* Le parlement, mécontent de voir mépriser sa juridiction, n'osa cependant pas s'opposer à cette sentence expéditive.

Les fortifications, la citadelle d'un côté, le fort Griffon de l'autre, présentent un aspect imposant. Les montagnes qui environnent la ville sont en partie couvertes de vignes ou de bois.

Besançon est coupé par soixante-dix-huit rues [1], traversées journellement et dans toutes les directions par une population d'au moins quarante-cinq mille individus. Sa partie nord-ouest, sur la rive droite du Doubs, en compte trois principales, les rues de Battant, d'Arènes et de Charmont, toutes trop étroites pour le roulement commode des nombreuses voitures qui y circulent.

Sa partie sud-est, plus considérable, est percée par quatre rues principales, longues et parallèles, la rue Neuve, la rue Saint-Vincent, la Grande-Rue et la rue des Granges, qui la traversent entièrement et auxquelles aboutissent les rues transversales. Ces rues ne pourront jamais avoir d'alignement régulier. Les seules rues droites sont les rues Neuve, du Perron, Sainte-Anne, de la Préfecture, Moncey et Saint-Pierre. Ces deux dernières, qui viennent d'être ouvertes, sont ornées de trottoirs et de magnifiques maisons à trois étages garnis de balcons. La prolongation de la rue Neuve jusqu'à la porte de Notre-Dame concourt aux embellissements qui s'exécutent dans cette ville par les soins de l'administration municipale.

Besançon est le siége d'un archevêché, qui a pour suffragants les évêchés de Strasbourg, Metz, Verdun, Belley, Saint-Dié et Nancy. Avant 1790, on comptait

(1) Voy. *Dictionnaire des rues, places, promenades*, etc., avec l'origine de leurs noms.

dans son enceinte trente-une églises ou chapelles; il y en a beaucoup moins aujourd'hui.

Les réformés de la confession de Genève y ont un temple, et les israélites une synagogue.

C'est le chef-lieu de la 7ᵉ division militaire, et celui de la préfecture du Doubs. Besançon possède une cour impériale, un tribunal de première instance, deux tribunaux de paix, une chambre et un tribunal de commerce, une direction et une recette générale des contributions, une direction des contributions indirectes, une direction des douanes, une conservation des eaux et forêts, une succursale de la Banque de France, une caisse d'épargne, un mont-de-piété, dont le produit appartient à l'hôpital; deux hospices, dont un sert de maison de correction et de refuge pour les pauvres invalides; deux salles d'asile, un bureau de bienfaisance, une société pour l'extinction de la mendicité, une salle de spectacle, un muséum d'histoire naturelle, un musée de tableaux, un cabinet d'archéologie, une école de dessin, une bibliothèque publique, une académie universitaire, un lycée, l'institution libre de Saint-François-Xavier, un grand séminaire, une école préparatoire de médecine, une société académique des sciences, arts et belles-lettres, une société d'agriculture et arts, une société d'émulation, une société des amis des arts, une école municipale de géométrie pratique appliquée aux arts, deux écoles normales, dix-neuf écoles primaires, deux institutions de sourds-muets.

Il existe à Besançon une école d'artillerie, un arsenal de construction, de magnifiques et vastes casernes, un établissement pour l'éclairage par le gaz, sept portes principales, trois ponts, douze places publiques, quatorze fontaines alimentées par les eaux des sources d'Arcier, et deux mille trois cents maisons, toutes en pierres de taille, à un, deux et trois étages, qui en font une des villes les mieux bâties de France.

FORTIFICATIONS.

La citadelle remplace le camp romain et la forteresse espagnole. Le rocher sur lequel elle est bâtie s'élève de 130 mètres au-dessus de la rivière qui baigne ses escarpements latéraux. On y arrive du côté de la ville par une large rampe plantée d'arbres. La première enceinte est séparée de la colline par des fossés excavés dans le roc. Ces premières fortifications, les plus modernes, sont, comme presque tout le reste, de Vauban. Vient ensuite un escarpement extrêmement rapide, limité par une dernière enceinte qui, d'après l'opinion des officiers du génie, conserve dans ses formes des traces de construction espagnole. Elle entoure la citadelle proprement dite, où l'on entre après avoir traversé quatre ponts-levis. L'intérieur, triste et sévère, renferme des cours, des casernes, des magasins, des moulins à manége, de vastes citernes, un puits taillé dans le roc vif à 132 mètres de profondeur, un petit arsenal complet d'artillerie avec salles d'armes, de nombreuses casemates, des abris de tous genres, divers bâtiments et une chapelle, sous le vocable de saint Etienne, dont on admire le pavé en marbre de couleurs variées. Les parties latérales sont flanquées de murs auxquels on a donné une grande élévation dans le but d'empêcher que l'intérieur de la citadelle ne soit vu des hauteurs voisines. Au sommet de ces murs on a pratiqué un chemin de ronde : c'est là que tout d'abord on conduit l'étranger, car d'une part il plonge dans la forteresse, et de l'autre sur la ville et les riantes campagnes qui l'entourent. Dans l'un de ces chemins de ronde, l'on montre la *guérite* d'où, suivant une tradition fabuleuse, un capucin aurait abattu d'un coup de coulevrine le cheval que montait Louis XIV, venu à Chaudanne pour encourager les assiégeants.

La partie postérieure de la citadelle se compose de batteries échelonnées que l'on regarde comme un chef-d'œuvre de l'art, et qui, dans ces derniers temps, ont encore reçu d'importantes améliorations. Une sortie débouche sur le pont *du Secours,* aujourd'hui en ruine.

La citadelle, fortifiée autant par la nature que par l'art, est généralement regardée comme inabordable; les constructions que Vauban y fit furent si dispendieuses, que le roi, dit-on, lui demanda si les murs *en étaient d'or.*

Elle est dominée par deux montagnes : Chaudanne et Bregille. Sur la première s'élève un fort terminé en 1846, et qui a coûté 630,000 francs. Il est construit sur l'emplacement d'un fortin élevé, de 1791 à 1796, par l'ingénieur d'Arçon. La seconde est couronnée par une forteresse importante qui a coûté vingt années de travail, et 1,200,000 francs; elle mérite d'être vue. Sur la plate-forme, revêtue d'asphalte, qui couvre la caserne, on rencontre un pluviomètre dont les résultats combinés avec ceux d'un second instrument établi à une centaine de mètres plus bas, dans une place d'armes de la citadelle, enrichiront, sans doute, le recueil des observations météorologiques de la contrée.

Au-dessous de Bregille, un petit fortin (Beauregard).

Derrière la citadelle, deux autres fortins, liés par un chemin couvert, protégent les abords de la forteresse. Les invasions de 1814 et 1815 en ont fait reconnaître l'importance.

Au dedans de la ville, le fort Griffon, ainsi appelé du nom de l'ingénieur qui l'a fait construire en 1595 (1), s'appuie contre l'enceinte de la place, qu'il domine, et dont il semble indépendant.

L'aspect général des fortifications présente un développement bastionné, dont le plan varie suivant les lieux. La rivière du Doubs baigne en partie le pied des murailles.

Besançon est considéré, avec raison, comme une place du premier ordre. Des travaux récents ont mis

(1) Jean Griffoni, Italien.

son enceinte à l'abri de toute surprise, et un siége en règle saurait à peine de quel côté l'aborder. Il faudrait se rendre maître de Chaudanne et de Bregille avant d'entreprendre l'attaque de la citadelle. Par leur résistance propre, par leur éloignement, par la rivière, la ville et les montagnes qui les séparent, on peut considérer que cette première entreprise offrirait de grandes difficultés. Une fois surmontées, il faudrait transporter le siége devant la citadelle, où l'on rencontrerait certainement une résistance presque invincible. Ce fort ne peut être assailli que d'un seul côté; et l'attaque, gênée par un terrain étroit, ne pourrait ni multiplier ses batteries ni surtout enfiler par le ricochet les forces qui lui seraient opposées. Le canon de Bregille et de Chaudanne, alors occupés par l'ennemi, nuirait, il est vrai, beaucoup aux défenseurs; mais il n'arriverait point à détruire ce formidable appareil de demi-lunes et de remparts se couvrant les uns les autres, dont l'attaque devrait triompher.

Pour assaillir la ville du côté de Battant, trois siéges seraient encore nécessaires; il faudrait d'abord s'emparer du fort Bregille, à cause du fort Beauregard, qui prendrait sur les travaux de l'ennemi des revers redoutables. D'ailleurs, la couronne de Battant, traitée en apparence avec une certaine négligence, est cependant empreinte du génie de Vauban, et l'attaque rencontrerait de sérieuses difficultés, non-seulement dans la résistance des fortifications, mais dans le sol lui-même. Le roc vif paraissant sur les glacis, les cheminements exigeraient des transports de terre longs et pénibles, et une descente souterraine de fossés serait impossible.

Quant à Chamars, Chaudanne et Battant le mettent dans un rentrant, et son attaque est impraticable avant la chute de ces deux points; l'ennemi, d'ailleurs, serait obligé de marcher sur un terrain en contre-pente, circonstance défavorable; et non-seulement le canon de la place, mais encore celui de la citadelle, viendrait l'inquiéter et ralentir ses progrès. Il faudrait aussi exécuter un passage de rivière, et enfin, maître de Chamars, l'assiégeant aurait encore à combattre l'inondation et à franchir une seconde enceinte.

Cet aperçu rapide montre que si Besançon n'est point imprenable, son siége demanderait du moins un grand déploiement de forces, et beaucoup de temps.

Au point de vue stratégique, Besançon offre une grande importance; il est la seule place de la frontière de l'est, le magasin général des munitions de guerre et de bouche de l'armée qui agira dans cette partie.

La citadelle était à peine terminée qu'elle fut convertie en prison d'Etat. On y a enfermé d'abord les chanoines qui, malgré le concordat, continuaient de lutter pour le maintien des anciens priviléges de l'insigne chapitre; puis les personnes suspectes (mot élastique dont le pouvoir a de tout temps abusé). Parmi ces nouveaux prisonniers, les femmes étaient en aussi grand nombre que les hommes. Il en mourut plusieurs qui furent enterrées dans le cimetière de Saint-Jean-Baptiste (1700-1710); mais le registre des décès n'indique point leurs noms, en sorte qu'il est impossible de deviner à quelle classe de la société elles appartenaient. L'humble vicaire qui tenait le registre se borne à constater qu'une prisonnière de la citadelle a été inhumée tel jour. Dans le courant du XVIIIe siècle, il n'y eut guère d'enfermés à la citadelle que des jeunes gens de famille sur la demande de leurs parents, ou des *parlementaires* coupables de lutter trop obstinément contre les volontés ministérielles. La révolution avait adopté, à l'égard de ceux qu'elle regardait comme ses ennemis, un système qui la dispensait de les enfermer dans des châteaux forts; mais après la chute des échafauds de la Terreur, on se contenta de mettre en réclusion les hommes jugés dangereux. Ce fut ainsi que, sous le Directoire, le marquis de Maribon-Montaut, ex-conventionnel, s'étant compromis par ses déclamations furieuses, fut envoyé à la citadelle, d'où il ne sortit que par une loi d'amnistie. Plus tard, sous le Consulat, on y enferma les matelots anglais tombés dans les mains de nos corsaires, plus les Croates qui refusaient de prendre du service dans nos armées. M. de Bourmont, qui s'était distingué parmi les généraux vendéens, devenu suspect au pouvoir, ayant été arrêté après l'explosion de la machine infernale, fut enfermé à la citadelle ; il parvint à s'échapper en 1805, et peu de temps après accepta, dans les armées impériales, un grade qu'il avait refusé jusqu'alors. Après la Restauration, nommé général commandant la 6e division, il eut sous ses ordres cette même citadelle où il avait été prisonnier plusieurs années ; et ce ne fut pas une des moindres singularités de sa vie, si pleine de surprises et d'aventures, mais que nous n'avons pas la prétention de raconter.

Après 1815, la citadelle vit pour la dernière fois, du moins nous l'espérons, des détenus politiques : c'étaient M. Hernoux, maire de Dijon pendant les cent-jours, le premier président de la cour impériale de cette ville, etc.; le général Marchand, accusé d'avoir ouvert les portes de Grenoble à Bonaparte échappé de l'île d'Elbe, mais qui fut honorablement acquitté sur la plaidoirie de l'avocat Curasson, connu par son dévouement à la royauté ; et enfin le général Radet, chargé par l'empereur d'arrêter le pape Pie VII, mais qui s'était acquitté de cette triste mission avec des égards dont le souverain pontife lui témoigna sa satisfaction.

Aujourd'hui, la citadelle n'est plus qu'un pénitencier militaire.

ARC DE TRIOMPHE dit Porte noire.

MONUMENTS ANCIENS.

De tous les anciens monuments qui décoraient Besançon, il ne reste plus que l'*arc de triomphe*, appelé *Porte-Noire*, et quelques vestiges de l'*aqueduc d'Arcier*. Mais nous pensons qu'il n'est pas sans intérêt de rappeler ceux qui faisaient jadis l'ornement de cette ville.

ARC DE TRIOMPHE.

L'arc de triomphe, autrefois *Porte-de-Mars*, et qui, noirci par le temps, reçut dès le commencement du VIIe siècle (1) la dénomination de *Porte-Noire*, est placé entre deux lignes de bâtiments, de sorte que l'on ne peut pas l'examiner sous toutes ses faces. Au moyen âge, son grand arc fut rétréci par des constructions dans lesquelles on avait incrusté les figures grossières des quatre évangélistes ; et sa partie supé-

(1) Voy. le *Rituel* de saint Prothade, où il en est fait mention sous le nom de *Porta Martis*, *Porta Nigra*.

rieure surmontée d'un bâtiment qui servait de grenier à blé aux chanoines de Saint-Jean et de logement aux clercs du chapitre. Au milieu de ces masures, ce beau monument était comme perdu; mais en 1820 elles ont disparu, et la partie gauche de l'arc, qui avait le plus souffert, a été entièrement reconstruite par les soins de M. l'architecte Marnotte.

Lors de cette restauration, on a découvert, en démolissant un revêtement en maçonnerie, que la face qui regarde la métropole était décorée dans le même genre que la face opposée. On y a retrouvé les Renommées qui surmontent l'archivolte; mais le parement des sculptures était tellement altéré par un incendie qui au moyen âge avait éclaté dans la tour, que l'on a été obligé de les recouvrir. Une des Renommées a été dessinée avec soin et le dessin en a été déposé au musée de la ville.

On ne sait rien de positif sur l'époque de la construction de ce monument; les savants l'ont attribué, les uns à Aurélien, les autres à Julien, quelques-uns à Virginius Rufus, vainqueur de Vindex, ceux-ci à Crispus, ceux-là à Marc-Aurèle. Ils prouvent tous leurs hypothèses avec beaucoup d'érudition, et expliquent chacun à leur manière les figures qu'on y remarque (1).

Ce n'est point ici le lieu d'examiner leurs sentiments

(1) Voy. le P. PRUDENT, *Docum. histor.*, I, p. 59; COSTE, Recueil de l'académie de Besançon, 24 mars 1818; M. RAVIER, *8e session des Congrès de France*, p. 513.

et les raisons dont ils les appuient. Nous nous bornerons à donner une description exacte des figures et à appeler l'attention des antiquaires sur la belle proportion de sa majestueuse arcade et la richesse de l'ornementation, l'un des signes caractéristiques des monuments du IIIe siècle.

« L'arc de triomphe se compose (1) d'une seule arcade de 5 mètres 60 centimètres de largeur, haute d'environ 10 mètres, et ouverte du sud-est au nord-ouest. Les flancs sont engagés, l'un dans une partie peu importante du palais archiépiscopal, l'autre dans une maison particulière.

» Le soubassement est à moitié sous terre par suite des exhaussements du sol.

» Chaque façade était ornée de huit colonnes formant deux étages. Chaque colonne est entièrement couverte, les unes de rinceaux, les autres de figures représentant des jeux et des fêtes.

» L'archivolte n'est qu'un long enroulement de dieux marins. Cette partie, fort bien traitée, semble appartenir au même ciseau que les sculptures de la colonne Trajane.

» Les Renommées portent d'une main des palmes, de l'autre des guirlandes suspendues à la console de l'arc. Ces figures sont élégantes. Leurs extrémités ont beaucoup de finesse.

(1) Nous empruntons cette description aux *Recherches archéologiques sur les monuments de Besançon*, de M. l'architecte Delacroix.

» Entre les colonnes de l'étage inférieur sont des images de dieux groupées avec une rare magnificence.

» Une partie, récemment découverte et moins endommagée que les autres, présente un piédestal dont le dé est orné d'un bas-relief où l'on voit une ville assise. Sur le piédestal est une Hébé avec un aigle. Les draperies de la déesse, soulevées par le vent, se développent au-dessus de sa tête, de manière à cacher et en même temps à décorer la partie inférieure d'une espèce de corne d'abondance placée debout, et qui sert de console pour porter un dieu d'un ordre plus important, peut-être un Jupiter. Cette dernière figure est encore noyée dans la maçonnerie de la maison voisine ; mais l'explication est donnée par le groupe du revers de la même pile. Celui-ci est entièrement découvert, mais il est usé. Le piédestal a été brisé. La déesse qui fait pendant à l'Hébé est entièrement drapée ; les attributs sont effacés. La console placée au-dessus de la tête porte un dieu dans une attitude pleine de mouvement et couvert d'une large coquille disposée comme un dessus de niche.

» Les groupes de l'autre pile sont, ou détruits, ou encore noyés dans la maçonnerie du palais archiépiscopal.

» Entre les colonnes de l'étage supérieur on voit, au-dessus de chacun des groupes de dieux, une figure colossale, peut-être le dieu Mars, appuyé d'une main sur une lance, tandis que de l'autre il tient une épée entourée de son baudrier (1).

» Les six bas-reliefs placés sous l'arcade représentent :

» A gauche, en regardant la ville :

» *Bas-relief supérieur.* Un soldat bat en retraite en se défendant vigoureusement; il porte un casque romain et un bouclier dont la forme est un hexagone allongé. A ses pieds est un blessé vêtu comme les peuples barbares du nord de l'Europe.

» *Bas-relief du milieu.* Sous la porte d'une ville, un soldat armé d'une lance se retourne comme pour défier l'ennemi. Que ses cheveux soient chassés par le vent, ou liés derrière la tête, la coiffure rappelle un peu celle des femmes.

» En dedans des murs, on voit un homme enveloppé d'un manteau et dont l'attitude semble inspirer une extrême confiance.

» On n'a plus qu'une moitié de la porte, qui est cintrée à l'extrados comme à l'intrados; mais on remarque une pelte (2) placée pour ornement sur les reins de la voussure.

» *Bas-relief inférieur.* Au centre un personnage entièrement drapé, à l'exception des jambes, porte sur la tête une couronne ou les attributs d'une ville.

(1) Cette figure a été dessinée avec la plus grande exactitude par M. Marnotte.

(2) Petit bouclier rond.

Cet ornement, fort effacé, est d'un diamètre égal à peu près au tiers de la tête. Le personnage, vu de face, est debout, les bras pendants. A sa droite, est un groupe dont on voit encore un homme également debout, nu, les mains derrière le dos. La figure du milieu semble intercéder pour les captifs auprès d'un personnage qui devait occuper la gauche du bas-relief.

» A droite, en regardant la ville :

» *Bas-relief supérieur.* Il représente un combat de fantassins. Un des groupes est plus élevé que l'autre, dont le seul personnage conservé, qui est tout à fait sur le premier plan et vu de dos, a les jambes entièrement cachées par le cadre. Ce guerrier est nu, à l'exception des épaules, qui sont légèrement drapées. Il a un bouclier ovale.

» *Bas-relief du milieu.* On y reconnaît un combat de cavalerie.

» *Bas-relief inférieur.* Chaque angle de ce bas-relief est occupé par un captif assis, les mains derrière le dos, et gardé par un légionnaire debout, vêtu d'une cotte d'armes. Le captif de droite, presque couché à terre, pourrait être une femme; l'autre est un homme aux formes athlétiques. Le milieu du tableau manque.

» Chacun de ces bas-reliefs est séparé des autres par un bandeau évidé, orné intérieurement d'armures. On y voit des boucliers hexagones, ronds et ovales assez bien conservés. Au centre d'un bandeau sont même des boucliers sacrés, des haches, des glaives, des cottes d'armes. Sur d'autres frises, on voit encore des boucliers et d'autres attributs guerriers. »

Tel est l'arc-de-triomphe, le dernier probablement que le goût des arts du peuple romain ait inspiré, ait élevé dans les Gaules.

AQUEDUC D'ARCIER.

Cet aqueduc, construit sur la fin du règne de Marc-Aurèle (1), a été ruiné en partie vers l'an 451 (2).

Après avoir suivi pendant douze kilomètres toutes les sinuosités de la dernière chaîne du Lomont, et traversé le rocher de la *Porte-Taillée,* ce canal aboutissait, au-dessous de *Porte-Noire,* à un vaste bassin de figure ovale, couvert d'une voûte soutenue par des colonnes (3), d'où ces eaux étaient distribuées dans toute la ville pour les usages habituels et surtout pour les bains.

Cet aqueduc est une preuve bien frappante des soins que les Romains apportaient à la construction

(1) DUNOD, *Hist. du Comté*, I, p 129; M. Ed. CLERC, *Essai sur l'histoire de Franche-Comté*, I.

(2) CHIFLET, *Vesontio*, pars II, p. 103 et 107; *Docum. historiques*, II, p. 293.

(3) Quelques savants pensent que près de cet emplacement était une NAUMACHIE, où l'on donnait au peuple le spectacle de combats navals.

de tous leurs ouvrages. Il existait encore il y a quelques années, depuis la source d'Arcier jusqu'au moulin de la Cana; plus loin, il avait disparu, soit par des défrichements, soit par les efforts du temps.

Les vestiges des conduites dans l'intérieur de Besançon se retrouvent dans tous les quartiers, surtout près du Chapitre et dans l'enceinte de la place Saint-Quentin; on en a remarqué également à la rue Saint-Paul, à Battant, à la rue des Granges près de la maison des Annonciades, et dans l'ancien terrain des Capucins vis-à-vis l'hôpital Saint-Jacques.

Ce canal, construit en maçonnerie de moellons sans parement extérieur, avait dans œuvre un mètre vingt centimètres de haut sur quatre-vingt-cinq centimètres de large. On peut en voir une section sur le palier du grand escalier qui conduit au musée archéologique (1).

Blaise Jaquot, jurisconsulte de Besançon, a composé sur l'aqueduc d'Arcier un poëme latin, inséré dans le *Vesontio,* I, p. 123.

PORTE TAILLÉE.

La *Porte-Taillée,* à l'entrée du faubourg de Rivotte, a été ainsi appelée parce que les Romains, sur la fin du règne de Marc-Aurèle, firent tailler le rocher pour

(1) Voy. Fontaines publiques.

donner passage au canal qui amenait les eaux d'Arcier.

Sous Louis XIV, cette ouverture fut agrandie pour y faire passer la nouvelle route de la Suisse, qui, jusqu'à cette époque, avait suivi le sommet de la montagne et aboutissait à une porte dite de *Varesco,* qu'a remplacée celle du *Pont-du-Secours.*

En 1715, M. le Guerchois, intendant de la Franche-Comté, fit placer au-dessus de la *Porte-Taillée* l'inscription suivante, qui a été détruite pendant la révolution :

HANC VIAM
EXCAVATA RUPE
JULIUS CÆSAR (1)
APERUIT,
LUDOVICUS MAGNUS
AMPLIAVIT ET ORNAVIT.
REGNANTE LUDOVICO XV,
CAMILLO DE HOLSTEIN PRÆTORE,
PETRO HECT. LE GUERCHOIS
REGIO APUD SEQUANOS PRÆFECTO.
ANNO M. D. CC. XV.

De nos jours, on y a fait de nouveaux travaux d'élargissement, afin de faciliter le passage des voitures chargées de bois de construction; mais, par suite de ces changements, cette porte a perdu sous le rapport pittoresque ce qu'elle a gagné sous celui de l'utilité.

(1) Une tradition constante, mais qui n'a nul fondement, faisait honneur de ce travail à Jules César; on sait que cet empereur ne fit que traverser Besançon pour aller combattre Arioviste, et qu'après l'avoir vaincu, il conduisit ses légions dans la Belgique.

ARÈNES.

L'inscription

ROMÆ ET AUGUSTO
NILIACI MILITES (1)

trouvée parmi les ruines de l'ancienne église de Sainte-Madeleine (2), prouve que les Bisontins furent redevables à Auguste de leur amphithéâtre, qui a subsisté jusque dans le ve siècle, où il fut détruit par les Barbares qui ruinèrent la ville.

Placé à l'extrémité de la rue d'Arènes, il s'étendait jusqu'au delà du fossé qui entoure actuellement le bastion; sa largeur était de 120 pas, ce qui suppose une longueur bien plus considérable, attendu la forme ovale que les Romains donnaient aux amphithéâtres. D'après ce qu'en a dit le P. Prost dans son *Histoire inédite de Besançon*, on peut juger qu'il ne le cédait point à celui de Nîmes.

« Lorsque, dit-il, Louis XIV fit faire les nouvelles » fortifications, on creusa le fossé du côté de la rue » d'Arènes, et alors on vit sortir comme du sein du » rocher cinq ou six arcades du premier ordre de cet » amphithéâtre. Les piliers étaient faits de pierres

(1) Cette inscription, d'un beau caractère romain, était écrite en lettres onciales, hautes de 9 pouces.

On a découvert, au-dessous du pont de Battant, plus de cent cinquante médailles de la colonie de Nîmes.

(2) CHIFLET, *Vesontio*, pars I, p. 119.

» d'une grosseur extraordinaire, presque aussi polies » que le marbre, et qui n'étaient liées par aucun » ciment. Le mur extérieur de l'amphithéâtre, épais » de six pieds, était construit de pierres carrées d'en» viron huit pouces de hauteur sur quatre de lar» geur. De ce mur au premier rang des arcades, il y » avait six pieds, et du premier rang des arcades au » second, il y en avait quinze. Chaque arcade avait » vingt pieds de largeur, et chaque ordre avait cent » vingt arcades dans son circuit, en y comprenant les » portes, dont la principale était la porte de Troyes. » Le circuit extérieur de l'amphithéâtre était de cinq » cent quatre pas, et le circuit intérieur de trois cent » soixante.

» On ne saurait assez déplorer ce que la rigueur du » temps ou la fureur des barbares nous a enlevé dans » ce monument. Nous n'aurions peut-être rien au » monde de plus grand et de plus superbe (1). »

CAPITOLE.

Le Capitole, où se tenaient les assemblées des décemvirs, des décurions, et où se rendait la justice, était placé au-dessous du Forum (2), probablement entre la place Saint-Quentin et la rue des Martelots.

(1) Il existe plusieurs copies de l'ouvrage du P. Prost; la bibliothèque de la ville en possède une qu'elle doit à MM. Proudhon, les fils du savant jurisconsulte.

(2) Voy. *Rituel* de saint Prothade.

FORUM.

Le Forum, qui subsistait encore dans le XIIe siècle, était le lieu où s'assemblait le peuple pour régler ses intérêts. De forme elliptique, il s'étendait de la *Porte-Noire* à la rue *Ronchaux*, comprenant à droite et à gauche tous ces terrains qu'occupent aujourd'hui des constructions d'un genre bien différent. Une partie de cet édifice se voit au coin de la place Saint-Jean, dans la cave de la maison habitée par les frères de Marie. Ces restes consistent en un stylobate formé d'un revêtement en grandes dalles posées sur champ, appuyées contre un massif de maçonnerie et portant sur un socle orné d'une belle moulure. Ce stylobate servait à porter la colonnade des portiques qui servaient d'enceinte. La piété s'empara la première du Forum. Il s'y forma d'abord une église (1), et successivement un cimetière, un presbytère, des maisons canoniales, auxquelles furent ajoutées ensuite beaucoup d'autres bâtiments.

TEMPLES.

On sait combien les Romains avaient multiplié leurs dieux; de la capitale de l'empire ces divinités pas-

(1) Maison de M. Th. Bruand, où l'on retrouve, sous forme de crypte ou de sacristie, une construction qui en était une dépendance.

sèrent dans les provinces, où de magnifiques édifices furent élevés en leur honneur. Besançon en possédait plusieurs.

Le plus important, auquel on avait donné le nom de *Panthéon*, était placé au sommet de la montagne que couvre la citadelle. Une preuve de sa magnificence, c'est qu'on en fit graver la figure pour servir de sceau à la ville, avec cette légende : *Sigillum secretum civitatis Bisuntinæ*.

Il y avait encore un temple sur la place Labourée, un autre sur l'emplacement du Refuge, un quatrième près des Cordeliers; un, dédié à Jupiter, bordait et décorait le *Forum* du côté de la rue du Clos; enfin on conjecture qu'il en existait un très vaste dans l'emplacement de la maison Papillon, sur le bord de la rue romaine, à 25 mètres environ en arrière de la Grande-Rue, où l'on a découvert des colonnes, des marbres, des moulures de toute espèce et de grandes surfaces de béton.

RUE ROMAINE.

La grande rue romaine conduisait en ligne droite du pont de Battant au pied de la citadelle, en passant sous l'arc de triomphe. Cette rue, pavée de matériaux gigantesques et bordée de trottoirs, était digne du peuple romain et de l'antique capitale séquanaise (1).

(1) Voy. Recueil de l'académie du 24 août 1852, p. 125, *Mémoire* de M. Marnotte.

BAINS.

Les Romains, faisant un usage fréquent des bains, les multiplièrent presque à l'infini; tous se distinguaient par l'élégance et la propreté, mais le marbre, le porphyre, le jaspe, étaient prodigués pour les bains publics.

Les plus vastes s'étendaient de la place Saint-Quentin jusqu'à la rue Ronchaux, où l'on a construit une glacière. Des vestiges d'autres bains ont été retrouvés sur plusieurs points de la ville, notamment près de la place Labourée, à la rue Sainte-Anne, à la rue Moncey et au Clos-Saint-Paul.

TOUR DE SAINT-QUENTIN.

L'antique tour de Saint-Quentin, qui n'était pas le *castellum aquarum* distribuant les eaux dans les divers quartiers de la ville, mais le réservoir des Thermes voisins, était placée à l'angle de la rue Ronchaux. Elle a été démolie il y a quelques années et remplacée par une maison très élevée qui appartient à M. l'architecte Edouard Vieille.

Cette tour avait donné son nom à une ou plutôt à deux maisons nobles qui se sont confondues par des alliances dès le milieu du XIIIe siècle. *Guillaume,* archevêque de Besançon en 1092, était de cette illustre famille. Ses armes étaient d'or à la bande de gueules au franc contour d'azur; et sa devise : *Toujours ferme la tour.*

ARC DE TRIOMPHE ÉRIGÉ A LOUIS XIV.

Ce monument, élevé en 1690, était placé à l'entrée du pont de Battant, du côté de la Grande-Rue.

Le rez-de-chaussée était composé de trois portiques ; celui du milieu, destiné au passage des voitures, pouvait avoir 4 mètres de largeur sur 10 d'élévation, et formait une espèce d'attique sans aucun ornement; les deux autres, moins larges, carrés et ornés de trophées militaires, étaient accompagnés de quatre colonnes doriques placées sur un socle.

Trois fenêtres doubles et six colonnes d'ordre ionique décoraient l'étage; la fenêtre du milieu était couverte d'un front triangulaire, et les deux autres d'un demi-cercle. Ce monument devait être couronné par la statue équestre de Louis XIV; mais ce projet n'a pu être réalisé : l'arc de triomphe a été démoli en 1776.

MONUMENTS RELIGIEUX.

Nous avons dit, dans le Précis, que Besançon possédait, avant la révolution, trente-une églises ou chapelles. Nous décrirons d'abord les églises existantes, et nous donnerons ensuite la nomenclature de celles qui ont été supprimées.

MÉTROPOLE.

L'église Saint-Jean, entourée de constructions, à moitié enfouie dans le sol du côté de la citadelle, malgré les réparations qu'on y a faites depuis quelques années, est à peine aperçue du dehors.

Sans être remarquable par sa grande étendue, ou par son unité, ou par sa magnificence, Saint-Jean paraîtra toujours aux hommes de goût et d'instruction une des plus précieuses églises de France, soit à cause de son aspect général, soit à cause des types variés dont elle offre le modèle. On aime à y retrouver cette forme basilicale, importante parce qu'elle se rattache aux premiers temples chrétiens, puisque ce nom lui-même sert à désigner nos églises. On aime à y retrouver les indications certaines d'une grande antiquité, et, plus heureux que tant d'autres monuments, celui-ci possède dans un livre authentique, dans le *Bréviaire bisontin,* la preuve des faits que démontrent d'abord les pierres elles-mêmes.

Trois âges distincts se trahissent dès le premier instant à l'œil de l'observateur : les XIe et XIIe siècles, le XIIIe siècle, et enfin le XVIIIe siècle. Le monument lui-même se divise en trois parties aussi distinctes par leur forme que par les époques qu'elles rappellent : l'abside principale qui constitue le chœur des chanoines, le corps de l'église, et la seconde abside ou chapelle du Saint-Suaire.

Les hommes de l'art ont remarqué que le monument est en grande partie construit avec des pierres provenant d'édifices ruinés de l'époque romaine, pendant laquelle on exploita d'excellentes carrières actuellement abandonnées. Ces pierres, d'une grande résistance, ont soutenu les efforts du temps, tandis que d'autres édifices d'une date plus récente, bâtis avec des matériaux extraits de carrières différentes, sont maintenant détruits.

Quelques historiens ont prétendu faire remonter à l'an 54 de l'ère chrétienne les premières constructions élevées sur l'emplacement occupé par la métropole; mais nos premiers évêques ayant souffert le martyre, il est difficile d'admettre qu'on ait pu songer, avant la fin du IIIe siècle, à élever un temple chrétien à Besançon.

La première église construite sur l'emplacement de Saint-Jean demanda promptement des réparations, que l'évêque Léonce fit exécuter. Elle fut incendiée en 732 avec la ville, par les Sarrasins. Bernouin la releva, la pourvut de vases et d'ornements, décora d'or et de pierreries son principal autel, dans lequel il enferma de précieuses reliques.

En 811, l'empereur Charlemagne lui légua deux tables, l'une d'or et l'autre d'argent, qui furent longtemps conservées dans le trésor de la cathédrale (1).

En 1031, Hugues Ier fit d'importantes réparations à cette église, et il en célébra de nouveau la dédicace le 9 des calendes d'octobre (11 septembre). Il l'enrichit aussi des vases sacrés, des ornements et des livres nécessaires.

En 1148, « l'église ayant été renouvelée par l'archevêque Humbert, le pape Eugène III en fit lui-même la dédicace le 3 des nones de mai (5 mai), en souvenir de la résurrection de Notre Seigneur et en l'honneur de la sainte Vierge. Plusieurs archevêques et évêques assistèrent à cette cérémonie. » (*Bréviaire bisontin.*)

Vers la fin du XIIe siècle, Saint-Jean fut encore en

(1) En 1642, le chapitre se trouva dans la nécessité de vendre la table d'or, dont on retira 9,253 livres.

partie incendié. Amédée Ier fit réparer son église et consulta le pape pour savoir s'il devait la consacrer de nouveau. La réponse d'Innocent III est précieuse, parce qu'elle explique l'étendue et la nature du désastre. « Quoique, dit-il, la charpente ait été » brûlée, et que la table de l'autel ait été brisée à » l'une de ses extrémités, les murs étant restés » debout, et la table de l'autel n'ayant été ni remuée » ni fortement endommagée, une nouvelle consé- » cration n'est pas nécessaire. »

La voûte en pierre qui existe encore remonte à l'année 1237.

Telle est, en peu de lignes, l'histoire monumentale de la métropole de Besançon; voilà ce que l'on sait de plus certain sur les catastrophes qu'elle a souffertes, et sur les soins dont elle a été l'objet. Nous devrons, plus tard, ajouter à ces premiers traits quelques détails sur des faits d'une nature différente; mais il nous a paru nécessaire de poser en tête de cette note un premier fil qui nous conduisît avec certitude dans l'étude toujours un peu conjecturale des dates différentes présentées par les différents types architectoniques.

L'abside principale, celle où est situé le chœur des chanoines et le maître-autel, doit attirer d'abord notre attention. L'étage inférieur y rappelle, ainsi que dans le reste de l'église, le XIe siècle, reconnaissable au plein cintre de ses arcatures, à la sculpture large et profondément refouillée des chapiteaux, et à quelques détails qui n'échapperont point à l'œil du connaisseur. L'étage supérieur, d'un style léger, d'une forme ogivale, dénote le XIIIe siècle; les feuilles des chapiteaux révèlent la même époque, époque que les renseignements historiques cités précédemment désignent, en effet, comme celle où furent construites toutes les voûtes de l'église. Le chœur est la partie la plus intéressante du monument; l'art s'y montre moins simple et plus hardi que dans le reste de l'édifice; il y déploie une pompe en rapport avec la solennité du lieu, et c'est là seulement que l'on rencontre quelques-uns de ces ornements si prodigués dans d'autres églises du moyen âge, si rares dans la cathédrale de Besançon. Sa décoration extérieure mérite d'être examinée, et l'on y voit plusieurs sculptures, formant culs-de-lampe, qui ne sont pas sans beauté. On devra également admirer l'art avec lequel l'architecte a su relier la construction supérieure à l'étage inférieur.

La grande nef, d'une hauteur de 26 mètres sous voûte, 66 de longueur totale et 25 de largeur dans œuvre, se divise, comme le chœur, en deux étages parfaitement distincts. L'étage inférieur offre le caractère architectonique de l'époque romano-bizantine, au moment de la transition qui allait conduire au style ogival. Les arcatures affectent encore la forme du plein cintre; mais les piliers sont déjà accompagnés de colonnettes prêtes à s'élancer jusqu'aux voûtes, et à les couvrir de leurs nervures gothiques. On eut, en effet, peu de chose à faire au moment où l'on construisit les voûtes au XIIIe siècle pour relier, dans le système de cette époque, les deux architectures l'une à l'autre. Toutefois, dans cette partie de l'église, le XIe siècle ne s'est point arrêté à la naissance des voûtes, et l'on remarque au-dessus de la corniche, en arrière de la galerie formée par de longues et sveltes colonnettes supportant des arceaux de forme ogivale, deux arcatures superposées. Leur forme en plein cintre, ainsi que l'appareillage des pierres, leur donne la même date que celle des arcatures de la grande nef. Quant au deuxième étage de ces baies, il paraît d'une époque plus récente. La maçonnerie en est négligée, et leur disposition semble calculée, non sur celle des arceaux inférieurs, mais sur la courbure des lunettes ogivales.

On devra remarquer, dans cette partie de l'édifice, le soin avec lequel les chapiteaux sont travaillés, et surtout la variété de leur forme.

On signale comme une singularité les bases, semblables à des chapiteaux renversés, des colonnettes qui forment la galerie supérieure. Cette méthode appartient au XIIe siècle, et M. de Caumont suppose que ces colonnettes proviennent des restes d'une construction de cette époque.

C'est certainement ici le lieu de parler d'une opinion émise par un architecte de la ville (1). S'ap-

(1) M. Delacroix.

puyant sur le texte du *Bréviaire bisontin,* qui mentionne la restauration exécutée dans le XIe siècle par Hugues Ier, il admet qu'une partie notable de l'édifice élevé par Bernouin au IXe siècle fut alors conservée, et que l'on doit faire remonter à cette époque la partie bizantine de l'abside, le premier étage de la grande nef, ainsi que les baies à plein cintre qui la surmontent : « Car, dit-il, les maçonneries intérieures d'un édifice ne craignent pas l'action du temps, et la restauration faite par Hugues Ier vers le milieu du XIe siècle ne dut concerner que les combles et l'abside où est le maître-autel, seules parties qui, après deux siècles, pouvaient tomber de vétusté, l'une à cause des pluies du sud-ouest, l'autre à cause de la nature des matériaux. L'inspection des lieux confirme cette observation. On reconnaît encore la partie de l'abside qui appartient à cette époque. On la distingue des précédentes parce que les lignes ne règnent pas ensemble, que l'abside vient s'appliquer contre deux anciens piliers sans aucun art, et que les formes, sinon le sentiment des détails, ont déjà changé. Les fenêtres sont à plein cintre, et reposent sur des groupes de colonnes détachées dont les chapiteaux sont ornés de figures. Le profil des bases porte encore le cachet des siècles antérieurs, mais déjà celui des archivoltes est plus tourmenté. »

Quant à la rénovation du XIIe siècle par Humbert, il l'interprète en admettant que l'archevêque fit alors appliquer contre les anciennes colonnes les groupes de colonnettes que l'on y remarque aujourd'hui, et qu'il fit également reprendre les bases en sous-œuvre pour leur donner « un profil composé des mêmes subdivisions, mais plus minces, plus saillantes et galbées selon le goût du temps; quatre piliers présentent encore les anciennes bases.

» Lorsque, ajoute-t-il, on fit l'application des colonnettes, la saillie des chapiteaux était un obstacle que l'on surmonta d'une manière plus singulière que gracieuse. On rompit sur ce point l'aplomb des colonnettes, et au moyen d'un coude on les porta plus en avant, de sorte que la partie supérieure est en encorbellement sur la partie inférieure.

» Les nefs latérales, dit-il ailleurs, n'ont conservé pour tout ornement contemporain de Bernouin, qu'un très joli appareil de petits moellons parementés et jointoyés avec un art remarquable, et dont on voit des parties à découvert dans la façade extérieure du côté de l'archevêché. Ces matériaux proviennent d'édifices gallo-romains. »

La seconde abside, ou chapelle du Saint-Suaire, forme un contraste remarquable avec le reste de l'édifice. Les lignes générales sont ici brusquement interrompues, et l'on a appliqué sans hésitation à un vieux monument, où règnent la simplicité et la grandeur, une chapelle dessinée et ornée dans le style prétentieux et tourmenté du XVIIIe siècle. La richesse des marbres, la profusion des dorures, le nombre des tableaux, le mérite de plusieurs, et enfin quelques procédés adroits pour ménager une transition impossible à réaliser complétement, contribuent cependant à rendre moins choquant cet étrange anachronisme.

Ces deux absides occupant les deux extrémités du temple, ces deux autels qui se répondent, cette absence d'un espace considérable perdu pour le culte et servant d'entrée à l'église, ne sont pas non plus sans originalité ou sans grandeur. Sous ces voûtes sombres et antiques, aux reflets de la verrière qui ne livre au temple qu'une lumière douteuse, on aime à retrouver la présence continuelle du sanctuaire, on se plaît à se voir enfermé dans cette basilique sans issue : un défaut peut-être, une disposition rendue nécessaire par l'inclinaison du terrain, semblent devenir ainsi un calcul de l'art, une combinaison pieuse.

Les chapelles (1) de la nef latérale gauche, dont l'ornementation rappelle les XVe et XVIe siècles, n'offrent pas, sans doute, l'exemple d'un caractère architectonique savant et pur; cependant elles ne sont ni sans élégance ni sans richesse (2).

Celle de la Vierge, dont la voûte est ornée de

(1) Ces chapelles ont été richement restaurées en 1859 par les soins de Son Em. Mgr le Cardinal Mathieu, dont on ne peut trop louer le zèle pour l'entretien et l'embellissement de sa cathédrale.

(2) Entre la chapelle Saint-Denis et la porte de sortie sur la place du Palais, les archéologues ne remarqueront pas sans un vif intérêt la manière dont le parement du soubassement des murs est construit. Aux endroits où les enduits sont détruits, on reconnaît de suite la

rosaces et de caissons formés par des nervures bien accentuées, et dont le portique, soutenu par des colonnes cannelées en pierre de Sampans, est d'un bel effet dans sa forme, et dans la diversité des tons de pierre. Dans cette chapelle est exposée à la vénération des fidèles une image miraculeuse de la Vierge, dont l'histoire mérite de trouver place ici.

Claude Ménestrier, antiquaire et numismate franc-comtois, étant devenu bibliothécaire du cardinal Fr. Barberini, fut chargé par ce prélat de faire des voyages en France, dans les Pays-Bas et en Espagne, pour y recueillir des antiquités et des objets d'art. Comme il retournait à Rome par mer, en 1632, il fut assailli, à une petite distance de Marseille, par une tempête qui mit en danger de périr le vaisseau qu'il montait. Le patron déclara que le seul moyen d'éviter le naufrage était de jeter à la mer tous les effets des passagers; les tableaux et autres objets précieux de Ménestrier subirent le sort commun; une image de la sainte Vierge fut seule préservée. De retour à Rome, il l'envoya à Besançon pour y être

facture romaine, qui consiste presque invariablement en quatre ou cinq rangs de petites pierres carrées, toutes de la même grosseur, puis un rang régulier et parfaitement horizontal de pierres plus grosses, sur lesquelles se reproduisait le petit appareil; ce qui, joint au ciment employé alors, donnait à la construction une telle solidité, qu'elle a lutté partout contre l'injure du temps.

Les caves de l'archevêché offrent le même intérêt, et datent de la même époque. C'est dans une de ces caves que M. Marnotte a découvert, en 1825, la grande colonne de granit que l'on voit sur le palier de l'escalier qui conduit au musée.

conservée en souvenir du danger auquel il venait d'échapper. Placée d'abord dans l'église des Jacobins, elle fut ensuite transférée à la cathédrale, et ce tableau est encore désigné sous le nom de *Notre-Dame des Jacobins.*

Après avoir jeté ainsi un coup d'œil général sur l'église de Saint-Jean, nous allons reprendre son histoire, et, pour plus de simplicité, nous suivrons l'ordre chronologique.

1455. Jean Chevroz, de Poligny, évêque de Tournai, donne au chapitre de Saint-Jean une statuette de vermeil représentant cet apôtre; elle était, dit-on, d'un beau caractère.

1462. Quentin Ménard fait présent à la cathédrale d'ornements précieux, et des premières orgues qui y aient été placées.

1469. Pierre Grenier, de Besançon, chanoine et archidiacre de Luxeuil, donne une chaire à prêcher en pierre blanche artistement travaillée. Sous le pontificat de Mgr le cardinal de Rohan, elle a été remplacée par une chaire en bois appropriée aux usages modernes; mais l'ancienne chaire s'harmonise mieux avec la vieille cathédrale, et les amis des arts ont vu avec plaisir son rétablissement. Un souvenir précieux s'y rattache d'ailleurs, car la tradition veut que saint François de Sales ait fait entendre à Besançon, du haut de cette tribune sacrée, la parole de Dieu. Nous devons dire cependant qu'il n'en est point fait mention dans ses lettres, où l'on trouve au contraire qu'ayant été invité par les magistrats de Salins à y venir prêcher le carême, l'archevêque Ferdinand de Rye lui en refusa l'autorisation.

1475. Le duc de Bourgogne Charles le Téméraire vient à Besançon; il est reçu par le clergé de la métropole et visite l'église.

1530. Le 30 juin, Jean Carondelet (1), archevêque de Palerme et haut-doyen du chapitre de Besançon, envoie de Flandre deux ornements complets de velours cramoisi à fleurs d'or, dont les bandes et orfrois brodés en or représentaient l'histoire de saint Jean l'Evangéliste, et celle de saint Etienne. Ferri Carondelet, son frère, chanoine archidiacre de Besançon et abbé de Montbenoît, conseiller de l'empereur Charles-Quint et son ambassadeur à Rome, étant mort en 1528, Jean Carondelet lui fit élever un tombeau de marbre. Ce prélat y est représenté revêtu de ses habits pontificaux, la tête coiffée d'une mitre, appuyée sur la main gauche, et tenant un livre de la main droite. Sous le tombeau est le cadavre, sculpté sur pierre tendre, rongé des vers, ainsi qu'on en voit dans plusieurs monuments du moyen âge.

(1) Cet illustre prélat est l'un des hommes les plus éminents que notre province ait produits au XVIe siècle. Il suffit de dire, pour son éloge, qu'il fut l'ami du savant ERASME, qui lui a dédié quelques-uns de ses ouvrages, et celui de RAPHAEL, qu'il connut dans un de ses voyages à Rome, et qui lui donna une marque précieuse de son affection en faisant son portrait. On ne sait où se trouve l'original, mais il en existe une très belle gravure in-folio, devenue rare.

Un marbre blanc porte cette inscription :

D. FERRICO CARONDELETO, ARCHIDIAC.
MAJORI ECCLESIÆ ARCHIEP. BISUNT.,
ABB. COMMEND. B. M. MONTIS BENEDICTI
IN COMITATU BURGUNDIÆ,
PRÆPOSITO FURNEN. APUD FLANDROS
CAROLI V, IMP., F. AUG. CONSILIARIO
ET SUÆ MAJESTATIS ORATORI
ET COMMISSARIO IN CURIA ROMANA.
D. J. CARONDELETUS, ARCH. PANHORMITANUS,
CANCELLARIUS PERPETUUS FLANDRIÆ,
EJUSDEMQ. IMP. CONSILIORUM
BELGICORUM PRÆSES PRIMARIUS,
SUA IMPENSA TRANSLATIS OSSIBUS
IN HOC SACELLUM,
AB IPSO FERRICO PRIUS CONSTRUCTUM,
HOC MONUMENTUM FRATRI BENE MERITO,
CUI IN DICTA ABBATIA SUCCESSIT,
POSUIT AC DEDICAVIT.
OBIIT ANNO MDXXVIII, DIE XXVII JUNII,
ET ÆTATIS SUÆ ANN. LV.

Ce tombeau, placé d'abord dans la chapelle des Carondelet, à Saint-Etienne, puis, lors de la démolition de cette cathédrale, transféré à Saint-Jean, a échappé au vandalisme révolutionnaire. Relégué dans un passage obscur, où il a été longtemps oublié, il vient d'être restauré par ordre de Son Em. Mgr le Cardinal Mathieu, et replacé dans la chapelle du Saint-Suaire, au devant de l'autel dédié à saint Etienne.

1549. Jean Carondelet fait construire, dans le chœur, de belles formes en noyer, dont les sculptures représentaient la suite de nos évêques.

1674. A la démolition de l'église de Saint-

MONUMENT GOTHIQUE
Rue de Battant, N° 18

TOMBEAU DE FERRI CARONDELET

CHEMINÉE de la RENAISSANCE
Rue du Clos N° 25.

Etienne (1), les restes des comtes de Bourgogne furent transportés à Saint-Jean et déposés au milieu de la nef principale, sous une large tombe, décorée de cette inscription :

PALATINORUM BURGUNDIONUM
COMITUM ALIORUMQUE REGII SANGUINIS
PRETIOSI CINERES
EX BASILICA S. STEPHANI
ANNO DOMIN. MDCLXXIV DIRUTA,
UBI PER SEX RETRO SÆCULA DELITUERANT,
IN HANC S. JOANNIS METROPOLIM
SOLEMNI RITU EODEM ANNO TRANSLATI,
SUB HOC TUMULO
QUIESCUNT (2).

La métropole étant devenue, en 1790, une paroisse, on fit enlever, avec toutes les pierres tumulaires, celle des comtes de Bourgogne, qui était un obstacle à la circulation. Ainsi disparut la dernière trace de ces comtes, dont l'existence se rattache à l'époque où la province puisa dans une noble indépendance le beau nom qu'elle porte.

Lors de la démolition de Saint-Etienne, on avait également transporté à Saint-Jean le saint suaire, qui a disparu dans la tourmente révolutionnaire. Deux fois par an, à Pâques et à l'Ascension, on accourait de tous les points de la province pour con-

(1) Voy. *Précis*, p. 21.

(2) Cette inscription renferme quelques erreurs qui ont été relevées par le P. André de Saint-Nicolas dans sa dissertation : *De lapide sepulchrali antiquis Burgundo-Sequanorum comitibus*, etc. (*Vesontione*, Benoist, 1693 ; in-8o.)

templer cette relique vénérable. C'était des balcons que l'on voit encore à la tour du clocher qu'elle était exposée à la dévotion des pèlerins.

1678. Le sanctuaire de Saint-Jean, bâti sur le plan de celui de Saint-Clément à Rome, était placé sur une chapelle souterraine appelée Confession, souvenir certain des anciennes cryptes où étaient conservées, dans la primitive Eglise, les reliques des saints. La vénération des fidèles avait, dans les temps anciens, abrité sous les voûtes de cette *Confession* les restes de saint Ferréol, de saint Ferjeux, de saint Epiphane et de saint Isidore. Plusieurs marches conduisaient à l'autel, qui était fort élevé; mais cette disposition avait l'inconvénient de rétrécir le chœur, de l'obscurcir et de dérober le célébrant à la vue des fidèles. Tels furent les motifs qui déterminèrent, en 1678, le chapitre à abaisser le sanctuaire, et à le rendre de plain pied avec le chœur. Il est néanmoins regrettable que des raisons de convenance aient fait disparaître ces anciennes formes, auxquelles on attacherait tant de prix aujourd'hui.

1683. Le 16 juin, Louis XIV visita la cathédrale, et fut reçu à la porte de l'église par le chapitre, revêtu de chapes, ayant à sa tête l'archevêque, qui présenta à Sa Majesté la grande croix d'or à baiser. Deux jours après, le roi et la reine vinrent visiter le saint suaire.

Antoine de Grammont, archevêque, a donné à l'église l'ostensoir d'or où l'on exposait le saint Sacrement, et a contribué à l'ornement du sanctuaire. Il a également laissé à son église différentes éditions des livres qu'il a fait imprimer, tant pour le service divin que pour l'instruction de son diocèse.

1711. Le 23 décembre, François-Joseph de Grammont consacra le grand autel, après qu'on y eut incrusté un marbre creusé en forme de rose, placé autrefois de la même manière sur l'autel de Saint-Etienne, où il recouvrait des reliques déposées en 1148 par le pape Eugène III.

Ce marbre (1), d'un travail assez remarquable, porte l'inscription suivante :

HOC SIGNUM PRÆSTAT POPULIS CŒLESTIA REGNA.

Par un usage singulier, conservé longtemps dans l'église métropolitaine, le jeudi saint, après le lavement des autels, on versait seize pintes de vin rouge dans ce marbre en les bénissant; chaque chanoine en buvait quelques gouttes, et le reste était livré au peuple.

Ce marbre est resté sur l'autel de Saint-Jean jusqu'au moment où l'administration de la province ayant accepté, en 1790, un projet d'embellissement pour l'église, on reconstruisit l'autel sur un autre plan, et la rose de marbre fut incrustée dans le mur au milieu des stalles des chanoines.

1729. Le 25 février, eut lieu la chute de l'ancien clocher, qui s'écroula avec un bruit épouvantable, et

(1) CHIFLETII *Vesontio*, pars II, p. 208.

écrasa une partie des voûtes de l'église. On assure qu'un chanoine, qui se trouvait alors dans l'église, fut transporté, par la violence de la pression exercée sur l'air, à une grande distance du côté du maître-autel.

Le chapitre s'occupa promptement de réparer ce désastre, et dès l'année 1731, il fit commencer les travaux. En 1735, le clocher actuel, le portail et la chapelle du Saint-Suaire étaient achevés. La cathédrale possédait alors une série de cloches graduées entre elles, et produisant un effet très imposant. Aujourd'hui, l'on n'y en compte plus que cinq, dont la principale pèse 8,200 et la seconde 5,200 livres.

La chapelle du Saint-Suaire fut construite avec luxe, dans le style de l'époque; on n'y épargna ni les peintures, ni le marbre, ni le cuivre, ni l'or. Le tableau de l'autel, représentant la *résurrection de Notre Seigneur,* passe pour le chef-d'œuvre de Carle Vanloo; les autres, où sont figurées différentes scènes de la Passion, sont dus aux pinceaux de Natoire et de Detroie. Près du portail, on remarque la *mort de Saphire,* par Sébastien del Piombo, et en face le fameux tableau de fra Bartolomeo, l'ami de Raphaël. Ce chef-d'œuvre, admiré par tous les connaisseurs, fut acheté par Jean Carondelet, qui fit ajouter, par un élève de Raphaël, la figure du magistrat (1) repré-

(1) C'est le portrait du chancelier, père de Jean et Ferri Carondelet. (Voir DUNOD, *Lettres sur Besançon.*)

senté à genoux sur le devant du tableau. Les autres personnages sont la Vierge tenant l'enfant Jésus; elle est dans une nue et entourée d'anges d'une merveilleuse beauté. Au bas du tableau, saint Bernard, saint Antoine, saint Jean-Baptiste et saint Sébastien.

1790. Saint-Jean subit différentes modifications; la plus importante, et la plus regrettable peut-être, c'est celle qui fit disparaître le jubé depuis lequel, dans les grandes fêtes, on venait lire l'épître et l'évangile. Ces sortes de tribunes causent quelquefois dans les églises un encombrement incommode, elles nuisent aussi quelquefois à l'effet général de l'édifice; mais, quand elles sont antiques, quand elles sont belles, il est à désirer qu'elles soient conservées.

C'est aussi en 1790, que l'on revêtit Saint-Jean d'une couleur jaune-pâle, sous laquelle disparut la teinte séculaire du vieux monument; on y avait figuré des assises de pierres de taille du plus mauvais goût.

A cette époque, furent également enlevés les stalles données par Carondelet, le mausolée en bronze de Guillaume de la Tour [1], archevêque de Besançon, mort en 1268, l'aigle fait par Pierre

(1) Ce monument consistait en une table de bronze de deux mètres trente-trois centimètres de longueur sur un mètre trente-trois centimètres de largeur, supportée par quatre colonnes de pierre chargées d'ornements gothiques. Cet archevêque était représenté en relief, revêtu de ses habits pontificaux, avec une crosse à

Masson, l'un des plus habiles fondeurs de France, et le trésor fut dispersé. Deux objets d'un grand prix disparurent alors : un *livre des évangiles* et un *missel du* XIe *siècle*. L'un et l'autre étaient portés, avec pompe, dans toutes les processions et cérémonies publiques. Le livre des évangiles, dont Chiflet nous a donné une description et un dessin (1), était orné d'un côté de lames d'argent et de plaques en nacre de perles. Des figures émaillées entouraient une plaque d'ivoire au milieu de laquelle Jésus-Christ était représenté debout sur une espèce d'estrade, la main appuyée sur la tête d'un empereur et d'une impératrice (2).

Le missel du XIe siècle venait de Hugues Ier, qui l'avait donné au chapitre en 1040. Il était de format grand in-4°, entièrement écrit sur peau de vélin; sa couverture de bois était entourée d'une peau et ornée, d'un côté, de feuilles d'argent ciselées. Des

sa droite ; près de sa tête, posée sur un coussin, deux anges tenaient une petite figure, emblème de son âme portée dans le ciel, et à ses pieds, un dragon mordait le bout de la crosse.

Autour de la table, on avait gravé en lettres gothiques cette inscription :

QUONDAM PRÆSIDI CABILONI CHRYSOPOLIQUE,
NUNC CINIS HIC, SEDI JACEO SUBTRACTUS UTRIQUE.
CHRYSOPOLITANUS PATER HIC JACET ÆTHERE DIGNUS,
CUJUS LARGA MANUS, COR NOBILE, SERMO BENIGNUS :
EVITANS FASTUS, PIUS, ORANS, CORPORE CASTUS,
MORIBUS ORNATUS, REGNET SINE FINE BEATUS.
AMEN.

(1) *De linteis sepulchralibus*, p. 61.

(2) Cette plaque d'ivoire fait aujourd'hui partie du précieux cabinet Dusommerard.

cristaux ou pierres précieuses en marquaient les angles et le milieu.

Rendue au culte, l'église de Saint-Jean demeura dans le plus grand délabrement jusqu'à l'épiscopat du cardinal de Rohan, qui, plein de goût, plein de dévouement pour son église, n'épargna ni les démarches, ni les travaux, ni les dons particuliers, pour lui rendre quelque dignité. Il fit disparaître le ridicule badigeonnage à refends figurés qui couvrait les murs, les piliers et même les colonnettes en pierre polie; il fit élever un maître-autel nouveau, le surmonta d'un dais magnifique, changea le trône épiscopal, obtint de la munificence de S. M. Charles X des ornements précieux, et surtout les vitraux de couleur, qui, substitués aux anciennes fenêtres, donnèrent à la cathédrale une majesté, un recueillement que l'on admire aujourd'hui.

Le maître-autel, dans le style moderne, et, par cette raison, peu d'accord avec le reste de l'édifice, a été construit d'après les dessins de M. Alavoine.

Les deux anges adorateurs qui en ornent les extrémités sont de Luc Breton, artiste bisontin, qui ne jouit pas de toute la réputation qu'il mérite (1). Ces anges, exécutés sur la demande d'un citoyen nommé Thiébaud, dont le nom se lit sur le socle, pour l'église Saint-Maurice, sa paroisse, n'ont été transportés à la cathédrale qu'en 1790.

(1) Voy. l'art. Maison du comte de Saint-Amour, rue des Granges.

Le pavé du sanctuaire, composé de marbres de diverses couleurs, représente un Jehovah radieux. Il est dû à la munificence de S. M. Louis-Philippe (1).

Dans la chapelle du Saint-Suaire, à droite est le tombeau du cardinal de Rohan, exécuté par Clésinger père; ce prélat est représenté à genoux, dans l'attitude de la prière. A gauche est le buste en marbre de Pie VI, par Joseph Pisani, sculpteur d'un talent distingué. Ce buste fut rapporté de Rome par M. Pâris, qui en fit hommage à la métropole. Le piédestal porte cette inscription :

CLARISS. COM. DE PRESSIGNY PARI FRANC.
SEDEM OCCUPANTE
HANC EFFIG. VENERAB. SS. PONTIFIC.
PII VI
ECCLES. METROPOL. BISUN.
OFFEREBAT
P. A. PARIS
EQV. REG. BISUNTINUS.
M. DCCC. XVIII.

La sacristie ne possède rien qui mérite mention, si ce n'est une mitre ornée de pierres, de perles fines et de figures brodées en fort relief, et des ornements sacerdotaux en velours violet avec pierreries fines, don de la maison de Neuchatel-Comté.

Mgr Mathieu, Cardinal Archevêque de Besançon,

(1) Quelques marbres de couleur, assez disparates, ne faisant pas tout le bon effet que l'on en attendait, le roi fit remplacer le premier pavé, que l'on voit aujourd'hui dans la chapelle de la citadelle. (Voy. p. 33.)

ayant, en 1840, obtenu du gouvernement les fonds nécessaires, des plans d'agrandissement et de reconstruction ont été arrêtés pour l'église de Saint-Jean.

Les travaux ont été commencés du côté de la rue du Chapitre, quelques années après. L'informe toiture en tuiles a été remplacée par une toiture en cuivre. Les bas-côtés, surmontés de balustrades à jour entrecoupées par des contreforts couronnés de clochetons, et lançant contre les voûtes de la grande nef des arcs-boutants, forment autant de compartiments, au centre desquels se détachent les triples fenêtres de chaque travée. L'entablement qui décore le sommet des faces latérales de la grande nef est très remarquable par sa forme et par son beau style. Il se compose d'une construction saillante, portée sur des talons alternativement contrariés dans leur position. Puis, au-dessus, se détachent, sur une large partie lisse, des corbeaux sculptés et variés dans leur forme.

La restauration de l'ancien cloître est poursuivie avec activité, et la partie qui conduit de l'église au palais archiépiscopal est à peu près achevée. Ces importantes réparations ne laissent rien à envier de ce que l'on a fait de plus beau dans les siècles de foi : rosaces, feuillages, découpures, chapiteaux, figurines, trèfles, etc. Le vieux style s'y trouvera reproduit dans toute sa pureté.

Les caveaux placés sous le sanctuaire, où nos archevêques sont inhumés, ont été mieux appropriés à leur destination; les sarcophages ont été décemment placés, et l'on a construit plusieurs grands cénotaphes, dans lesquels on a religieusement recueilli les ossements entassés ou épars dans les caveaux.

Dans le projet de restauration monumentaire de Saint-Jean, tout l'étage inférieur du grand chœur absidaire sera converti en larges percées; les deux absides collatérales des bas-côtés seront ouvertes, et les contre-nefs se prolongeront pour régner au pourtour du sanctuaire. Sous cette contre-nef, qui circonscrira le chœur, seront disposées cinq chapelles, dont l'une, celle du centre, plus vaste que les autres, sera consacrée à la sainte Vierge. L'arcature inférieure sera ouverte, et une suite de croisées remplacera les cintres actuels. La porte d'entrée sera un porche en saillie architectonisé dans le goût du XVe siècle. Enfin, la base du clocher sera conservée, mais aux parties supérieures sera substituée une tour carrée terminée en plate-forme, rappelant plutôt le faire de la renaissance avancée que le style du moyen âge proprement dit.

SAINTE-MADELEINE.

On croit qu'une crypte occupait, dans les temps les plus reculés, la place où s'élève aujourd'hui la Madeleine. Une magnifique église la remplaça plus tard, et le B. Pierre Damiens, qui la vit vers l'an 1060, en a laissé la description. Le chœur des chanoines, placé dans le fond de l'église, s'élevait sur une voûte soutenue par des piliers ornés de feuilles d'acanthe. L'entrée principale, placée sur le côté, dans la rue d'Arènes, était précédée d'un vaste porche que décoraient quatorze statues de grandeur naturelle; les sept figures à droite représentaient l'ancienne loi, et les autres la nouvelle. Leur forme, les dorures dont elles étaient enrichies, rappelaient les statues du portail de Saint-Denis, et faisaient remonter la construction de l'édifice au temps des Mérovingiens.

Cette église, détruite et réparée à plusieurs reprises, fut restaurée dans le XIe siècle par Hugues Ier, et subsista jusqu'à l'année 1734. A cette époque, elle avait beaucoup perdu de son ancienne splendeur, et était devenue fort obscure, soit à cause des ravages du temps, soit à cause des arcs-boutants qu'on avait été obligé d'y ajouter pour empêcher sa ruine, soit à cause des chapelles qu'on y avait établies du XIIIe au XVIe siècle.

Deux tours d'égale hauteur et de forme semblable annoncent de loin cet édifice, dont on doit le plan à l'architecte Nicole, né en 1701 à Besançon, où il est mort en 1784. Le portail s'élève sur un vaste perron, d'où partent deux ordres d'architecture superposés formant plusieurs ressauts, dont la partie centrale est surmontée d'un fronton. Quoique d'un style médiocre, de vastes proportions le rendent remarquable. Le ton sévère de sa décoration ménage d'ailleurs un contraste saisissant; car, à peine les degrés franchis, à peine dans l'église, on s'arrête étonné de son élégance, de la richesse de ses colonnes accouplées, et de la légèreté avec laquelle ses voûtes y prennent un point d'appui. Il y a de l'art dans ce temple, d'heureux effets de perspective s'y multiplient, et sans être d'une grande étendue, il a de la majesté, de l'immensité.

Quelques défauts peuvent être remarqués cependant, et le plus grave est certainement l'interruption introduite dans la série des colonnes pour leur substituer, vers le centre, des piliers de forme carrée. La perspective, l'unité et la simplicité souffrent de cette disposition, qu'on jugea nécessaire pour soutenir le poids du dôme. Le chœur, traité avec art, manque néanmoins d'espace, et les fenêtres qui éclairent l'église sont en général d'une forme fâcheuse.

Quant aux détails d'exécution, les architectes admirent la solidité de toutes les parties de l'édifice, la fermeté des profils et la perfection de l'appareillage. On cite particulièrement la voûte qui sert à supporter l'orgue; sa hardiesse est en effet extraordinaire, et cet ouvrage parut si étonnant au moment de sa construction, qu'aucun ouvrier n'osait procéder au décintrement des plates-bandes. Pour les rassurer, Nicole, alors malade, se fit transporter dans son fauteuil, pour présider à cette opération.

La forme générale de ce monument est celle d'une croix latine; et les nefs latérales sont accompagnées d'une suite de petites chapelles où l'on voit les principales circonstances de la Passion, modelées par Clésinger père.

Quelques tableaux méritent d'être mentionnés : dans la première chapelle du côté gauche, on remarque *saint Claude,* archevêque de Besançon, priant pour obtenir du Ciel la résurrection d'un enfant qui lui est présenté par sa mère, peint par Dulin (1), professeur à l'école de Paris.

Le martyre de saint Vernier, patron des vignerons, par Jourdain père, professeur à l'école de dessin. Ce tableau, léger de ton et de couleur, pouvant à peine être classé au-dessus d'une esquisse peinte, annonce de la facilité et une connaissance réelle de l'art.

La Madeleine aux pieds de Jésus-Christ, copie d'après Philippe de Champagne, par Mlle Pourcheresse, rend toutes les perfections de ce maître.

Dans la chapelle de la Vierge, l'*Assomption,* œuvre pleine de charme, par Alex. Chazerand.

Sainte Philomène, composition gracieuse due à l'habile pinceau de M. Lancrenon.

Enfin, dans la sacristie, *une sainte Famille,* de Quellinus, remarquable par la fraîcheur du coloris.

Le conseiller Bisot, dont on aura l'occasion de reparler (2), a tracé dans la chapelle du Baptistère un

(1) Voy. *Mercure*, sept. 1737.
(2) Voy. rue de Charmont.

ingénieux gnomon qui mérite bien l'attention des connaisseurs.

Les fonts baptismaux, en pierre, sont décorés d'un bas-relief qui représente Eve cueillant la pomme.

Sur le pilastre à gauche du sanctuaire, une table de marbre blanc rappelle que Mme de Montgenet contribua généreusement à la construction de l'église par le don d'une somme de cent mille francs. Voici l'inscription :

CAROLÆ CHEVANÆ
DES DANIELS
DOMINÆ DE MONTAIGU
UXORI
JOSEPHI DE MONTGENET
IN SUPREMA SEQUANOR. CURIA SEN.
QUOD
EXSTRUENDÆ
HUIC BASILICÆ
CENTUM MILLIA LIBR. FRANC.
D. DEDERIT
PAROCHIANI
M D C C L X X I X

L'archevêque Antoine-Pierre de Grammont bénit et posa solennellement la première pierre de la Madelcine le 26 mai 1746. Sa longueur est de 66 mètres et sa largeur de 39; l'architecture intérieure est d'ordre ionique, le portail est d'ordre dorique ; les deux tours ont été achevées seulement en 1830, sous la direction de M. Painchaux, architecte plein de zèle, auquel on doit des travaux importants.

ÉGLISES SUCCURSALES.

SAINT-PIERRE.

L'évêque Eusèbe, qui vivait au IVe siècle, sous le règne de Constance-Chlore, dédia au prince des apôtres une église, où il rassembla les reliques de ses saints prédécesseurs. Cet édifice ayant été ruiné lors de l'invasion des Barbares, en 451, saint Nicet le fit rétablir sur la fin du VIe siècle, et l'on déposa dans le cancel les reliques que des fidèles avaient conservées dans une chapelle souterraine. Cette église était très rapprochée de l'hôtel de ville, et on y descendait par sept degrés.

L'église actuelle, élevée sur les plans de l'architecte Bertrand, n'a été achevée qu'en 1784. Sa façade est décorée d'un péristyle de quatre colonnes corinthiennes, qui supportent une terrasse au-dessus de laquelle s'élève une tour carrée, mais sans décoration; elle a été récemment couronnée d'une lanterne en fer-blanc, de très bon goût, exécutée sur les plans de M. Alph. Delacroix, architecte de la ville.

Si l'extérieur de Saint-Pierre laisse à désirer, l'intérieur ne mérite que des éloges; rien n'est plus svelte que sa disposition architectonique. De sa base en croix grecque s'élancent avec grâce quatre colonnes occupant le centre de la nef principale; et de leur sommet se projettent en tous sens des arceaux qui viennent reposer sur quatorze pilastres faisant face aux colonnes; des absides en plein cintre terminent les bras de la croix; des frises élégantes, dont les guirlandes ont été modelées par Luc Breton, s'appuient avec légèreté sur les lignes d'architraves. Partout on admire la sage combinaison du plan, la simplicité des lignes et le repos qui y préside.

Cette église est éclairée par dix-neuf grandes fenêtres placées au-dessus de l'architrave et dans les chapelles.

Le maître-autel, reconstruit il y a quelques années, est en pierre polie du pays. Le tabernacle est surmonté d'un très beau *christ en ivoire,* d'une grande dimension, qui appartenait autrefois à l'église du séminaire. Le chœur, revêtu de boiseries de chêne habilement sculptées, est décoré d'un groupe en bois représentant *saint Pierre et la Religion,* et des *quatre Evangélistes* exécutés, sur les dessins de Dominique Paillot, l'un des meilleurs élèves de Devosges, par le sculpteur Lapret (1).

(1) Famille d'artistes qui honore notre ville. De trois frères, l'aîné était architecte, le second sculpteur, et le cadet musicien. M. Alexandre Lapret, fils du sculpteur, jouit à Paris d'une réputation méritée par le talent avec lequel il exécute les ornements les plus délicats. C'est à lui que l'on doit la crosse épiscopale et le sceau de Mgr Mabile, transféré de l'évêché de Saint-Claude sur le siége de Versailles. Ses deux cousins, l'un habile violon, l'autre pianiste, se font entendre chaque année avec succès dans les concerts de la capitale.

Deux chapelles latérales sont établies de chaque côté du chœur : l'une, dédiée à saint Prothade, est enrichie d'un tableau peint par Mlle du Deschaux, sœur de M. le marquis de Vaulchier, directeur général des postes avant 1830, après avoir rempli avec distinction d'importantes préfectures, entre autres celle de Strasbourg. La ville de Besançon, représentée sous une forme allégorique, implore l'intercession du saint archevêque, qui, porté sur une nue, prie le Tout-Puissant, et des messagers du ciel répandent l'abondance sur le territoire de la ville.

C'est dans cette chapelle que l'on a déposé, en 1783, les reliques trouvées dans le cancel de l'ancienne église, avec cette inscription gravée sur une plaque de cuivre :

IN HUJUS ALTARIS TUMULO
JACENT OSSA CIRCITER XXX CORPORUM
OLIM IN ANTIQ. ECCL. S. PETRI CANCELLO REPERTA
CUM INSCRIPTIONE SIC HABET :
SANCTORUM SEPELIT CANCELLUS
CORPORA MULTA
HAC IGITUR CAUSA NON SUSCIPIT ALIA,
DEINDE IBI JUSSU ILLUSTR. ET REVER. RAYMONDI
A DURFORT, ARCH. BISUNT. REPOSITA,
ANNO MDCCLXXXIII.

La chapelle à gauche a été construite aux frais du corps des marchands, sous l'invocation des glorieux martyrs Ferréol et Ferjeux, qui sont représentés célébrant les saints mystères dans une crypte. Ce tableau est de M. de Boulot père, amateur distingué, qui a contribué à entretenir le goût des arts dans notre ville.

La chapelle que l'on doit à la piété de Mme de Ligneville, de l'illustre maison de la Baume, est encore l'ouvrage de Luc Breton. L'autel ou tombeau en marbre de Vevay sert de piédestal à une croix au pied de laquelle on admire un superbe groupe en pierre de Tonnerre; deux figures le composent : c'est la Vierge soutenant sur ses genoux le corps du Sauveur, où la vérité de l'anatomie est alliée à la noblesse du style. La douleur de la Vierge est profonde, et rend l'idée si bien exprimée par ce verset de Jérémie, gravé en lettres d'or sur le socle :

VIDETE SI EST DOLOR SICUT DOLOR MEUS !

Une balustrade en marbre blanc fermait autrefois son enceinte.

La chapelle en face est décorée d'une statue de la Vierge assise, tenant l'enfant Jésus : c'est un des premiers ouvrages de M. Auguste Clésinger, qui tient un rang distingué parmi les sculpteurs contemporains. La pose de la Vierge est pleine de naturel, et la manière dont elle tient son divin Fils est aussi gracieuse que touchante.

On remarque encore dans l'église de Saint-Pierre la *résurrection du Lazare*. Ce tableau, que l'on voyait autrefois dans l'église des Carmes de l'ancienne observance, est de bonne main. Quelques personnes prétendent que plusieurs membres de la famille des Granvelle y sont représentés.

La confrérie du Saint-Sacrement, établie dans cette église sous l'épiscopat de Gérard d'Athier, en 1399, est la plus ancienne du diocèse et peut-être de la France (1).

SAINT-MAURICE.

Cette église était jadis desservie par les PP. de l'Oratoire; on en fait remonter la fondation à saint Sylvestre, qui occupait le siége épiscopal à la fin du IVe siècle. Elle a été reconstruite de 1712 à 1714 par le P. Estienne Dunod, oncle du célèbre historien, et Denis Chandiot, l'un des anciens gouverneurs avant la conquête, qui y employèrent leur fortune (2).

Sa façade se compose de deux ordres d'architecture, et se termine par un fronton circulaire; l'intérieur est d'ordre corinthien, et un transept coupe la nef. Les proportions de l'ensemble sont d'une bonne architecture. Le pourtour du sanctuaire est décoré d'une boiserie provenant de l'abbaye de la

(1) Jean-Ant. Alviset, curé de Saint-Pierre en 1630, a publié: *Office du jour et octave du très saint Sacrement de l'autel*, selon l'usage du diocèse de Besançon, précédé d'une *briève déclaration de l'excellence, institution, antiquité, indulgences et statuts de l'archiconfrérie du très saint Sacrement de l'autel*, instituée dans l'église paroissiale de Saint-Pierre. *Besançon, Boutechoux*, 2 part. in-16.

(2) Voy. l'art. de l'hôpital Saint-Jacques, où l'on a réuni tous les détails que l'on a pu recueillir sur la bienfaisante famille des Chandiot.

Charité, mais elle a été recouverte de dorures et de couleurs qui en cachent toutes les beautés.

C'est dans l'église primitive qu'en 1517 a été baptisé le cardinal de Granvelle. Dans une des chapelles, on voyait la tombe de son oncle, Adrien Perrenot, un peu élevée de terre, avec les armes de sa famille, d'argent à trois bandes de sable, au chef de sable chargé de trois croissants d'argent (1), et l'épitaphe qui suit :

FATO IMMATURO DIVINA CLEMENTIA SUBDUCTUS
HIC JACET VENERABILIS VIR, MAGISTER ADRIANUS
PERRENOT, CURATUS ECCLESIÆ DE MONTMARTIN.
OBIIT IV DEC. ANNO MDXIX, ÆTATIS XXX,
PROBITATE, LITTERIS ET EXPERIENTIA CLARUS.

Dans la nef du côté de l'évangile, est un marbre noir sur lequel sont écrits en lettres d'or les noms des fondateurs et des bienfaiteurs de l'église.

Les chapelles des basses nefs sont ornées d'élégants retables d'autels et d'assez bons tableaux; le *groupe de saints,* de Bazin, est d'un bon coloris; le *saint Michel* est une copie d'après Michel-Ange. Il y a dans cette église profusion de décors et d'ornements.

La congrégation des filles de service, dont le pieux abbé Busson a été le fondateur et le premier directeur, se propose d'y perpétuer son souvenir par un modeste monument.

(1) L'empereur Charles-Quint permit au chancelier de Granvelle d'y substituer l'aigle impériale.

NOTRE-DAME.

L'archevêque Hugues II fit bâtir cette église, en 1083, sur l'emplacement de Saint-Marcellin; il la dédia à l'illustre martyr saint Vincent, dont il possédait des reliques, et la donna aux religieux de l'ordre de saint Benoît, pour lesquels il fonda une abbaye. Ce prélat mourut avant d'avoir pu terminer les bâtiments. Son successeur, Hugues III, fils de Guillaume le Grand, comte de Bourgogne, les acheva en 1092 (1), et donna aux religieux tout le terrain qui s'étend de la rue du Perron à celle de l'Orme-de-Chamars jusqu'à la rivière du Doubs.

La nouvelle église conserva le titre de paroissiale, et fut desservie par un religieux qui prenait le titre de curé de Saint-Marcellin. La tour du clocher était surmontée d'une aiguille très élevée, qui fut renversée, en 1645, par un violent orage dont les effets se firent ressentir dans toute la ville. La tour, restée intacte, a été démolie en grande partie pendant la révolution, et sa base n'offre plus aucune décoration.

L'église a subi d'importantes modifications à l'extérieur; contre la façade est appliqué un portique en pierre polie, de trop petite dimension pour la surface qu'il doit décorer. L'intérieur est à trois nefs

(1) L'Académie universitaire et le Muséum d'histoire naturelle occupent les bâtiments du couvent des Bénédictins.

voûtées et séparées par des piliers ronds dont les chapiteaux sont inachevés. L'ancien chœur était décoré de stalles sculptées par Galezot ; cet ouvrage, travaillé avec goût, faisait honneur au talent de cet artiste. Le chœur actuel a été exécuté sur les plans de l'architecte Lapret, élève de M. Pâris, et qui s'est montré digne d'un tel maître par la sagesse de ses conceptions. Récemment on a construit, sur les plans de M. Ducat(1), derrière le maître-autel, une chapelle décorée d'une belle statue de la Vierge, en marbre d'Italie, de Gayrard père, donnée par le gouvernement.

Plusieurs artistes bisontins ont concouru généreusement à l'ornementation de cette église ; le tableau de la *Vierge* est de Jourdain père ; celui de *saint Vincent de Paul,* de Flajoulot; la *sainte Philomène,* de M. Edouard Baille. Parmi les tableaux plus anciens, deux méritent d'être mentionnés : *saint Bruno faisant un acte d'adoration,* dont on ne connait pas l'auteur, et *la Vierge avec l'enfant Jésus entouré d'anges,* que l'on attribue à Schidone.

La confrérie des saints Ferréol et Ferjeux, dont cette église possède les reliques, y tient ses assemblées.

C'est dans une chapelle souterraine de cette église que fut sacré, en 1662, Antoine-Pierre de Grammont, l'un des plus illustres prélats qui aient occupé le siége

(1) C'est à ce jeune architecte que l'on doit les plans de la nouvelle église de Mont-Roland, près de Dole.

de Besançon, par D. Saulnier, abbé de Saint-Vincent et évêque suffragant sous le titre d'Andreville (1).

La grande porte à côté de la tour du clocher est celle de l'ancienne abbaye de Saint-Vincent; cette porte est curieuse par sa forme, qui indique les temps reculés où elle fut élevée; les niches que l'on voit de chaque côté étaient décorées de statues en pierre.

Cette abbaye, l'une des principales écoles de la congrégation de Saint-Vanne, a produit un grand nombre de savants. Son histoire, par D. Constance Guillot, mort en 1730, que l'on y conservait en manuscrit, s'est égarée pendant la révolution. L'abbaye ayant été mise en commende, les titulaires cessèrent d'y résider, et leur maison abbatiale fut louée successivement à différents particuliers. C'est dans ses modestes bâtiments qu'est né, en 1737, Joseph Acton, ministre et favori du roi de Naples. Il était fils d'un médecin anglais qui jouissait d'une assez grande réputation dans la province, où il introduisit, l'un des premiers, la pratique de l'inoculation comme préservatif de la petite vérole.

SAINT-FRANÇOIS-XAVIER.

Cette église est celle de l'ancien collége des Jésuites; elle fut construite par la libéralité de M. d'Ancier, qui leur légua dans ce but sa fortune. On voyait

(1) Voy. Dunod, *Hist. de l'Eglise*, I, 344.

sur la façade l'inscription suivante, qui a été replacée dans le chœur, à gauche :

D. O. M.
ET
S. JOSEPHO.
ILLUSTRISSIMUS ANT. FRANC.
GAUTHIOT DNUS. D'ANCIER
TEMPLUM ERIGI MANDAVIT
PP. SOCIETATIS JESU, HÆREDES,
CURAVERUNT,
REGNANTE LUDOVICO MAGNO, VESUNTIONE.
ANNO MDCLXXX.

La façade, couronnée par un fronton triangulaire, est ornée de deux ordres d'architecture. L'intérieur se compose d'une seule nef. Le sanctuaire est enrichi d'un retable à quatre colonnes corinthiennes de marbre rouge de Sampans, dont les bases et les chapiteaux sont en cuivre doré. Le bas-relief du maître-autel représente *le Christ au tombeau*. Dans les entre-colonnements, les statues de saint Ignace et de saint François-Xavier, ainsi que les médaillons de plusieurs autres saints de la société; ces sculptures sont couvertes de dorures. De chaque côté de la partie inférieure sont deux chapelles entre des pilastres corinthiens, surmontées d'une architrave dont la frise est décorée de sculptures.

On reconnaît dans la disposition générale de l'église et dans la richesse des détails, le soin d'exécution et le goût des Jésuites, qui forme un style bien marqué. Elle possède plusieurs tableaux : celui du maître-autel est *une Présentation au temple*, de Pietro de Petri; saint Siméon tient l'enfant Jésus dans ses bras, en présence de la Vierge, de saint Joseph et de sainte Anne; un groupe d'anges occupe la partie supérieure (1). Dans les chapelles à droite on voit : *saint François-Xavier prêchant;* le *Repos en Egypte,* dont le dessin a de l'élégance et de la noblesse; *saint Ignace ressuscitant un enfant,* par Restout, d'une composition bien entendue. Dans les chapelles à gauche : *saint Vincent de Paul présidant une confrérie,* copie d'après Detroye le père; l'*Annonciation,* par Flajoulot, où l'on voit un chœur d'anges dont les formes aériennes contribuent beaucoup à l'effet général; enfin, *Jésus parmi les docteurs,* par Antoine Dieu.

La chaire est de Clésinger père; cet artiste a eu l'heureuse idée d'en faire supporter la partie supérieure par un ange grandeur nature, d'une pose légère et gracieuse.

La tribune de l'orgue repose sur trois arcs, dont les retombées sont suspendues par un effort d'architecture que l'on aimait à reproduire à cette époque.

ÉGLISES PARTICULIÈRES.

SÉMINAIRE.

Cette église reconnaît pour son fondateur Mgr Antoine-Pierre de Grammont, qui en posa lui-même la première pierre le 13 juillet 1670.

(1) Les vieillards attribuent ce tableau à Jouvenet qui, suivant

La façade extérieure, relevée par deux rangs de pilastres corinthiens, offre dans les entre-colonnements, quatre niches que le vandalisme a privées de leurs statues; et sur le portail, au-dessus d'un bas-relief représentant la Vierge avec l'Enfant Jésus dans ses bras, on lit cette inscription, dictée par la reconnaissance :

A DOMINO FACTUM EST ISTUD.

Le bas-relief est dû au ciseau d'Huguenin (1), habile sculpteur de Dole, mort à Paris en 1859, l'un des professeurs à l'école des beaux-arts.

Cette église est une croix latine, dans le genre de la renaissance. Elle fait honneur au talent de l'un des directeurs, M. Durnel (2). Des pilastres d'ordre corinthien donnent à l'ensemble du monument le caractère de la plus belle architecture, et de leur sommet s'élancent avec hardiesse des gerbes d'arcs doubleaux et de nervures prismatiques, qui vont diviser en caissons l'intrados des voûtes, pendant que des arcs en tiers-point encadrent gracieusement les fenêtres en plein cintre.

Le maître-autel, en marbre, se présente majes-

eux, l'aurait peint après l'accident qui le priva de l'usage de la main droite.

(1) Voy. sur cet artiste un article de M. Jules Janin dans le *Journal des Débats*, avril 1860, à l'occasion de la vente de son cabinet.

(2) Voy. *Histoire du séminaire de Besançon*, par M. l'abbé Jacquenet; 1854, in-8°.

tueusement au fond du sanctuaire, que termine un retable en pierre polie, orné d'un double rang de colonnes d'ordre corinthien. A droite et à gauche de l'autel, dans l'entre-colonnement inférieur, sont pratiquées deux niches, où l'on voit les statues des saints Ferréol et Ferjeux. De chaque côte de la nef et sur toute sa longueur, règnent trois chapelles fermées, comme le chœur qui occupe le transept, par une grille en fer d'un travail simple, mais de bon goût.

Le 7 novembre 1688, Mgr de Grammont consacra solennellement cette église. Le maître-autel fut placé sous le vocable de la Purification de la sainte Vierge et des saints Ferréol et Ferjeux. Dans le tombeau, on joignit aux reliques de nos apôtres les reliques de saint Etienne, premier martyr, et celles de saint Germain, dont les vertus et les miracles avaient honoré le siége épiscopal. Le tabernacle est dû à la munificence du baron d'Eclans (1). Les deux premières chapelles latérales avaient seules reçu des autels. Celui du côté de l'évangile fut dédié à saint Joseph; celui du côté de l'épître, à saint Charles Borromée, le fondateur des séminaires.

A droite du maître-autel sont les armoiries (2)

(1) Charles-Emmanuel Pétremand, créé en 1676 baron d'Eclans, a composé un livre intitulé: *Réflexions chrétiennes et autres dévotes prières pour servir à la méditation de chaque jour de la semaine*, en vers et en prose, 1681; sans nom d'auteur.

(2) D'azur, à trois bustes de carnation, couronnés d'or à l'antique.

d'Antoine de Grammont et de son neveu François-Joseph de Grammont, qui lui succéda sur le siége archiépiscopal, avec les inscriptions suivantes :

P. M.
ILLUST^{mi} ET REV^{mi} DD. ANTONII
DE GRAMMONT,
ARCHIEP^{i} BISUNTINI, S. R. I. PRINCIPIS,
HUJUS SEMINARII FUNDATORI,
CUJUS COR HIC RECONDITUR
COMMUNITAS SACERDOTUM SEM^{rii} BIS^{i}
AB EODEM ERECTA,
HOC PERENNE SUÆ GRATITUDINIS VENERATIONISQUE
MONUMENTUM POSUIT.
OBIIT VI NON. MAII, ANNO D^{i} MDCXCVIII,
ÆTATIS LXXXIII, PONTIFICATUS XXXV.

P. M.
ILLUST^{mi} ET REV^{mi} DD. FR. JOSEPHI
DE GRAMMONT,
ARCHIEP^{i} S. R. I. PRINCIPIS
QUI HANC SACERDOT. SÆCULAR. COMMUNITATEM
HÆREDEM EX ASSE INSTITUIT,
TUM (QUOD LONGÈ PRÆSTANTIUS DONUM EST)
CORDIS SUI DEPOSITARIAM SCRIPSIT.
IIDEM SACERDOTES
HUJUS SEMINARII DIRECTORES,
ACCEPTI MEMORES BENEFICII, CORDISQUE
VERÈ EPISCOPALIS,
AVITAM SEQUANORUM FIDEM
ANHELANTIS CUSTODES REVERENTISSIMI
IN ARCHIEPISCOPUM, PATREM OPTIMUM,
PIETATIS;
EO BENEVOLUM TESTATOREM
GRATITUDINIS SEIPSO POSUERUNT.
OBIIT XI KAL. SEPTEMBRIS, ANNO MDCCXVII,
ÆTATIS LXIV, PONTIFICATUS XIX.

Ces deux monuments de la reconnaissance envers des prélats dont la mémoire n'a pas cessé d'être en vénération dans la province, n'avaient point échappé à la fureur des révolutionnaires; mais ils ont été rétablis aussitôt que le séminaire a été rendu à sa destination.

A gauche est le monument de Mgr le cardinal de Rohan, qui fut aussi l'un des bienfaiteurs du séminaire, auquel il a légué une somme considérable pour l'établissement de chaires de hautes études.

TESTIS EST MIHI DEUS QUOMODO CUPIAM VOS OMNES
IN VISCERIBUS CHRISTI.
† AUG. CARD.
M DCCCXXXIII.

Ce monument en marbre blanc, sur une plaque de marbre noir de Flandre, d'un fini précieux, fait honneur à J.-B. Maire, statuaire, élève de Lemot, mort à Besançon en 1859 (1).

Autrefois il y avait dans cette église un caveau pour la sépulture des directeurs de l'établissement; mais il a été comblé lors des réparations faites à cet édifice.

Cette église possède plusieurs beaux tableaux, parmi lesquels on en remarque un de M. Lancrenon, représentant la Vierge entourant de langes son divin Fils.

(1) C'est à M. Maire que l'on doit la galerie numismatique franc-comtoise, collection malheureusement inachevée, mais qui n'en est pas moins intéressante.

LE REFUGE.

Cette église, monument de la piété de l'archevêque Antoine-François de Blisterwich, qui légua tous ses biens aux religieuses du Refuge, a été bâtie vers l'année 1734, sous la direction de l'architecte Nicole.

Cette jolie rotonde s'élève sur un perron décoré d'une grille assez basse pour ne pas nuire à l'effet. Le portique, en dehors de l'alignement, s'y rattache par des courbes gracieuses; il est d'ordre composite. Des colonnes accouplées supportent un entablement coupé au centre pour mettre en évidence les armoiries du fondateur et une inscription, qui ont disparu dans nos derniers troubles civils. Convertie en magasin pour le service militaire, puis donnée aux protestants, la maison du Refuge ayant été définitivement, en 1802, réunie à l'hospice Saint-Jacques, l'église a servi depuis aux religieuses, qui la font desservir par des prêtres choisis avec le consentement de Mgr l'Archevêque.

On remarque dans l'intérieur des décorations de bon goût, et trois tableaux de Jollin; celui du maître-autel représente Mme Marie de Rainfaing, fondatrice et première supérieure de la congrégation du Refuge, et les deux autres sont relatifs à des traits particuliers de la vie de saint Ignace de Loyola.

BELLEVAUX.

Cette église, dans laquelle le public n'est admis qu'à certains jours de l'année, est très simple et n'a été mise à la disposition de la maison de correction de Bellevaux qu'en 1820. Le maître-autel est orné d'un tableau de Flajoulot, représentant *saint Jean l'Aumônier* qui fait distribuer ses revenus aux pauvres, malgré les représentations de son clergé et de son intendant, auxquels il montre le ciel. Le fond de cette église est peint à l'huile sur plâtre, d'après les dessins du même artiste, dont on connaît la richesse d'invention et les ingénieuses allégories.

Il existe dans la ville plusieurs autres chapelles : au lycée, au collége de Saint-François-Xavier (1), au Sacré-Cœur, à la maison de la Providence, chez les sœurs de la Charité, chez les dames de la Miséricorde, les dames bernardines du Saint-Sacrement et chez les dames carmélites, à la Sainte-Famille, chez les Petites-Sœurs des Pauvres, etc.; mais elles sont uniquement consacrées à l'usage de ces établissements et n'offrent, du reste, rien de bien curieux. Celle du Sacré-Cœur est ornée avec une grande richesse, et parfaitement appropriée à sa destination. L'extérieur n'a aucune espèce de décoration; au-dessus de la porte d'entrée, on a placé un médaillon

(1) Voy. *Eglise des Cordeliers.*

de la Vierge dû au ciseau de M. Camille Demesmay, sculpteur qui honore la province.

ANCIENNE ÉGLISE DU SAINT-ESPRIT.

Jean de Montferrand, fondateur de l'hospice du Saint-Esprit, auquel il légua tous ses biens, mourut en 1207 (1). Ainsi la construction de l'église remonte aux premières années du XIIIe siècle.

L'antiquité de ce monument, la date certaine et précise qui s'attache à ses derniers restes, forment aujourd'hui une grande partie de son importance. Simple dans sa forme, modeste dans ses proportions, dépouillé des pompes du culte catholique, mutilé, il n'a plus qu'un intérêt archéologique, et on ne le visitera guère que pour y étudier les progrès et les transformations de l'art de l'architecture.

La longueur de l'église est de 34 mètres 10 centimètres, et sa largeur de 10 mètres 32 centimètres, mesurés intérieurement. Une seule voûte d'arête, basse, faiblement éclairée par des fenêtres latérales longues et étroites, forme tout l'édifice. Le chœur, où l'on remarquait une belle verrière à rosace, était précédé d'un arc-doubleau qui le séparait de la nef.

Les colonnettes recevant la retombée des nervures

(1) ANNO MCCVII OBIIT DOMINUS
JOHANNES MILES DE MONTEFERRANDO,
QUI FUNDAVIT DOMUM ISTAM ET DEDIT
NOBIS DOMINIUM DE ISTO VICO USQUE AD
PORTUM MAJORIÆ BISUNTINÆ.

de la voûte rappellent le style roman, et leurs chapiteaux à feuillages sont presque tous semblables; cependant les chapiteaux qui surmontent les colonnes du chœur ont une forme plus originale. Dans l'un on remarque un dragon ailé artistement entrelacé dans le feuillage, dans un autre c'est une tête humaine.

La porte d'entrée mérite de fixer l'attention des curieux : son plein cintre, les colonnettes qui supportent l'archivolte, les sculptures de l'imposte, rappellent le style byzantin et établissent un nouveau contraste avec la forme ogivale des fenêtres et de la voûte. Autour de cette porte, on lisait jadis : *Flos florum...... cibus et requies miserorum.* Fraîche et touchante inscription, qui rappelle que cet édifice était à la fois une église chrétienne et l'asile des malheureux! A droite du porche, était un arc de forme ogivale, sous lequel se faisait l'exposition des enfants trouvés; à gauche, l'entrée du couvent des frères Hospitaliers.

Aux XIVe et XVe siècles, l'église reçut de notables embellissements : son entrée fut précédée d'un porche, les murailles furent couvertes de riches peintures, une chapelle fut érigée à gauche de l'entrée, et de belles sculptures reproduisirent dans l'intérieur du temple la scène de la Nativité du Christ. Le porche, qui tombait en ruines, fut détruit en 1841 pour faire place à une construction nouvelle, et les peintures de l'église, déjà fort endommagées par le temps, disparurent aussi dans les travaux de restauration entrepris à la même époque. Il y avait, assure-t-on, impossibilité matérielle de les conserver. Deux fragments précieux ont été sauvés dans ce triste naufrage : 1° la tombe, richement sculptée, de maître Navarret, licencié ès-droit ; ce personnage y est représenté en costume religieux, les mains jointes, sous un porche gothique surmonté de son écusson et de celui de sa femme. Autour du cadre, on lit cette inscription :

CI GIST VÉNÉRABLE ET DISCRÈTE PERSONNE MAISTRE ESTIENNE NAVARRET DE VERCELLE, LIÉ EN LOYS, QUI FUST ET TRÉPASSA LE MARDI DEVANT SAINT NICOLAS D'HIVER, L'AN MCCCC ET IV. DIEU HAIT SON AME.

2° Les restes d'un autel en pierre tendre qui ont été déposés au musée archéologique.

Sous le porche du temple, à gauche, est une cour qui paraît avoir appartenu au cloître des religieux. Sur une des faces, les débris d'une galerie à demi ruinée méritent l'attention des archéologues ; une colonne profondément sculptée et à moitié engagée dans la muraille supporte une pièce de bois couverte de rinceaux de vigne s'échappant de la bouche d'un monstre. Deux lézards enlacés par la queue donnent naissance aux colonnettes de la galerie, que surmonte une pièce de bois non moins curieuse que la première ; on y voit représentés des animaux de forme monstrueuse et fantastique, que des génies ailés tiennent enchaînés par la langue. Ces ornements, hardiment travaillés, paraissent appartenir au xve siècle; il serait à désirer que l'on trouvât quelque moyen d'en assurer la conservation.

On remarque aussi près du cloître les restes d'une grosse tour carrée, dont les murs portent encore le cadran solaire qui se plaçait dans toutes les communautés.

A la suite de la tour carrée existe un bâtiment, au rez-de-chaussée duquel on voit la cuisine et le réfectoire des religieux; on y remarque des poutres artistement sculptées, et dans le chapiteau d'une colonne, l'écusson de la communauté; il est *écartelé* et présente d'un côté *la croix de l'ordre du Saint-Esprit sur fond d'azur,* et de l'autre *deux clefs en sautoir sur fond de gueule.*

Quelques restes de tours, d'escaliers, une vieille cheminée gothique dans une salle voisine de la sacristie, une porte du XIIIe siècle, complètent les derniers débris de ce pieux et antique asile de la charité. Cependant les peintures qui décoraient l'intérieur de l'église et que l'on y chercherait en vain aujourd'hui, ont été sauvées par les soins intelligents de M. l'architecte Marnotte; c'est d'après ses dessins et sur les notes qu'il a bien voulu nous fournir que nous allons en donner la description.

Les peintures étaient divisées par étage et prenaient leur point d'appui sur un soubassement de deux mètres de hauteur, chargé d'ornements divers et surmonté d'une élégante bordure.

Avant les dernières réparations, on voyait dans la travée de l'église, à gauche de l'entrée, deux étages de ces figures; les zones inférieures étaient interrompues par une ouverture donnant accès dans la chapelle latérale du xve siècle, dont nous avons parlé précédemment.

Une bordure d'un style original et d'une grande fraîcheur de coloris soutenait le premier étage, au centre duquel l'établissement de bienfaisance était personnifié dans la figure d'Abraham recueillant une troupe d'enfants dans son sein; à sa droite, on voyait des évêques, un saint prélat et des moines; à sa gauche, une reine dans un pieux recueillement, accompagnée d'une troupe de femmes, qui toutes semblaient apporter leur concours à ce pieux asile et appeler par leurs chants et leurs prières la bénédiction du Ciel. Deux anges à genoux et tenant des flambeaux éclairaient respectueusement cette scène touchante.

Une frise gothique peinte en blanc sur un fond noir séparait le premier étage du second.

Ici, c'était le Christ dans toute sa majesté, couronné d'une auréole brillante, vêtu d'une tunique de pourpre et d'un manteau vert parsemé de fleurs d'or; dans la main gauche il tenait une mitre, ses pieds reposaient sur l'arc-en-ciel, symbole de l'espérance.

Au bas de ce tableau existait une légende qu'il n'a pas été possible de déchiffrer.

La travée qui précédait le chœur était également

fort remarquable. Un Christ en croix en formait le sujet principal, mais la tête seule, qui paraissait de la plus grande beauté, était bien conservée. Il était entouré de plusieurs sujets de petite dimension et superposés les uns aux autres : ces figures et les légendes qui les accompagnaient étaient fort altérées.

La clef de voûte était dorée, et les ornements des nervures d'un blanc d'argent sur un fond rouge ; des étoiles couvraient la voûte et des figures aériennes semblaient suspendues dans le ciel. Une frise charmante entourait la fenêtre de cette travée. Au-dessus du soubassement des murs, on remarquait une belle croix à fleurons placée au centre d'une brillante auréole, et une suite de figures, les unes priant, les autres chantant ou plongées dans la contemplation. Une bordure d'un excellent goût supportait ces différents groupes.

Le soubassement du chœur et des autres parties de l'église était chargé de peintures variées. Les frises qui ornaient les ébrasements des fenêtres, la bordure à quadrille qui en formait le chambranle, la peinture en lignes fantastiques du plafond des arcs-doubleaux, méritaient également d'attirer l'attention.

Les scènes du jugement dernier occupaient en partie la voûte de la seconde travée. Au centre, le Christ, assis sur l'arc-en-ciel, les bras étendus ; de sa bouche sortait une épée, emblème de la justice éternelle. A sa droite et à sa gauche, deux anges, portant l'un la lance et la couronne d'épines, l'autre la croix et les clous; deux autres anges sonnant de la trompette pour avertir les hommes de l'heure suprême, la Vierge et saint Joseph implorant le Christ pour eux; mais déjà saint Michel vérifie dans une grande balance s'ils sont dignes de la miséricorde divine, tandis que l'ange Raphaël repousse de sa lance et de son bouclier le démon sous la forme d'un dragon et le foule à ses pieds. Entre les saints archanges se trouve encore Abraham, qui attend avec calme le jugement qui va être prononcé. Sur les parties où la voûte va en se rétrécissant pour former ses naissances, étaient peints d'autres épisodes qui complétaient cette belle composition. Ainsi, sous le dragon l'on voyait les flammes de l'enfer, et dans les autres angles, des figures en prière ou dans l'attitude du recueillement.

Dans le chœur on remarquait une niche qui, d'après sa forme, semblait avoir renfermé une châsse; elle était décorée de moulures et de sculptures gothiques, peintes de couleurs très vives et rehaussées d'or. A son sommet on voyait deux pierres sculptées et peintes en rouge vermillon, l'une représentant deux petites fenêtres et l'autre un œil-de-bœuf traversé par des nervures. Ces pierres ne paraissaient point appartenir à la décoration et semblaient avoir été incrustées dans le mur après coup, sans que l'on pût en pénétrer le motif. L'on voyait aussi autour de cette châsse les restes d'une peinture imitant la tapisserie. Le fond, d'un rouge éclatant et encadré d'ornements enlacés dans des couronnes, supportait des *Saint Esprit blancs semés en échiquier.*

La maison du Saint-Esprit de Besançon était la seconde de l'ordre des frères Hospitaliers, qui dans le principe ne renfermait que des laïques. Plus tard, un chef avec le titre de commandeur et quatre chanoines en constituèrent le personnel.

L'église du Saint-Esprit a été dernièrement acquise par la ville, et appropriée au culte protestant (1).

SYNAGOGUE DES JUIFS.

Etablie, en 1831, dans une maison de la rue de Charmont, elle n'offre dans ses décorations intérieures rien qui mérite une attention particulière.

La ville renferme cent vingt familles israélites, qui se composent de six cents individus.

ÉGLISES SUPPRIMÉES.

SAINT-ÉTIENNE.

Cette église, l'une des plus magnifiques des deux Bourgognes, située sur l'emplacement occupé par la contrescarpe de la citadelle, du côté de la porte de Rivotte, fut le second temple chrétien de Besançon. Détruite par les Huns, elle ne fut reconstruite que sur la fin du VIe siècle, sous l'épiscopat de saint Nicet,

(1) Voy. l'art. MONT-DE-PIÉTÉ.

par la munificence de Théodoric, roi de Bourgogne, et de la reine Brunehaut.

En 1025, elle tombait en ruine, lorsque l'archevêque Gauthier forma le projet de la réédifier sur le modèle de Saint-Pierre de Rome; mais Hugues Ier, qui lui succéda, réduisit les proportions du premier plan et eut la gloire d'achever l'édifice.

Il rétablit le chapitre et lui assigna de grands biens, dont il fit confirmer la donation par l'empereur Henri III et par le pape Léon IX.

Ce même pontife consacra la nouvelle église en 1050, et accorda aux chanoines, entre autres priviléges, celui de célébrer avec la mitre et les ornements pontificaux.

Rainaud Ier, comte de Bourgogne, se fit à cette époque vassal de Saint-Etienne, pour avoir dans son parvis un tombeau de famille, qu'on appela *casale comitum,* parce qu'il avait été donné à titre de fief et engageait à des devoirs.

Les grands officiers de l'archevêque et plusieurs maisons distinguées de la province, parmi lesquelles on comptait les de Vienne, les Montfaucon, les Rougemont, les de la Roche, les Faucogney, les Baufremont, les de Scey, les d'Abbans, etc., obtinrent, à l'exemple de Rainaud, le droit de sépulture dans le cloître; d'où ils furent appelés *casati sancti Stephani.*

Ces vassaux devaient défendre les intérêts de l'église leur mère. L'empereur Henri IV leur adressa un diplôme pour leur faire cette recommandation. Suivant un ancien rituel, leurs dépouilles mortelles étaient reçues à la porte de la ville par les chapitres de Saint-Jean et de Saint-Etienne, et on faisait le même service que pour un chanoine.

Les archevêques avaient établi à Saint-Etienne leur second siége; cette prérogative, jointe à ses autres priviléges, à ses richesses et à la protection des princes, éblouit tellement les chanoines, qu'ils mirent tout en œuvre pour dépouiller l'église Saint-Jean de la dignité d'église matrice dont elle était en possession. Les deux chapitres contestèrent, pendant près de 130 années, devant les archevêques, les papes, les empereurs, au concile de Tournus, et à celui de Latran assemblé par le pape Calixte II; mais le décret d'union, rendu en 1253 par le légat Hugues de Saint-Cher, maintint l'église Saint-Jean dans sa primauté.

On conservait à Saint-Etienne le cœur du connétable de Bourbon, tué au siége de Rome le 6 mai 1527.

Au devant de Saint-Etienne, à gauche, était un théâtre élevé de quelques marches, d'où l'on montrait deux fois par an le saint suaire. Une place assez vaste et plantée d'arbres séculaires précédait cet édifice, et laissait tout l'espace nécessaire aux curieux qui voulaient en admirer le portail, que surmontait un clocher d'une architecture romane.

Dans le parvis, on voyait les portraits peints à

fresque [1] et les tombes de huit de nos comtes, plus ou moins ornés, selon le goût du temps.

De toutes ces richesses, il ne reste plus que les orgues acquises par l'abbé de Luxeuil, le tombeau de Ferri Carondelet, ainsi que le tableau de fra Bartolomeo, et le marbre creusé en forme de rose [2].

SAINT-ANDRÉ.

L'église de Saint-André, l'un des patrons de la Bourgogne, était bâtie sur la droite de la montagne, un peu plus bas que Saint-Etienne. Dès 1120, elle avait cessé d'être une paroisse ; mais elle en conservait le titre, qui, jusqu'en 1790, était conféré à un chanoine de la cathédrale.

SAINT-MICHEL.

C'était la demeure du reclus [3] qui remplissait les fonctions de grand pénitencier de l'archevêque ; elle séparait l'église Saint-André de la maison curiale.

(1) Lors de la destruction de cette église, Jules Chiflet, abbé de Balerne et chancelier de l'ordre de la Toison d'Or, fit faire les copies des portraits de nos comtes, que l'on voit maintenant au musée de la ville. Ces copies ont été exécutées par Jos. Bauldot, né à Moncey, et mort à Besançon le 4 mai 1684.

(2) Voy. Histoire de Saint-Jean, p. 65, 69, 70.

(3) Le reclus, espèce d'anachorète connu dès le ve siècle, était enfermé solennellement par l'évêque dans une cellule de pierre, longue et large de quatre mètres, à laquelle on ne laissait que trois petites ouvertures, une vers l'église ou chapelle attenante pour participer aux offices divins, une pour recevoir les aumônes, et la

SAINT-PAUL.

L'abbaye de Saint-Paul a été fondée, vers 630, par saint Donat. Ses richesses et ses priviléges s'accrurent peu à peu par la piété des fidèles et la générosité des archevêques, de façon qu'elle devint le partage presque exclusif des familles les plus distinguées du pays. La liste de ses abbés est un éclatant nobiliaire, où se succèdent tous les grands noms de la chevalerie franc-comtoise. Tant d'importance et de prospérité amenèrent des abus, et rendirent des réformes nécessaires : on changea plusieurs fois la forme du chapitre, qui fut sécularisé en 1044 et régularisé ensuite par l'archevêque Anséric, puis, sur la fin du XVIIIe siècle, réuni au chapitre métropolitain.

Le domaine de l'abbaye s'étendait du jardin des Dominicains au Saint-Esprit, et des remparts à la rue du Chateur et à la rue des Granges. Ce qui était bien plus exorbitant, Saint-Paul possédait, par donation archiépiscopale, une partie des droits régaliens dont les archevêques jouissaient sur les moutures et l'entrée des farines. Les habitants de la vaste enceinte où s'étendait la juridiction de l'abbaye ne reconnais-

troisième servait à introduire la lumière. Le reclus pouvait dire la messe dans sa cellule, mais seul et sans assistant. Celui de Saint-Michel était en grande vénération à Besançon. Les femmes avaient, comme les hommes, leurs reclusages.

saient d'autre juge que celui de son chapitre; ils étaient affranchis de toute contribution aux dépenses de la ville et à l'entretien des fortifications. Leurs maisons servaient d'asile aux débiteurs contre leurs créanciers, et même aux criminels contre la justice. Mais ces priviléges avaient été successivement abolis, à mesure que s'établissait un ordre meilleur dans les pouvoirs publics : le droit d'asile fut supprimé par deux diplômes des empereurs Maximilien et Charles-Quint, en 1503 et 1535.

L'église, quoique l'une des plus anciennes de Besançon dans quelques-unes de ses parties, n'a plus rien du VIIe siècle, où l'abbaye fut fondée. Reconstruite peu avant l'année 1042, elle a subi des additions et des réparations sous l'épiscopat d'Amédée II, vers 1370, et dans le XVe siècle, sous Quentin Ménard. L'intérieur, de style ogival, est conservé dans le meilleur état. L'extérieur est d'un caractère bien tranché; les diverses parties en sont dessinées avec simplicité; les contreforts, dans une symétrie parfaite, sont ornés de petites niches surmontées d'un pinacle; les nefs latérales sont éclairées par de grandes croisées à nervures, tandis que sur les murs qui en dominent la toiture, des fenêtres à trèfles, étroites de forme et bien fendues, produisent de ces effets heureux que le moyen âge seul connaissait, et que lui seul savait rendre.

Le clocher était couronné de deux étages surmontés d'une toiture pyramidale en rapport avec le style de l'époque. Le génie militaire, possesseur actuel de l'église, a détruit ce clocher il y a quelques années, par des scrupules plus économiques que stratégiques, auxquels l'opinion a refusé de s'associer. Un des côtés de ce couronnement a pu être sauvé au moment de la démolition, et on en a fait, contre les murs de la bibliothèque, dans la cour, un placage qui est à la fois un ornement archéologique fort élégant, et un important échantillon de l'architecture byzantine du moyen âge. Cette façade est percée de deux baies cintrées, contiguës, ornées chacune d'une archivolte, dont une partie en arrière-voussure repose sur deux colonnes. L'ordre règne sur un socle terminé par une cimaise, et porte lui-même une corniche qui forme l'imposte des arcades. Le couronnement du pavillon est une série de petits arceaux sur des consoles.

A cette monographie du clocher de Saint-Paul, l'un des plus anciens que la France possède, il faut ajouter une remarque bien caractéristique sur sa position : il était assis derrière le chœur de l'église, du côté opposé à la grande porte.

Le vaisseau même de l'église, d'un excellent gothique, est encore dans le meilleur état, malgré la destruction de tout ce qu'elle contenait et la désappropriation qui en a été faite. S'il était possible d'obtenir que les écuries des casernes fussent transférées ailleurs, et que les paroisses réunies de Saint-Maurice et de Saint-Donat y fussent réinstallées avec leur ancien titre, qui est en même temps leur histoire, les exigences du culte et de l'art y trouveraient leur compte. Le titre de Saint-Maurice et Saint-Donat est encore la dénomination officielle de la succursale de Saint-Maurice, qui donna asile aux paroissiens de Saint-Donat lors de la destruction de leur église. Encore aujourd'hui, le logement de l'abbé de Saint-Paul, sous le rempart, appartient à la cure de Saint-Maurice. La réunion de tous ces souvenirs au sein d'un noble édifice convenablement restauré, serait un vrai bonheur pour ceux qui affectionnent notre histoire urbaine. Dans l'état actuel des choses, qu'ils parcourent avec attention la rue Saint-Paul, qu'ils regardent ces maisons dont les portes, presque toutes surmontées de niches, indiquent la pieuse habitude des habitants, qui se mettaient sous la protection des saints. Plus loin, au-dessus de l'entrée du magasin des fourrages militaires, qu'ils remarquent aussi un blason effacé; c'était celui de l'abbé de la Palud, qui le fit placer en 1531 (1). En face de ce vestige, et au bout de cette pauvre rue Saint-Paul tant délaissée, les joies du peuple se mêlaient, jusqu'à la fin du dernier siècle, aux restes historiques que nous voyons. Chaque année, à la Saint-Donat, un puits de verdure, où les ramures de fer destinées à supporter les seaux et leurs chaînes étaient remplacées par des

(1) C'était autrefois le pressoir et la cuverie des religieux de l'abbaye.

ramures de feuillage, réunissait tous les habitants de la rue autour de ce bosquet improvisé, nommé le *Puits Saint-Donat.* Des danses joyeuses perpétuaient la mémoire du saint de l'abbaye déjà dissoute, et de cette cité dans la cité que formaient autrefois les sujets de Saint-Paul.

Pour remplir tous ces vides que nous déplorons, et perpétuer autant qu'il est en nous le souvenir des monuments détruits, nous citerons ici l'inscription du mausolée de Hugues le Grand, dont la révolution a chassé les os de l'église enrichie par ses bienfaits :

LUX CLERO, POPULO DUX, PAX MISERIS, VIA JUSTO,
FULSIT, DISPOSUIT, CONSULUIT, PATUIT.
NONUS TRIGENUS PRÆSUL BISUNTINUS, HUGO ;
CUM RESTENT JULII QUINQUE DIES, OBIIT.

Un autre monument mérite d'être mentionné. On voyait encore au XVIIe siècle, à l'entrée du clocher, la tombe d'un *Pierre de Vaites,* qualifié *miles,* sur laquelle il était effigié avec ses armes, d'*or à trois quintefeuilles percées de gueules.*

SAINT-DONAT.

Sur la clôture même du clos Saint-Paul, du côté des remparts.

Cette petite église, démolie vers 1780, avait été érigée en paroisse l'an 1173, pour les sujets de l'abbaye de Saint-Paul et pour les personnes qui résidaient dans son enceinte.

SAINT-JEAN-BAPTISTE.

Cette église, nommée dans les rituels l'*église du Baptistère,* parce que, avant l'établissement des paroisses, l'évêque y administrait le baptême à Pâques et à la Pentecôte, était l'une des premières paroisses de Besançon. Elle a été démolie en 1793. Son emplacement, qui a conservé le nom de place *Saint-Jean,* a été planté d'arbres, et sert aujourd'hui de marché pour les habitants de la partie haute de la ville.

Contre le pilier de la nef du milieu, au pied de l'escalier de la chaire, on voyait une tombe curieuse, représentant une jeune fille costumée d'une manière particulière et portant cette inscription :

SOUS CETTE PIERRE DURE
GISENT LES TENDRES OSSELETS
DE LA BONAVENTURE
FILLE DE JEAN SAUGET (1).

C'est encore dans cette église qu'était la tombe de Ch. Gabriel du Chatelet.

ALTISSIMO
POTENTISSIMO DD.
CAROLO GABRIELI MARCHIONI DU
CHATELET, CUJUS COR HIC TUMULATUM
JACET
QUÆRIS QUÆ FUERIT GENERIS NOBILITAS
DUCUM LOTHARINGORUM SANGUINEM
REPETE
QUI MORES COGITA HEROE DIGNOS.
OBIIT DIE VI AUGUSTI ANNO MDCVIIC (1693).

(1) La famille Sauget a fourni des co-gouverneurs à la ville de

NOTRE-DAME DE JUSSAN-MOUTIER.

Cette église, la septième paroisse de Besançon, doit son origine à un monastère de filles fondé par saint Donat et Flavie, sa mère. Reconstruit dans le XVe siècle, époque où l'art chrétien brillait de tout son éclat, cet établissement fut converti en un prieuré qui reçut le nom de *Jussan-Moutier*. En 1607, l'église et les bâtiments du monastère furent donnés aux Minimes, qui restèrent chargés de desservir la paroisse. L'église a été détruite pendant la révolution, sur l'avis de l'architecte Colombot (1), qui déclara qu'étant *gothique*, on ne pouvait en tirer aucun parti, et le monastère converti en une caserne pour la gendarmerie.

Elle renfermait la tombe de Françoise de Mantoche, d'une ancienne famille de Besançon :

CY GIT DAMOISELLE
FRANÇOISE DE
MANTOICHE,
FEMME D'HONOR.
HUGUES MOREL
CONTROLEUR DE CESTE CITÉ, LA
QUELLE TRÉPASSA
LE DERNIER
D'OCTOBRE MDIIIC (1597).
DIEU AYE SON
AME. AMEN.

Besançon. Jean Sauget était l'ami du savant antiquaire Boissard, qui lui a dédié un de ses *emblèmes*.

(1) Elève de Desprès, architecte du roi, Colombot n'était point un

On n'a pu découvrir si, comme cela paraît certain, il existait des vitraux et des fresques dans l'église; mais rappelons du moins qu'en 1784, l'architecte Nicole y fut enterré, dans le caveau de la chapelle de Saint-François de Paule, en présence d'un grand concours de peuple.

C'est dans le cimetière au pied du rempart que, deux siècles auparavant, avaient été déposés sans pompe les restes du savant et malheureux Gilbert Cousin, élève du grand Erasme, et l'un des plus illustres restaurateurs des lettres en Franche-Comté, mort dans les prisons de l'officialité. La médaille de Cousin fait partie de la galerie numismatique : elle a été exécutée d'après son portrait, gravé plusieurs fois dans le XVIe siècle, et que l'on voit à la tête de ses *Œuvres* (Bâle, 1562, in-fol.). Il avait pour emblème, suivant la mode des savants de son temps, un serpent qui semble menacer un oiseau effrayé, placé sur un volume fermé d'agrafes, et que supporte un cube; on lit autour : *Simplicitas prudens hic et prudentia simplex.*

homme sans mérite, et la plupart des maisons de la rue de la Préfecture ont été élevées sur ses plans. Son opinion sur le *gothique*, encore controversée en France, est celle de tous les grands architectes italiens. Un de nos compatriotes, Hipp. Laviron, tué en 1849 à Rome, publia, en 1846-47, deux brochures sur la *rénovation du gothique*, pleines de force et de sens, dit M. Michelet; elles tranchaient la question et ne laissaient point de réplique.

LES CORDELIERS [1].

Au XIIIᵉ siècle, l'archevêque Jean Algrin protégea de tout son pouvoir l'institution des Cordeliers, dont la première maison en France fut établie, sous ses auspices, à Besançon.

Un beau portail, décoré de statues, et qui subsistait encore il y a quelques années, donnait entrée dans la cour plantée d'arbres séculaires.

L'église, qui datait de la même époque, et dont la tour était surmontée de quatre clochetons, comprenait neuf nefs et treize chapelles, et n'avait pas moins de 150 pieds de long sur 50 de large. Elle renfermait plusieurs chapelles remarquables, entre autres celle des Bonvalot, que décoraient un grand nombre de tombeaux et de statues, chefs-d'œuvre d'un art naïf. Tout a été détruit, sans que, de tant d'objets précieux, on ait sauvé le moindre débris. On a trouvé dans les fondations, au pied de l'autel de la Vierge, une armure en fer assez bien conservée, que l'on croit avoir été celle de Guillaume de Montferrand, sire de Corcondray, mort en 1340, et dont le nom se trouve indiqué dans le nécrologe des Cordeliers, au mois d'avril. Cette armure est aujourd'hui déposée dans le cabinet Pâris [2].

(1) Rue du Collége.

(2) Une *Histoire du couvent des Cordeliers*, par M. Ch. Desrosne, élève du collége de Saint-François-Xavier, a obtenu un des prix

C'est dans l'église des Cordeliers que les mandataires de la ville faisaient célébrer les offices et les anniversaires fondés par leurs ancêtres, ou demandés par les autorités civiles dans les circonstances extraordinaires de deuil, de joie, de danger ou de remerciements. La confrérie des Marchands, placée sous le vocable des saints Ferréol et Ferjeux, y avait sa chapelle, ses *ex-voto* et ses réunions solennelles. Enfin, une image de la Vierge, déclarée miraculeuse par l'archevêque Claude d'Achey, en 1643, y attira, dans les deux derniers siècles, une foule de pèlerins, et fut signalée dans toute la province par les grâces et les prodiges obtenus à ses pieds.

Sur l'emplacement de cette église, vient d'être construite une chapelle pour les besoins du collége de Saint-François-Xavier. Elle n'a qu'une seule nef, qui se compose de quatre travées, d'un transept et d'un chœur. Bâtie dans le style ogival du XIIIe siècle, elle est ornée de sept belles fenêtres à meneaux, avec roses et arcatures. La fenêtre qui termine l'abside est remarquable par son caractère monumental; elle est richement découpée à jour et garnie de verres peints du plus heureux effet. Ce petit monument, exécuté sur les dessins de M. l'architecte Ducat, est aujourd'hui dédié à l'Immaculée Conception, à saint Joseph, à saint Joa-

que l'académie de Besançon distribue, chaque année, aux auteurs d'ouvrages sur les antiquités de la province.

chim et à sainte Anne, et aux Saints Anges gardiens de l'enfance.

LES DOMINICAINS (1).

Les *dominicains*, appelés *frères prêcheurs* et *jacobins*, vinrent à Besançon en 1223, sous l'épiscopat de Gérard de Rougemont; le chapitre de Saint-Jean leur donna un vaste terrain, où ils s'établirent. Leur église, qui était fort grande, s'écroula en partie en 1752, dans le temps que les religieux étaient au chœur. Par un hasard providentiel, la chute de cet immense bâtiment n'occasionna aucun accident (2). Comme on n'aurait pas alors trouvé facilement la somme nécessaire pour relever cet édifice, on se contenta de fermer par une façade la partie conservée.

Ce couvent, l'un des premiers que les dominicains aient eus en France, a fourni deux généraux à l'ordre : Etienne de Besançon, en 1292, et Pierre de Baume, en 1343. Sur Etienne de Besançon, qui fut un des savants les plus distingués de son siècle, on peut consulter l'*Histoire littéraire de*

(1) Rue de Rivotte.

(2) *Examen sur la véritable cause de la chute inopinée de l'église des Jacobins de Besançon, avec la relation du miracle arrivé dans ce désastre par l'intercession de Marie*; 1753, in-8°. Cet opuscule du P. Roset, dominicain, né à Thoraise, est indiqué dans la *France littéraire*; mais il est devenu si rare qu'on n'en connaît aucun exemplaire.

la France. C'était le siége de l'inquisition dans le comté de Bourgogne. Le fameux Jean Desloix, qui y remplit les fonctions d'inquisiteur pendant vingt ans, a publié *Speculum inquisitionis Bisuntinæ* (Dole, 1628, in-8°), ouvrage rare et très recherché. Ce n'est cependant point une histoire de l'inquisition, mais une espèce de manuel de l'inquisiteur. Quant à l'histoire de l'inquisition de Besançon, elle ne pourra jamais être que fort incomplète, Lejeune, l'un des commissaires de la Convention, en ayant fait brûler les archives dans un des auto-da-fé dont il régalait la populace les jours de décade.

On remarque la belle porte de cet ancien couvent, la forme, l'ornementation, l'ensemble, qui (sauf un malheureux œil-de-bœuf moderne qui perce le tympan), rappelle le xve siècle. L'école d'artillerie en occupe les bâtiments.

Plusieurs familles distinguées (1) avaient leur sépulture dans l'église des Jacobins. On y voyait, entre autres tombes, celle de Jean Mairet, qui s'était distingué contre les huguenots en 1575. Elle était recouverte d'une plaque de cuivre portant les armoiries de sa famille avec l'inscription suivante, composée par son petit-fils, le poëte Mairet, l'auteur de la première de nos tragédies régulières :

(1) Les Rosières, les Sorans, les Tinseau, les Doroz, etc.

HIC JACET
NOBILIS LAUDABILISQUE MEMORIÆ
JO. DE MAIRET CIVIS BISUNT.
QUI HÆRETICORUM DUCEM DICTUM DE BEAUJEU,
MEDIAM CIVIT. JAM ARMIS OCCUPANTEM
FELICIS HASTÆ ICTU EX EQUO
DEJECIT ET HOC STRENUO FASCINORE
NUTANTEM BONORUM CONCIVIUM
LIBERTATEM PRIMUS
ASSERUIT. ANNO MDLXXV.
OBIIT ANNO 1620.
POSUIT HOC VIRTUTIS MONUMENTUM
NOBILIS JO. DE MAIRET
A FILIO NEPOS
QUI ZELI AVITI CONSTANS HÆRES
DUOS PRO PATRIA TRACTATUS REGIOS
PACIS SEU NEUTRALITATIS
CUM GALLIA PEREGIT
ANNIS 1649. III MART. ET 1651.

L'illustre auteur de la *Sophonisbe* avait une tombe près de son aïeul. Toutes les deux ont été détruites pendant le règne de la Terreur.

LES DAMES DE BATTANT (1).

L'abbaye des dames de Battant fut fondée, en 1226, par l'archevêque Jean Algrin, hors de la ville, près de la source de la Mouillère, au-dessous du vallon du Doubs et du charmant bassin de Bregille, avec ce tact des emplacements que nous pouvons envier au moyen âge. En 1595, les religieuses furent transfé-

(1) Rue des Granges.

rées dans la ville, d'abord près de la porte Notre-Dame, ensuite au Temple, et enfin dans la rue des Granges. Dom Perrot, abbé de Cîteaux, qui affectionnait cette maison de Bernardines, fit bâtir en 1713 l'église, assez jolie rotonde, où le style tourmenté du dernier siècle n'est pas trop exagéré. Elle a été convertie en magasin, comme presque tous les édifices sacrés vendus nationalement. On y entre depuis la rue par un porche orné à l'extérieur de deux pilastres ioniques et d'un fronton. Elle est de forme octogonale régulière, et décorée de deux ordres d'architecture. Le premier est ionique : il porte un entablement complet; au-dessus, et sur un stylobate, s'élève un petit ordre corinthien couronné d'une corniche architravée, sur laquelle la coupole prend naissance. Les fenêtres sont placées entre les pilastres de ce second ordre.

Le maître-autel, surmonté d'une crosse abbatiale dorée, s'élevait en face de l'entrée, contre la grille d'une arcade; le chœur des religieuses était derrière. Au-dessus de la place de cet autel et de la corniche de l'ordre ionique, on voit encore une grande gloire sculptée en bois et l'Assomption de la sainte Vierge. Quatre autels étaient placés dans des chapelles en renfoncement autour de l'église. Les sculptures et les profils de ce monument sont simples, mais ils ne sont cependant pas proportionnés avec cette harmonie qui satisfait.

Les bâtiments de l'abbaye subsistent tels qu'ils

étaient en 1789 (1) : au-dessus de la porte d'entrée on lit cette inscription :

ADDUCENTUR REGI VIRGINES POST EAM.
MDCCXXX.

LES GRANDS-CARMES (2).

Le couvent des Grands-Carmes, fondé en 1392 par Jean de Vienne, sire de Roulans, mort héroïquement à la bataille de Nicopolis, et Jeanne d'Oiselay, était remarquable par la beauté de ses escaliers, de ses cloîtres, et par son extrême propreté.

Il avait été rebâti depuis peu, tel à peu près que nous le voyons, lorsque l'Université fut transférée de Dole à Besançon. Les magistrats prirent des arrangements avec les religieux pour y placer l'Université, qui occupait toute la partie des bâtiments du côté de la promenade de Granvelle. Cette école eut une très grande réputation dans le XVIIIe siècle par le mérite de ses professeurs (3). Deux seuls vivaient encore à la réorganisation de l'enseignement, M. l'abbé Jacques et M. Grappe : le premier fut nommé doyen de la faculté de théologie à Lyon, et M. Grappe professeur à la faculté de droit de Paris, où il a été rem-

(1) Au fond du jardin de l'abbaye, on a bâti des bains publics. En 1796, lorsque l'on en creusait les fondations, on a découvert un fragment de pavé en mosaïque, mais il était dégradé et les couleurs presque éteintes.

(2) Rue de la Préfecture.

(3) Voy. *Précis*, p. 24.

placé par M. Bugnet, qu'il avait choisi pour son suppléant.

C'est dans le couvent des Carmes que la noblesse de la province tenait ses assemblées. C'est dans leur église qu'elle célébrait, chaque année, le 23 avril, la fête de saint Georges, son glorieux patron. Avant de se séparer, elle élisait des commissaires chargés de la touchante mission de remplir près des veuves et des orphelins les devoirs de l'antique chevalerie. La nef était tapissée de leurs blasons et pavée de leurs tombes, comme s'ils eussent voulu réunir en ce lieu les emblèmes de la vanité humaine au témoignage de son néant (1).

Dans l'aile droite du même couvent, était placée la bibliothèque des avocats, dont l'un des derniers conservateurs était M. François Martin, député suppléant à l'assemblée constituante, où il remplaça, dès 1789, son confrère, M. l'avocat Blanc. Lors de la grande querelle de l'ordre avec le parlement, cette bibliothèque fut laissée à la garde d'un religieux carme, et enfin, cédée à la ville par délibération du conseil des avocats.

L'église, qui sert aujourd'hui de magasin d'entrepôt, n'a qu'une seule nef, avec une chapelle qui

(1) Il existe plusieurs ouvrages sur la confrérie de Saint-Georges ; le plus ancien est celui de Thomas Varin, avec les blasons des chevaliers, gravés par Pierre de Loisy, pet. in-fol. ; il est rare. Mais celui de M. le marquis de Saint-Mauris, *Vesoul*, 1824, in-8°, est le plus complet.

appartenait à la famille des Granvelle, dont elle portait le nom [1].

L'autel était décoré du beau tableau de Bronzino, qu'on voit au musée.

Le chancelier Perrenot de Granvelle, mort à Augsbourg en 1550, y fut inhumé dans un tombeau de pierre, couvert d'une grande lame de plomb. Sur l'une des faces du tombeau, Nicole Bonvalot, son épouse, avait fait mettre cette inscription :

NICOLAO PERNOTO,
EQUITI ORDINIS DE ALCANTARA,
COMMEND. CALAMEÆ, DOMINO A GRANVELLA,
CHANTONAI, RENANS, CANTECROIX,
PACIS AC PUBL. TRANQUILLITATIS STUDIOSISSIMO,
CÆSARIS CANCELLARIO
ET INTIMI CONSILII PRÆFECTO,
QUI POST INNUMEROS PRO REPUBL. CHRISTIANA
LABORES SUSCEPTOS,
GESTISQ. SÆPE NEGOTIIS PRO ILLIUS INCOLUMIT;
CUM IN GERMANIA
ET ALIIS PROVINCIIS CÆSARIS VICES AGERET,
TANDEM AUGUSTÆ VINDELICORUM,
MAXIMO REIPUBLICÆ CHRIST.
ET SUI RELICTO DESIDERIO,
PIUM ANIMUM SUPERIS REDDIDIT.
UXOR PIENTISSIMA AC LIBERI MŒSTI TRISTESQUE,
POSUERUNT.
OBIIT VI KAL. SEPT. ANNO MDL.
ÆTATIS SUÆ LXIV.
REQUIESCAT IN PACE.

(1) Une galerie en arcade conduisait du palais Granvelle à cette chapelle.

Le cardinal de Granvelle, ministre de Philippe II, mort à Madrid en 1586, ordonna par un testament que son corps fût rapporté à Besançon pour y être inhumé dans le tombeau de sa famille, à côté de sa mère ; ce vœu fut exécuté.

A la révolution, le caveau de cette illustre famille fut violé, et le tombeau du chancelier Perrenot servit d'abreuvoir aux chevaux des chasseurs de la Côte-d'Or, puis fut transformé en un lavoir qu'on a vu longtemps dans le jardin de l'abbaye Saint-Paul. M. Norin en a fait don au musée archéologique, où il est déposé.

Au devant du chœur était la tombe de l'historien Dunod, sur laquelle on lisait cet éloge mérité :

QUI PATRIAM AMAVIT, COLUIT ET ORNAVIT.

LES PETITS-CARMES (1).

Les Carmes déchaussés s'établirent à Besançon le 30 novembre 1645. Une pieuse matrone, nommée Jeanne Papay, leur donna sa maison, sur le terrain de laquelle ils ont bâti, d'après les plans et sous la direction du provincial.

De cet humble et modeste couvent sont sortis un des généraux de l'ordre, le P. Symphorien Ballyet ; un prélat, le P. Emmanuel Ballyet, évêque et consul de France à Bagdad, savant antiquaire et numismate ;

(1) Rue de Battant, à l'angle de la rue Champron.

et deux des plus célèbres prédicateurs du dernier siècle, le P. Elisée, prédicateur du roi, dont on a quatre volumes de sermons réimprimés plusieurs fois, et le P. Césaire (1), moins connu en France qu'en Italie, où il prêcha à Naples et à Rome avec de grands applaudissements.

LES CORDELIÈRES OU CLARISSES (2).

Cette abbaye, fondée vers le milieu du XIIIe siècle, passait pour la plus ancienne maison de l'ordre en deçà des monts, c'est-à-dire hors de l'Italie. Elle était devenue fameuse par le séjour de sainte Colette, qui y établit elle-même sa réforme, laquelle s'y maintint dans toute sa ferveur jusqu'à la suppression des ordres religieux. L'église n'offrait de remarquable que le chœur, où l'on montait par plusieurs degrés, et que décoraient quelques tableaux de prix. A gauche était la chapelle de Jacques de Bourbon, qui crut trouver dans les austérités d'une vie pénitente un bonheur qu'il n'avait pu goûter sur le trône, et, d'après le conseil de sainte Colette, se retira dans le couvent des Cordeliers, où il mourut. Il fut inhumé dans la chapelle qu'il avait fondée chez les dames de Sainte-Claire, et où l'on célébrait chaque année une messe pour le repos de son âme. Cette chapelle était

(1) Voy. sur le P. Césaire les *lettres* de l'abbé Galiani.
(2) Rue Saint-Vincent, direction de l'artillerie.

fermée d'une grille en fer qui a disparu avec l'église et les autres monuments qu'elle renfermait, dont il ne reste plus aucune trace.

Le tombeau en pierre de Jacques de Bourbon était recouvert de cette inscription :

CY GIST
JACQUES DE BOURBON,
TRÈS HAUT PRINCE ET EXCELLENT,
DE HONGRIE, HIERUSALEM ET SICILE,
ROI TRÈS PUISSANT;
COMTE DE LA MARCHE, DE CASTRE,
ET SEIGNEUR D'AUTRES PAYS,
QUI POUR L'AMOUR DE DIEU LAISSA
FRÈRES, PARENTS ET AMIS, ETC.,
ET PAR DÉVOTION ENTRA
EN L'ORDRE DE SAINT-FRANÇOIS;
LEQUEL TRÉPASSA
LE XXIII SEPT. DE L'AN MCCCCXXXVIII.
PRIEZ DIEU POUR SON AME DÉVOTEMENT.

Par son testament du 20 mai 1663, dont il existe à la bibliothèque de la ville une copie authentique, Béatrix de Cusance, mariée à Charles IV, duc de Lorraine et de Bar[1], déclara qu'elle voulait mourir dans l'habit des sœurs de Sainte-Claire, et choisit sa sépulture en la chapelle du roi Jacques, « dans le » tombeau où est inhumé le corps de madame Béatrix » de Vergy, sa très honorée ayeule paternelle. » Cette princesse fit un grand nombre de legs pieux tant en Lorraine, dans les Flandres, qu'en Franche-Comté.

(1) Le prince de Vaudémont, qui défendit Besançon en 1668, était son fils.

Elle voulait fonder un couvent de carmes dans la seigneurie de Belvoir, et légua pour cet objet 12,000 livres, somme considérable alors ; mais son intention à cet égard ne fut point exécutée.

On voyait encore dans la même église la tombe d'Hardouin d'Amandre, avec cette épitaphe :

CY GIT
MESSIRE HARDOUIN D'AMANDRE,
SEIGNEUR D'ÉCHENOZ-LE-SEC ET SOING,
CHEVALIER DE L'ILLUSTRE CONFRÉRIE
DE SAINT-GEORGES,
CAPITAINE AU TERCE DE M. LE BARON DE SOYE,
QUI FUT TUÉ A LA DÉFENSE DE LA CITADELLE
LE 20 MAI MDCLXXIV,
APRÈS AVOIR SERVI QUARANTE ANS.

LES CAPUCINS (1).

Les PP. capucins furent admis à Besançon en 1607, par l'archevêque Ferdinand de Rye, qui les combla de bienfaits.

C'est dans cette maison que le fameux dom Jean de Vatteville prit l'habit de Saint-François ; mais, ne trouvant pas la règle assez sévère, il obtint, avant la fin de son noviciat, la permission de passer dans l'ordre des chartreux. Ce couvent est le berceau de plusieurs hommes de mérite, entre autres du P. Chrysologue, de Gy, astronome et géographe distingué ; du P. Dunand, membre de l'académie de Cassel, dont

(1) Devant l'hôpital Saint-Jacques.

la bibliothèque possède 30 vol. in-4°, fort épais, de notes bonnes à consulter sur l'histoire de la province, etc.

Dans l'une des chapelles de l'église des Capucins avait été déposé le cœur de Luc Maréchal de Vezet, premier président de la chambre des comptes, marié à Suzanne Pétremand, d'une noble famille de Besançon qui a produit de savants jurisconsultes. Le poëte Mairet, son contemporain et son ami, composa pour ce pieux monument les vers suivants, qui méritent d'être conservés :

Si l'honneur, la sincérité,
La justice et la probité,
Prolongeaient la trame des hommes,
Ce cœur sous la tombe enfermé
Serait encor, tout animé,
L'ornement du siècle où nous sommes.
Mais malgré l'injuste dessein
De la Parque pleine d'envie,
Sa triste épouse, dans son sein,
Lui donne une seconde vie.

A la suppression des ordres religieux, l'église des Capucins fut le lieu de réunion de la société des Amis de la constitution, et leur couvent fut transformé en une maison de réclusion pour les suspects du département du Jura. On trouve de curieux détails sur le régime de cette prison dans les *Mémoires* de l'abbé Lambert, aumônier du duc de Penthièvre, qui y fut enfermé quelque temps (1).

(1) Pierre-Thomas Lambert, né en 1751 à Lons-le-Saunier, mort

Les Capucins étant devenus la propriété de la ville par un échange avec le gouvernement, l'église fut donnée aux réformés, nouvellement établis à Besançon. Dans le couvent, le peintre Paillot obtint un atelier, dont il couvrit les murs d'esquisses des batailles de Godefroi de Bouillon, qui ont disparu (1).

LES URSULINES (2).

Ces religieuses, appelées à Besançon en 1613, n'y furent établies définitivement qu'en 1618. Leur première supérieure fut la vénérable Mère de Xaintonge, la fondatrice de l'ordre en France. Elles n'étaient point cloîtrées, et, conformément à la règle de l'institut, dirigeaient des écoles de jeunes filles pauvres, auxquelles elles apprenaient à lire, à écrire et à se

en 1802 en Espagne, où il avait suivi la fille du duc de Penthièvre, madame la duchesse d'Orléans, à laquelle il était resté constamment attaché. Ses *Mémoires*, dont la première partie est malheureusement perdue, ont été publiés par ses neveux, héritiers de ses manuscrits, *Paris*, *1822*, in-8°.

(1) En 1804, le sculpteur Castex, membre de l'institut d'Egypte, traversant Besançon pour retourner à Rome, va voir Paillot, qu'il ne connaissait pas, mais dont il avait entendu parler, et qui le retint à souper. Castex, qui devait repartir le lendemain, charmé de l'accueil de son hôte, consentit à lui donner quelques jours et finit par rester dix-huit mois à Besançon. Le maire lui avait accordé un atelier dans l'église des Capucins; il y exécuta un beau buste du maréchal Moncey, qui a décoré pendant quelques années la principale salle de l'hôtel de ville, et qui a été brisé en 1814; des vases placés dans le jardin de M. Dornier, aux Chaprais, détruits pendant le blocus, et plusieurs statuettes, dont quelques-unes subsistent peut-être encore dans les cabinets des curieux.

(2) Rue des Chambrettes, maison n° 13.

rendre habiles dans les divers ouvrages propres à leur sexe. Leur costume, qui était celui des dames de la fin du XVIe siècle, paraissait bien singulier au bout de cent ans. L'auteur des *Noëls* au patois de Besançon (1) l'a décrit dans ces deux vers :

Portant le casque en tête
Et la cuirasse au dos.

Leur église était une simple chapelle, où les vieux prêtres, logés dans le voisinage, allaient célébrer les offices avec une certaine solennité les jours de grandes fêtes. Leur dernier aumônier a été l'abbé Cl.-Franç. Nonnotte (2). L'église et le couvent ont été transformés en habitations particulières.

LES CARMÉLITES (3).

Ce fut à la demande de l'impératrice Anne d'Autriche que les carmélites furent reçues à Besançon, au mois de septembre 1616. Elles se logèrent d'abord dans une maison de la rue Saint-Vincent, et, le 30 avril 1622, leur couvent et leur église ayant été achevés, le chapitre métropolitain les y conduisit en pompe. Ces religieuses avaient richement décoré leur église, où l'on voyait une Vierge de *Carle Ma-*

(1) Nous saisissons avec empressement cette circonstance pour signaler aux curieux l'excellente édition de ces *Noëls* donnée par M. Th. Belamy, qui l'a enrichie de notes philologiques très intéressantes.

(2) Voy. rue Saint-Paul.

(3) Rue de Glères, maison de MM. Charnaux.

ratte. Elles possédaient un ornement complet couvert d'or et de perles.

Ce couvent étant devenu la propriété de M. Faurie de Vienne, directeur des douanes, il s'y ménagea un logement aussi commode qu'agréable et y établit, sous la direction du célèbre Morel, un jardin paysage qui mérita les éloges de tous les connaisseurs empressés de le visiter. C'est dans cette agréable retraite que M. de Vienne, dans un âge avancé, accueillait encore avec une exquise politesse les hommes distingués et les artistes de mérite qui passaient à Besançon. Passionné pour la musique, il donnait chaque année des concerts où il invitait la ville entière, et dans lesquels se sont fait entendre tous les musiciens de la province qui jouissent maintenant d'une réputation plus ou moins étendue à Paris. Il était lié d'une étroite amitié avec le célèbre Chérubini, dont il apprit les règles de la composition, et a laissé plusieurs morceaux importants qui sont maintenant déposés à la bibliothèque. Le souvenir de cet aimable vieillard, si vif, si spirituel et si bienveillant, sera longtemps cher à tous ceux qui l'ont connu.

LA VISITATION (1).

En 1627, l'archevêque Ferdinand de Rye accorda à Mme de Chantal la permission d'établir la communauté de la Visitation.

(1) Rue de la Luc.

Pendant la révolution, ce couvent fut réuni à l'hôpital militaire Saint-Louis (1). La chapelle, embellie et ornée par les soins de M. l'abbé Maire, dont les instructions dominicales attiraient un grand concours de fidèles, a cessé d'être ouverte au public depuis 1858.

LA CONFRÉRIE DE LA CROIX (2).

C'est à la famille Maréchal, dont le nom se rattache à plusieurs établissements utiles, qu'est due (1652) la fondation de cette chapelle, où se réunissaient les pénitents noirs, connus dans la province sous le nom de confrères de la Croix. Cette pieuse association comptait parmi ses membres les personnes les plus distinguées par leur naissance et leur fortune, et son but était de soulager les malheureux en leur fournissant des secours à domicile. Augustin Nicolas, maître des requêtes au parlement et littérateur distingué, qui eut le courage de réclamer, dans un livre dédié à Louis XIV, l'abolition de la torture près d'un siècle avant Beccaria, fut un des partisans les plus zélés de cette œuvre de charité. A sa mort, en 1696, il lui légua tous ses biens, et fut inhumé dans cette chapelle, où, quelques années avant la révolution, l'on voyait son épitaphe. Elle avait été décorée avec goût ; on y remarquait surtout la chaire, d'une belle forme.

(1) Voy. Hôpital militaire.
(2) Rue des Granges, maison n° 12.

LES BÉNÉDICTINES (1).

Le couvent des Bénédictines, fondé en 1674, n'avait qu'une simple chapelle. Ces religieuses tenaient un pensionnat de jeunes demoiselles, à qui on enseignait la musique, et dont les voix mélodieuses attiraient aux offices, les jours de fêtes, un grand concours de personnes du premier rang.

Pendant la Terreur, ce couvent fut transformé en une maison de détention pour les dames nobles suspectes de ne pas aimer le nouveau gouvernement, et plus tard en un hôpital militaire, qui reçut le nom d'hôpital *de l'Egalité*. Cédé ensuite au ministère de la guerre, on y a établi la direction du génie.

LES ANNONCIADES (2).

L'église, bâtie vers 1660, n'offrait rien de remarquable. Elle a été transformée, ainsi que le couvent, en une maison élégante; et c'est aujourd'hui une des plus belles et des plus agréables habitations de la ville.

(1) Place de l'Etat-Major.

(2) Rue des Granges, maison Détrey.

Une cuve ovale fut trouvée à l'entrée du jardin qui est entre la maison des Carmélites et celle des Annonciades. M. Chiflet, l'un des membres de notre académie nommés par le roi, et depuis premier président du parlement de Metz, en fit l'objet d'un Mémoire inséré dans les registres de cette compagnie.

SAINT-ANTOINE.

Cette église, à trois nefs d'égale hauteur, desservie d'abord par des chanoines réguliers de l'ordre de Saint-Antoine (1), puis par des prêtres que leur âge et leurs infirmités mettaient dans l'impossibilité de gouverner une paroisse, a été divisée par le nouveau propriétaire en deux étages, servant le bas d'entrepôt et le haut de salle de concert, etc.

LA CONCEPTION.

Placée d'abord sur le terrain où a été bâti l'hôtel de la préfecture, cette chapelle, dédiée à l'Immaculée Conception, occupa plus tard la maison qui fait l'angle de la rue des Bains-de-Chamars. Une société de dames s'y réunissait une fois par semaine pour y satisfaire leur dévotion. On y célébrait avec pompe les principales fêtes de la Vierge, et les prédicateurs les plus célèbres tenaient à honneur de s'y faire entendre devant un public de choix.

(1) Dès le XIIe siècle il y avait à Besançon un établissement hospitalier dont les membres s'appliquaient particulièrement à soulager les infirmes. La congrégation des chanoines de Saint-Antoine fut supprimée en 1780, et ses biens réunis à ceux de l'ordre de Malte.

MONUMENTS CIVILS.

PALAIS ARCHIÉPISCOPAL.

L'archevêché de Besançon est l'un des siéges les plus anciens et les plus illustres de la Gaule; ses archevêques, princes de l'empire, ont joui jusqu'à la révolution d'une juridiction très étendue.

L'ancien palais avait été bâti par Guillaume de la Tour, dont la statue en pierre décorait la principale façade. L'empereur Frédéric III y descendit quand il vint à Besançon en 1442; Charles le Téméraire et Maximilien Ier, alors roi des Romains, l'habitèrent aussi dans les années 1476 et 1492. De cet antique et noble édifice il ne subsiste plus qu'un escalier en viorbe, la chapelle qui fut restaurée au commencement du XVIe siècle, et le bâtiment occupé par la maîtrise, qui renfermait le tribunal de la régalie et celui de l'officialité.

La porte de la chapelle, cintrée et couronnée de fleurons, est fort curieuse; mais la fenêtre, vue de l'intérieur, mérite plus particulièrement l'attention des archéologues.

Cette fenêtre, de style ogival, est divisée par deux meneaux de forme prismatique, avec des soubassements ornés de moulures. Plus bas que la naissance de l'ogive, ces meneaux se réunissent par des trilobes allongés, se bifurquent et se ramifient dans le tympan en prenant une direction ascendante. Toutes les moulures de ces meneaux et celles qui forment nervures sont fortement refouillées. Les parois latérales sont ornées de deux niches garnies de statues en marbre blanc. Les piédestaux en culs-de-lampe étaient décorés de feuillages frisés, taillés, évidés dans la masse et en plein relief; il ne reste plus que quelques vestiges de ces ornements. Des dais en saillie et de forme quadrilatère, dont deux faces se perdent dans la base de la fenêtre, abritent les statues. Chaque dais, élégamment ciselé et richement orné, forme voussure et se termine par un clocheton qui s'élance jusqu'au tympan de la fenêtre.

Cette chapelle, qui pendant des siècles a été l'oratoire de nos prélats, était dédiée à saint Nicolas, et le chapitre y célébrait l'office, chaque année, la veille et le jour de la fête de ce saint.

Le nouveau palais, construit par François-Joseph de Grammont, élevé à l'épiscopat en 1698, se compose du bâtiment faisant face à la rue Saint-Jean et de deux ailes.

Ce palais n'offre à l'extérieur rien de remarquable; mais les appartements en sont vastes et distribués d'une manière commode. On y a placé la suite des portraits des archevêques, depuis saint Ferréol jusqu'à nos jours. Cette collection, qui décorait avant 1790 la salle synodale, avait été transportée dans une maison particulière. Sur la demande de Mgr Mathieu, elle a été acquise en 1837 (1) par le gouvernement pour la rendre à sa primitive destination.

Ces portraits sont au nombre de 106 (2); les an-

(1) A l'époque où Mgr de Durfort se retira en Suisse, un de ses neveux fit déposer cette importante collection dans les greniers d'une maison qu'il possédait rue du Chapitre n° 5. C'est là que ces tableaux sont restés ignorés jusqu'à la mort de Mme de Durfort.

(2) Suite des évêques et archevêques de Besançon, dans l'ordre où leurs portraits sont rangés :

IIIe SIÈCLE.

S. Ferréol.
S. Lin.
S. Germain.
S. Maximin.

IVe SIÈCLE.

S. Paulin.
S. Eusèbe.
S. Hilaire.
S. Panchaire.
S. Just.
S. Agnan.
S. Sylvestre Ier.
S. Fronime.

Ve SIÈCLE.

S. Antide.
S. Désiré.
S. Léonce.
S. Célidoine.
Germésile.
Amantius.

VIe SIÈCLE.

S. Claude Ier.
S. Urbicus.
Tétrade Ier.
S. Sylvestre II.
S. Nicet.

VIIe SIÈCLE.

S. Prothade.
S. Donat.
S. Miget.
S. Ternat.
S. Gervais.
S. Claude II.

ciens ont été exécutés d'après des médailles, des tableaux, ou seulement d'après les données histo-

VIIIe SIÈCLE.

Félix.
Tétrade II.
Abbon.
Vandelbert.
Euralde.
Arnoul.
Hervé.
S. Gédéon.

IXe SIÈCLE.

Bernouin.
Amalouin.
Arduic.
Thierri Ier.
Bérenger.

Xe SIÈCLE.

Gerfroi.
Gui.
Guichard.
Létalde.
Hector.

XIe SIÈCLE.

Gauthier ou Gaucher Ier de Salins.
Hugues Ier.
Hugues II de Montfaucon.
Hugues III de Bourgogne.

XIIe SIÈCLE.

Ponce, surnommé Hugues IV.
Guillaume Ier d'Arguel.
Anseric de Montréal.
Humbert de Saint-Quentin.
Gauthier II de Bourgogne.
Herbert.
Ebérard de Saint-Quentin.
Thierri II de Montfaucon.
Etienne de Bourgogne.
Amédée Ier de Tramelay.

XIIIe SIÈCLE.

Gérard Ier de Rougemont.
Jean Ier, Algrin.
Nicolas de Flavigny.
Geoffroi.
Jean II.
Guillaume II de la Tour.
Eudes de Rougemont.

XIVe SIÈCLE.

Hugues V de Bourgogne.
Vital.
Hugues VI de Vienne.
Jean III de Vienne.
Louis de Montfaucon.
Amédée II de Faucogney.
Guillaume III de Vergy.
Gérard II d'Athier.

XVe SIÈCLE.

Thiébaud de Rougemont.
Jean IV de la Roche-Taillée.
François Ier de Condelmire.
Jean V de Norri.
Quentin Ménard de Flavigny.
Charles de Neuchatel.
François II de Busleiden.

XVIe SIÈCLE.

Antoine Ier de Vergy.
Pierre de la Baume.
Claude III de la Baume
Antoine II Perrenot de Granvelle.
Ferdinand de Rye.

XVIIe SIÈCLE.

François III de Rye.
Claude IV d'Achey.
Charles-Emmanuel de Gorrevod.
Jean-Jacques Fauche.

riques; mais depuis le XVIe siècle ils ont été faits pour la plupart sur les modèles; quelques-uns sont d'une grande beauté.

La salle synodale est ornée de plusieurs tableaux, parmi lesquels on distingue le *Christ au tombeau*, du Bassan; le *Passage de la mer Rouge*, par Frank; une copie du *groupe* de Michel-Ange que l'on voit à la chapelle de la Compassion de Saint-Pierre à Rome. Les quatre panneaux ont été peints par M. Baldauf fils.

Le plafond de cette salle vient d'être peint à fresque par M. Artaud; le principal sujet est l'*Assomption de la sainte Vierge*. Les arabesques qui l'entourent sont de M. Roberti, artiste à qui l'archevêché doit plusieurs autres embellissements, notamment les peintures du plafond du grand escalier et de la galerie conduisant, par la salle synodale, du nouveau palais à l'ancien, et qui a reçu le nom de *passage des saints*, parce que chaque panneau de la boiserie contient le

Antoine-Pierre Ier de Grammont.
François-Joseph de Grammont.

XVIIIe SIÈCLE.

René de Mornay de Montchevreuil.
Honoré-François de Grimaldi.
Antoine-François de Blisterswick de Moncley.
Antoine-Pierre II de Grammont.
Antoine-Clériadus de Choiseul-Beaupré.
Raymond de Durfort.

XIXe SIÈCLE.

Claude Lecoz.
Gabriel Cortois de Pressigny.
Paul-Ambroise Frère de Villefrancon.
Louis-François-Auguste de Rohan-Chabot.
Louis-Guillaume-Valentin du Bourg.
Jacques-Marie-Adrien-Césaire Mathieu.

portrait d'un des saints les plus célèbres du diocèse.

Dans l'ancien palais, complétement réparé, sont les *appartements d'honneur,* destinés aux personnages de distinction, et d'autres logements, moins somptueux, que l'on appelle les *appartements des amis.* Les appartements d'honneur sont ornés de peintures tant anciennes que modernes, et plusieurs panneaux sur bois offrent un véritable intérêt. On y remarque le *fameux ostensoir* acquis par la province archiépiscopale de Besançon pour être offert au saint-père Pie IX, et que Mgr Mathieu porta lui-même à Rome, l'année qui précéda sa promotion au cardinalat.

C'est dans la chambre qui est derrière la salle synodale, et avec laquelle elle communique par une simple porte, que Son Em. Mgr le cardinal de Rohan avait établi sa chapelle privée, qu'il a décorée avec le luxe et le goût qui le distinguaient. Sur l'autel est un beau tableau de *la Vierge,* qu'il avait rapporté de Rome, et dont il a permis de prendre des copies, soit pour les églises du diocèse, soit pour des oratoires particuliers.

En entrant dans le salon de réception, à gauche, est le *portrait du cardinal de Rohan* (1), peint d'aprés nature, à Rome, en 1831, par Agrais, artiste piémontais; plus loin, deux portraits, par Rigaud, de prélats étrangers au diocèse. Entre les fenêtres, un

(1) Un second portrait de Son Eminence, peint par Camuccini, est placé dans la salle capitulaire.

Trait de l'histoire de Venise, par Paul Véronèse. Envoyé à Paris pour être rentoilé, ce tableau a fait l'admiration des artistes et excité l'ambition des amateurs. Au-dessus de la cheminée, un *Portement de croix* sur bois, par Cigoli, Florentin. Dans le milieu du salon, entre deux *marines* de Jos. Vernet, le *portrait du pape Pie VII,* fait à Rome par un des plus célèbres peintres de l'époque.

A ce tableau se rattache une anecdote qui mérite d'être racontée : Mgr du Bourg remplissait depuis deux ans à la Louisiane les fonctions de missionnaire, avec autant de zèle que de succès. Sa santé, gravement altérée par les fatigues, lui faisait sentir la nécessité de prendre enfin quelque repos, et il était sur le point de repasser en Europe, lorsqu'il reçut de Rome les bulles qui lui conféraient le titre d'évêque des vastes contrées dont il avait été le premier apôtre. Laissant à un des ecclésiastiques qui l'avaient suivi en Amérique le soin de veiller sur son troupeau, il pressa son départ et vint à Rome rendre compte de l'état de la mission, et en même temps se défendre d'accepter le poste éminent qui venait de lui être confié. Parmi les motifs qu'il alléguait pour ne pas se charger de l'évêché de la Louisiane, le principal était la difficulté qu'il éprouvait d'entretenir avec le chef de l'Eglise des rapports d'autant plus nécessaires qu'il s'agissait de tout créer dans un pays où tout était à faire. Dans une audience que le pape Pie VII lui avait accordée au palais Quirinal, Mgr du

Bourg, après avoir insisté sur l'obligation de lui donner un successeur, termina son allocution en disant *qu'il se soumettrait s'il y avait un pape en Amérique.* Alors Pie VII lui dit : *Vous en aurez un;* et, donnant l'ordre de détacher son portrait, il le remit à Mgr du Bourg, qui, tombant aux pieds du vénérable pontife, les arrosa de ses larmes. C'est ce même portrait que Mgr du Bourg a légué au diocèse de Besançon, après l'avoir porté dans les déserts de l'Amérique, où souvent, en le contemplant, il a raffermi les forces et le courage dont il avait besoin pour remplir sa difficile mission.

Parmi les ornements du petit salon, on admire un *croquis,* de la main du Poussin, de son fameux tableau de l'*Enlèvement des Sabines;* le *Sommeil de l'enfant Jésus,* par Annibal Carrache; une *gravure originale* de Rembrandt.

Dans la chambre suivante, où sont morts nos deux derniers archevêques, on remarque un petit tableau sur cuivre représentant *saint Stanislas de Kotska;* c'est le seul qui reste des trois qui ornaient l'autel portatif dont le cardinal de Rohan se servait en voyage. Les deux autres, représentant *saint Louis de Gonzague* et la *Vierge,* ont été perdus à sa mort, ainsi que de petits médaillons en émail et d'autres objets, que des personnes pieuses ont cru pouvoir s'approprier en souvenir d'un prélat regretté.

S. Em. le cardinal de Rohan a laissé à ses successeurs un riche mobilier, tous les ornements de sa chapelle, des aubes, des surplis, dont plusieurs sont en dentelles d'Angleterre avec des dessins d'un travail achevé, des chapes et des chasubles de différentes couleurs chargées de perles, de pierreries et des plus riches broderies, un beau calice relevé de médaillons en émail et de pierres précieuses.

La bibliothèque du Chapitre a été formée des livres donnés par la ville ou légués par Mgr Lecoz et S. Em. le cardinal de Rohan. Elle est riche surtout en ouvrages de théologie et d'histoire ecclésiastique. M. le chanoine Denizot en est le conservateur, et s'occupe avec beaucoup de zèle de l'accroître des ouvrages imprimés ou manuscrits qui se rattachent à l'histoire de l'Eglise de Besançon.

La plupart de nos prélats ont aimé les lettres et protégé ceux qui les cultivaient. Ch. de Neuchatel a introduit l'imprimerie dans le diocèse (1); Antoine de Vergy chercha à y fixer Erasme par l'offre d'un double canonicat, avec la dispense d'assister au chœur. Claude d'Achey était en correspondance avec Balzac, le créateur de la prose française; enfin, le cardinal de Choiseul avait amené avec lui des ecclésiastiques distingués, auxquels il conféra le titre de grands-vicaires. Dans le nombre étaient Gros de Besplas, devenu prédicateur du roi, et Fauchet, que la révolution fit évêque du Calvados et envoya à l'échafaud avec les Girondins. A cette époque, il s'é-

(1) Voy. *Précis*, p. 15.

tablit à l'archevêché une académie qui ne subsista pas longtemps, mais sur laquelle on trouve de curieux détails dans la *Muse du Mont-Jura,* de l'abbé Grandjacquet, ouvrage singulier, qui sera recherché quand les exemplaires en seront devenus moins communs, ce qui ne tardera pas.

HOTEL DU GÉNÉRAL COMMANDANT LA DIVISION.

L'hôtel Montmartin (voy. ci-après), résidence du commandant de la province, ayant été vendu en 1793 avec les autres propriétés de la ville, les lieutenants généraux qui se succédèrent dans le commandement de la division militaire dont Besançon était le chef-lieu, reçurent une indemnité pour leur tenir lieu du logement que la ville ne devait plus leur fournir. Ce n'est que depuis quelques années que le ministre de la guerre a mis fin à cet état provisoire, en achetant des héritiers de M. le marquis de Germigney l'hôtel de Bouclans.

Cet hôtel, bâti dans le XVIIIe siècle, se compose d'un grand pavillon en retraite avec deux ailes. Derrière est un beau jardin fermé de grilles en fer, qui s'étend sur la rue du Perron et la nouvelle rue Neuve. La famille Lebas, qui a fait construire cet hôtel, établie dans la province au XVIIe siècle, y a tenu en tout temps un rang très honorable; elle a fourni des présidents au parlement et à la Cour impériale.

M. Lebas de Clevans ayant, en 1716, épousé la veuve de Jean-Ferdinand Lampinet, cette dame lui apporta en mariage la seigneurie de Bouclans, érigée depuis en marquisat, et une riche bibliothèque, formée et successivement augmentée par plusieurs générations de savants de la famille Lampinet. M. de Clevans était digne d'un tel héritage, car il aimait les lettres et les cultivait avec succès. Désigné par le roi l'un des premiers membres de l'académie de Besançon, il en remplit quelques années les fonctions de secrétaire perpétuel. Il mourut en 1762, laissant sa belle bibliothèque agrandie et placée dans une galerie digne de la recevoir. Amateur éclairé des arts, il possédait une collection de bronzes très remarquable. Son arrière-petit-fils, M. le baron de Saint-Juan, en conserve une partie. Comme dans ce monde tout prend fin, la bibliothèque a été vendue aux enchères (vers 1806). Tous ces livres si bien choisis, reliés avec tant d'élégance et qui avaient fait la gloire de leur maître, ont été partagés entre les curieux de la province, pour qui le nom de Ferdinand Lampinet, quand ils le retrouvent sur le frontispice d'un volume, est toujours une puissante recommandation.

HOTEL DE LA PRÉFECTURE.

Cet hôtel, autrefois l'*intendance*, a été bâti de 1771 à 1779, sur les plans de Louis, architecte du roi, et sous la direction de Nicole, aux frais de la province de Franche-Comté, qui s'était imposée extraordinairement à cet effet.

Le porche, faisant face à la place, malheureusement ne correspond pas en ligne droite à la rue. La façade, ornée d'un fronton d'ordre ionique, est précédée d'une cour régulière, mais peu spacieuse. La porte principale ouvre sur un vestibule décoré de six colonnes; au milieu est un bel escalier qui conduit à une galerie d'où l'on communique aux appartements. La partie sur les jardins, encadrée dans des masses de verdure, présente au centre une rotonde décorée de pilastres et couronnée par un dôme élégant; c'est le grand salon de réception. La partie supérieure de cet édifice, autrefois surmonté par de longues balustrades à jour, caractérise l'époque où l'on commençait à abandonner le style orné et tourmenté, pour revenir à un genre plus simple et plus régulier. On dirait une réminiscence des charmantes *villas* des environs de Rome, si coquettes de forme et si pures de proportions, que les architectes allaient alors admirer et copier.

Les bâtiments en ailes sont occupés par les bureaux; les archives, placées dans un local spécial, renferment les chartes de l'ancienne chambre des comptes de Dole et des établissements religieux ou civils du département, une partie de celles de Montbéliard, dont le surplus a été envoyé à Vesoul et à Paris; une partie des titres de la maison de Chalon, les recès des états de la province et nombre de documents provenant de l'ancien parlement de Dole ; enfin les archives administratives modernes.

Les pièces les plus anciennes remontent aux premières années du XIIIe siècle ; elles offrent en général un grand intérêt pour notre histoire ; des inventaires en facilitent l'usage.

HOTEL DE VILLE.

Au XIIIe siècle, la mairie occupait, rue des Chambrettes, l'ancienne maison qui au XVIIe siècle appartenait à l'illustre famille des Chiflet. C'est là que l'un de ses membres, Jean-Jacques, a composé son *Vesontio,* puisqu'il l'habitait encore lorsqu'il fut appelé en Flandre par le gouverneur des Pays-Bas, vers 1625. On voit à l'angle de la façade de petites bandes de fer qu'on croit être les étalons des mesures alors en usage.

Plus tard, elle fut transportée dans le voisinage des greniers actuels de la ville, place Labourée. Le passage qui conduit à la rivière en a retenu le nom de *Port-Maïeur,* ou de la Mairie. Le prétoire et les prisons occupaient, dans la rue de l'Abreuvoir, un grand bâtiment qui a été démoli pour faciliter les abords de la nouvelle halle.

L'hôtel de ville actuel, construit dans les premières années du XVIe siècle, a un caractère imposant. Au-dessus de la porte d'entrée sont les armes de la ville : l'aigle tenant dans ses serres deux colonnes et la devise *Deo et Cæsari fidelis perpetuò*, qui rappelle la fidélité et le courage des Bisontins. Cette partie de la mairie est occupée par les salles de réception et de réunion du conseil municipal. La première est ornée des portraits en pied du maréchal Moncey, l'une des grandes illustrations de notre ville, et du général Donzelot (1), qui s'est acquis la double réputation d'un vaillant militaire par sa défense de Corfou, qu'il ne remit aux Anglais que sur l'ordre de Louis XVIII, et d'un habile administrateur en rétablissant l'ordre à la Martinique, dont le même prince le nomma gouverneur. Ces deux portraits sont de M. Gigoux, l'un des peintres qui font le plus d'honneur à notre école, dont il est l'élève. Le troisième portrait est celui du général Pajol, dont nous aurons l'occasion de reparler. C'est un don de sa famille (2).

Au secrétariat est un plan de la ville de 1629, au moyen duquel on peut juger de tous les changements qu'elle a subis depuis deux siècles.

Autrefois, une chapelle, où des chapelains dont l'institution était fort ancienne célébraient chaque jour la messe, occupait la pièce qui sert aujourd'hui de cabinet particulier à M. le maire. Cette chapelle, sous le double vocable de l'Annonciation et des saints

(1) Le général Donzelot n'est pas né à Besançon, mais à Mamirolles, village où sa mémoire est bénie autant qu'elle est honorée à Besançon.

(2) Le beau portrait de S. M. Louis-Philippe a été placé en 1849 au Musée des tableaux.

Ferréol et Ferjeux, était décorée de quatre statues en marbre et du *Christ en croix,* d'Albert Durer, qui est au Musée.

Les archives, placées dans un local convenable, renferment les diplômes des empereurs et des rois de France concernant les franchises et les droits de la cité, et une foule de documents originaux d'une grande importance pour l'histoire; les registres des délibérations du corps de la ville, depuis 1289, ne forment une suite complète qu'à dater des premières années du XVIe siècle. Ces archives viennent d'être mises en ordre par M. Aug. Castan, élève lauréat de l'école des chartes, qui en a été nommé le conservateur.

Dans la cour de l'hôtel de ville, on voyait autrefois plusieurs inscriptions; il n'en subsiste plus que deux: l'une au-dessus de la porte du greffe civil (1) :

QUI PARCIT MALIS NOCET BONIS,

et l'autre sous les fenêtres de la salle des assemblées :

OBEDIENTIA FELICITATIS MATER.

L'administration municipale est confiée à un maire et deux adjoints. Un conseil de trente membres arrête chaque année le budget des dépenses et propose les améliorations qu'il juge nécessaires (2).

(1) C'est là qu'était l'hôtel de la Monnaie au moment de sa suppression. La marque des monnaies frappées à Besançon, et qui doivent être fort rares, est un double C.

(2) Pour l'ancien régime municipal, voy. *Précis*, p. 22.

Ce serait ici le lieu de rappeler quelques-uns des actes qui ont illustré cette administration ; mais ses services sont assez constatés par le grand nombre d'institutions utiles qu'elle a fondées ou favorisées, par les monuments des arts que son zèle a élevés, et par les embellissements de tout genre dont elle a décoré les divers quartiers de la ville.

PALAIS DE JUSTICE.

En entrant dans la cour de l'hôtel de ville, on aperçoit dans le fond la façade du palais de justice ; elle est remarquable sous le double rapport de la convenance et de l'art. Œuvre de la renaissance, dans le goût flamand, elle est couronnée d'une lanterne pyramidale d'un bon effet, et percée au centre d'un arc à plein cintre, accompagné de colonnes doriques et surmonté de deux statues : *la Force* soutenant une colonne, et *la Justice,* les yeux bandés, tenant à la main son glaive redoutable. Les croisées, d'un beau caractère, ont la sévérité qui convient à cet édifice ; au-dessus, à gauche, sont les armes de France, et à droite celles de la ville. Le fronton est soutenu par des mascarons et d'autres ornements aussi bizarres que variés. L'œil aime à se reposer sur cette fraiche architecture, où la pierre rose de Sampans brille comme autant de rubis enchâssés dans l'argent.

L'intérieur de ce palais, reconstruit dans le milieu

du XVIIIe siècle, renferme plusieurs salles plus vastes que magnifiques. Le portique de la salle des audiences de rentrée est orné de deux figures représentant l'*Abondance* et les *Arts;* de chaque côté de la porte sont les statues de la *Justice* et de la *Religion,* modelées par Clésinger père; dans l'intérieur se trouve une bonne copie du *Christ* de Lebrun, par Jolivet, artiste de Dijon (1), mort prématurément en Angleterre, où il avait été conduit par le désir d'en visiter les musées.

Avant 1793, cette salle était décorée d'une tapisserie des Gobelins, don de Louis XIV au parlement, semée de fleurs de lis et des armes de France soutenues par deux anges. En 1830, on en voyait encore un morceau dans la chapelle; mais, depuis, il a été recouvert d'un papier de couleur. C'est dans cette salle que devait se trouver le portrait de CHARLES-QUINT, chef-d'œuvre du TITIEN, donné par ce souverain à son parlement de Dole, et qui a été brûlé par ordre d'un commissaire de la Convention (2).

Au-dessus de la porte d'entrée de la salle des Pas-Perdus, on lit cette inscription, qui contient une

(1) Il était professeur à l'école de Besançon.

(2) On ne peut se faire une idée juste de tous les objets précieux qui ont péri à cette époque néfaste. Dans un curieux manuscrit, qui nous a été communiqué, on lit: « 27 mars 1793, enlèvement des portraits des rois, papes et princes, qui se trouvaient à l'intendance, à la maison de ville, à l'archevêché, dans les églises et les couvents, et même *chez des particuliers*, lesquels furent brûlés, avec leurs cadres, sur la place des Casernes. »

grave et constante leçon aux magistrats qui vont prendre séance :

DILIGITE JUSTITIAM
QUI JUDICATIS TERRAM.

La Cour impériale, dont la juridiction s'étend sur les départements du Doubs, de la Haute-Saône et du Jura, est composée d'un premier président, de trois présidents de chambre, de vingt conseillers (ce nombre vient d'être réduit par décret impérial), d'un procureur général, de deux avocats généraux, de deux substituts et d'un greffier en chef. Elle possède une bibliothèque de jurisprudence et les archives du parlement (1) depuis les premières années du XVIe siècle jusqu'en 1790, époque de sa suppression.

C'est encore au palais de justice que siégent le tribunal de première instance, le tribunal de commerce et la cour d'assises.

SUCCURSALE DE LA BANQUE DE FRANCE.

Cet hôtel, bâti vers la fin du XVIIIe siècle par M. Pétremand de Valay, était fermé par une grille en fer. Les montants de la porte étaient surmontés de deux lions couchés et se regardant; aux extrémités de la grille étaient des trophées d'armes en pierre d'un bel effet. A la vente de cet hôtel, en 1793, le nouvel acquéreur fit disparaître la grille

(1) Voy. *Précis*, p. 23.

avec les ornements; il la remplaça par un mur uni.

M. de Valay, étant rentré dans la possession de son hôtel, rétablit la grille, qui vient encore une fois d'être remplacée par un mur. Tous ces changements ont eu lieu dans l'espace de cinquante ans.

M. de Valay, ancien officier de cavalerie, était le dernier représentant de la famille Pétremand (1), qui a fourni des co-gouverneurs à notre ville et plusieurs hommes distingués dans les lettres et dans la magistrature. Duverdier, dans sa *Bibliothèque française*, cite THIERRY PÉTREMAND, de Besançon, qui mit en vers la paraphrase de l'*admirable Histoire de la sainte héroïne Judith;* Lyon, 1578, in-4°. Cet ouvrage est devenu si rare, qu'on n'en connait aucun exemplaire dans la province. PIERRE PÉTREMAND, savant jurisconsulte, mort à Besançon en 1581, a publié un ouvrage de droit qui n'est guère moins rare que le précédent (2). Enfin, on doit à JEAN PÉTREMAND le *Recueil des ordonnances de la Franche-Comté;* Dole, 1619, in-fol., ouvrage utile, réimprimé dans le XVIIIe siècle sous la même date, et qui était souvent cité dans les tribunaux.

M. de Valay avait épousé une demoiselle de la famille des Fénelon, digne héritière des vertus et de la

(1) Le jeton des Pétremand porte *trois pommes de pin*, deux et une, avec la devise : *Contenta suo mediocritas.*

(2) Cet ouvrage manque à la bibliothèque de la ville; mais M. le président Bourgon en possède un exemplaire, qu'il a eu la complaisance de nous communiquer.

bienfaisance de l'illustre archevêque de Cambrai. Mme de Valay, de concert avec son mari, a fondé dans le village de Valay, qu'ils habitaient une partie de l'année, des écoles et d'autres établissements utiles qui doivent y perpétuer leur mémoire, que les habitants ont déjà consacrée par un pieux monument.

POSTE AUX LETTRES.

La maison où depuis plusieurs années est établie la poste, appartenait avant 1789 à M. Talbert de Nancray, conseiller au parlement. D'une famille originaire des environs de Lons-le-Saunier, et d'une autre branche que le chanoine connu par le grand nombre de ses lauriers académiques, il comptait parmi ses ancêtres Cl.-Fr. Talbert, célèbre professeur à l'université de Dole, auteur d'une thèse latine sur la mainmorte (*De manu mortuâ),* qui a eu plusieurs éditions, honneur qu'obtient rarement une thèse, et qui a fait autorité en cette matière jusqu'à la suppression de ce reste honteux de la féodalité.

Notre conseiller, à la science du droit, indispensable au magistrat, joignait l'amour des lettres, et avait formé une nombreuse bibliothèque, riche surtout en classiques grecs et latins et en ouvrages sur les langues; elle passait pour une des plus belles de la ville, où il en existait alors plusieurs de très remarquables par le choix et le nombre des volumes. La révolution, dont M. de Nancray s'était dès le principe montré l'un des plus ardents adversaires, s'empara de ses biens, et sa bibliothèque, déclarée nationale, fut singulièrement amoindrie par les divers déplacements qu'elle eut à subir. A sa rentrée en France, M. de Nancray, toujours passionné pour l'étude, s'occupa sur-le-champ de reformer une bibliothèque, dont il ne pouvait se passer, et, retiré à Quingey, il consacra ses loisirs à composer un *Dictionnaire polyglotte* resté inachevé, mais qui n'en atteste pas moins son immense érudition.

LES HALLES AUX GRAINS (place de l'Abondance[1]).

La vieille halle[2] est à l'angle de la rue de Battant, où viennent aboutir les différentes routes qui traversent des pays abondants en grains. Deux larges entrées, l'une sur la rue de Battant et l'autre sur la rue du Pont, facilitent la circulation des voitures. Cette halle devenant insuffisante à raison de l'accroissement du commerce, l'administration municipale résolut d'en établir une nouvelle, réservée exclusivement à la vente des grains. La vieille halle continua de servir pour la vente des légumes, du beurre et des fromages, et, pendant les foires, pour la vente des cuirs.

La construction de la nouvelle halle décidée, le

(1) Voy. *Dictionnaire des rues*, place Labourée.

(2) Elle est bâtie sur l'emplacement d'une chapelle dédiée à saint Laurent, mentionnée dans nos *rituels*.

plan en fut mis au concours, et le prix décerné, en 1832, à M. Marnotte, alors architecte de la ville. La première pierre (1) en fut posée par le maire en exercice, M. Jean-Agathe Micaud, le 1er mai 1835. On mit huit années à la construire, et ce ne fut qu'en 1843 que l'inauguration en eut lieu, en présence du conseil municipal et des principaux citoyens invités à cette solennité. Les marchands de blé exposèrent aux regards des assistants un sac aux armes de la ville, orné de fleurs, avec cette inscription :

HALLE DE BESANÇON.
5 MAI 1843.

Ce bâtiment représente un carré parfait de cinquante mètres de toutes faces. Chaque face est percée de neuf arcades par étage, et ornée de pilastres et d'entablements doriques. Le rez-de-chaussée sert d'entrepôt pour le commerce des blés. La façade du côté de la place renferme un grand vestibule et deux escaliers à trois rampes qui conduisent aux salles occupées par le musée de tableaux, le musée archéologique, et par la salle destinée pour les concerts ou d'autres assemblées publiques.

Dans le plan primitif, au centre du bâtiment devait s'élever une rotonde, à l'embellissement de laquelle l'architecte avait déployé toutes les ressources

(1) On a trouvé dans les fondations deux puits romains, des vases de diverses formes, ornés de sculptures, des lacrymatoires, des fragments d'amphores, des morceaux de marbre, des médailles, etc.

de son talent. Cette rotonde, décorée d'une colonnade corinthienne, et surmontée d'une coupole richement ornée, devait, aux jours de fêtes, devenir le lieu de réunion de l'élite de la société bisontine. Malheureusement des motifs d'économie ont forcé d'en ajourner la construction.

L'unité qui règne dans le bâtiment de la halle et la grandeur de ses proportions présentent un caractère monumental qui en fait un des plus beaux édifices de la ville.

HALLETTES ET MARCHÉS.

Il existait deux hallettes dans le XVIIe et même dans le XVIIIe siècle; l'une, destinée à la vente du poisson, était située sur la place qui en a gardé le nom de *Place de la Poissonnerie;* l'autre, établie dans la rue Saint-Vincent, le long du mur du couvent des Clarisses, était réservée à la vente du gibier et de la volaille, et se nommait *la Volaillerie;* elle n'a été supprimée qu'après 1789.

Le marché pour la vente des légumes frais, du jardinage et des fruits, se tenait dans la Grande-Rue du Bourg, depuis le pont jusqu'à la place ou plutôt le carrefour qui, malgré la disparition du puits, a conservé le nom de *Puits-du-Marché.* Après la démolition des maisons qui encombraient la place qui reçut le nom de *Place de l'Abondance,* le marché y fut transféré et y subsiste encore.

Un second marché avait été établi, pour la commodité des habitants de la partie haute de la ville, sur la place Saint-Quentin. Il a été transféré sur la place Saint-Jean, mais il est moins fréquenté que le premier.

ANCIENS GRENIERS A BLÉ.

Au fond de la place, on remarque un vaste bâtiment, régulier, d'une belle architecture; c'étaient les greniers à blé de la ville. Le rez-de-chaussée sert aujourd'hui de marché couvert et d'entrepôt pour l'octroi, et les étages sont occupés par les écoles municipales.

La façade de ce bâtiment est enrichie d'une corniche d'ordre toscan, avec frise et listel au bas, et la grande porte d'entrée, ornée de chaque côté de pilastres d'une architecture composite, est surmontée d'une pierre d'attente en forme d'acrotère, bordée d'un cadre, sur laquelle on lisait cette inscription :

PERENNIS ANNONÆ PROMPTUARIUM,
REGNANTE LUDOVICO XV.
CAMILLO, DUCE DE TALLARD,
FRANCIÆ MARESCALLO,
APUD SEQUANOS GUBERN.,
CAROLUS DE LA NEUVILLE, REI POLITICÆ
JUDIC. ET ÆRARIÆ PRÆF.
MAGISTRATUS BISUNTINI
POSUERE.
M. D. CC. XXII.

HOSPICES.

On doit regarder comme certain que, dès les premiers siècles du christianisme, Besançon eut des maisons consacrées à recevoir les malades, les pauvres et les orphelins. L'hôpital Saint-Jacques, fondé en 1122 par le chapitre de Sainte-Madeleine, dans la rue d'Arênes, près des remparts, était exclusivement destiné aux malheureux qui pouvaient invoquer le droit de cité, lorsqu'en 1666, de nouveaux directeurs l'ouvrirent même aux étrangers. C'est alors qu'il se forma une association de dames pour recueillir les dons d'objets mobiliers, et que toutes les positions sociales concoururent à cette entreprise et se mirent en communauté de pieuse industrie.

A peine l'hôpital eut-il pris une nouvelle existence par le changement de son régime intérieur, que l'insuffisance du local se fit sentir. Deux directeurs furent chargés de rechercher un nouvel emplacement plus vaste, et il fut transféré, en 1667, dans une maison dont l'oratoire, qui existe encore dans le jardin de l'hôpital actuel, est le dernier débris.

En 1670, on forma les projets d'un plus grand établissement, et l'année suivante on acquit, à Chamars, une étendue assez considérable de terrain ; mais ce ne fut qu'en 1686 que l'on commença les premiers travaux, sur les plans de l'architecte Royer, revus par Jacques Magnin, aumônier du couvent de la Visitation, qui fut chargé, jusqu'à l'époque de sa mort en 1693, de suivre les constructions et de fournir tous les modèles pour l'exécution des ouvrages de menuiserie et de serrurerie.

L'hôpital Saint-Jacques, entièrement achevé en 1707, doit son origine à la munificence de Louis XIV, d'Antoine-Pierre de Grammont, vertueux prélat, qui en fut le premier directeur, de Ferdinand Jobelot, alors premier président au parlement, magistrat célèbre par son savoir et son intégrité, et à la générosité d'une foule de personnes qui, par leurs largesses, l'ont rendu puissant et célèbre.

Cet édifice (1) est remarquable par la beauté de ses bâtiments et par sa grille, exécutée d'une manière admirable par un serrurier bisontin nommé Chap-

(1) En face, sur l'ancienne place des Capucins, on avait élevé, en 1826, au général Pichegru une statue en bronze, modelée par Fragonard, l'un des artistes les plus distingués de Paris ; cette statue a été renversée en 1830, et vendue dix années plus tard à un fondeur. La tête seule est déposée à la bibliothèque, dans le cabinet Pâris.

puis. Au-dessus de la porte principale on lit le millésime 1703, avec cette inscription, tirée des Psaumes, et dont l'application est aussi juste qu'ingénieuse :

TIBI
DERELICTUS EST
PAUPER,
ORPHANO TU ERIS
ADJUTOR.

On trouve dans cet hospice tout ce qui peut contribuer à l'agrément et à la salubrité, des passages commodes, des escaliers faciles, des cours (1) spacieuses et bien aérées, des conduites d'eau dans chaque office, des bains, un jardin immense, et partout aussi cette propreté, cet ordre, ces soins, cette abondance de bien-être, qui en font l'un des hospices de France les mieux tenus, comme il en est un des plus beaux. Au centre des salles destinées aux malades, s'élève une chapelle d'une élégante simplicité. Les dortoirs, les cuisines, les réfectoires, toutes les pièces nécessaires à un si vaste établissement, sont bien distribués, et l'ordre qui règne dans chacune des parties de cette administration annonce la sagesse des règlements et l'extrême surveillance des personnes chargées de les faire observer.

Trente-trois religieuses rendent les soins les plus touchants et les plus assidus aux malades, à qui deux

(1) Dans l'une de ces cours on a découvert un pavé de mosaïque d'une grande dimension, qui pourrait être relevé et servir à tabler la salle de l'un des musées de la ville.

chapelains sont chargés d'offrir les secours de la religion. Ces religieuses sont en congrégation ; elles portent le nom de filles de *Notre-Dame des sept Douleurs,* et viennent de l'hôpital de Beaune. Les premières qui furent admises à Besançon, en 1667, reçurent des honneurs qui peignent les mœurs de l'époque et méritent d'être racontés.

« L'archevêque de Grammont avait fourni un équi-
» page attelé de six chevaux. Cinq dames bourgui-
» gnonnes et plusieurs directeurs les accompa-
» gnaient ; leur arrivée fut consacrée par des solen-
» nités religieuses. Les gouverneurs de la ville de
» Besançon et le corps des notables offrirent les vins
» d'honneur aux directeurs bourguignons, et aux
» dames les présents d'usage. Il fut fait aux direc-
» teurs de Beaune *offre civile* des frais de leur voyage.
» Ils en *firent remerciement, en s'excusant de les ac-*
» *cepter sur le motif de leur dessein commun avec*
» *celui des directeurs de Besançon au soulagement*
» *des pauvres*. Tout ce qu'une franche courtoisie peut
» exprimer fut mis en usage. On députa un directeur
» pour la reconduite des dames jusqu'à Beaune (1). »

L'hôpital est administré par une commission composée de neuf membres ; elle s'assemble tous les samedis, sous la présidence de M. le maire de la ville,

(1) Exposé des faits relatifs à l'établissement de l'hospice civil de Besançon, par M. Monnot Arbilleur. *Recueil de l'Académie*, séance du 2 mai 1831.

et délibère sur les différentes choses qui lui sont proposées pour le bien de la maison.

L'hôpital jouit d'un revenu fixe de 90,000 francs. Le département et la ville contribuent à acquitter une partie de ses dépenses, et la charité pourvoit au surplus des besoins.

Un incendie avait détruit, dans la nuit du 7 au 8 avril 1840, le tiers à peu près des bâtiments; mais cet immense désastre a été réparé.

La pharmacie ne le cède à aucun établissement de ce genre. Outre les médicaments employés dans la maison, elle fournit encore ce qui est prescrit par les médecins des autres hospices. L'ornement de cette pharmacie a été donné, en 1702, par Gabriel Gascon, pharmacien de la ville.

Le service médical est divisé en deux parties distinctes, celui de la médecine et celui de la chirurgie; les visites ont exactement lieu deux fois par jour.

Les archives viennent d'être classées avec ordre par M. Castan, déjà chargé des archives de la ville, dont le zèle et l'activité méritent les plus grands éloges. La salle des assemblées est décorée des portraits des principaux bienfaiteurs de l'hospice et de plusieurs de ses administrateurs (1).

La plupart des éminents bienfaiteurs de l'hospice

(1) Ces portraits, au nombre de douze, sont rangés dans l'ordre suivant : Louis XIV; Ant.-Pierre de Grammont; le président Jobelot; Jean-François Chandiot, ancien gouverneur; François-Joseph de Grammont; Ant.-Pierre II de Grammont; le cardinal de Choi-

sont suffisamment connus; mais, puisque l'occasion s'en présente (et nous avouons que nous l'avons cherchée), qu'il nous soit permis de dire quelques mots de la famille patricienne des Chandiot, éteinte au commencement du XVIIIe siècle, et qui ne mérite pas l'oubli dans lequel elle est tombée (1). Malgré toutes nos recherches, nous n'avons pas pu établir sa généalogie; tout ce que nous savons, c'est que les deux derniers membres de cette famille, probablement les deux frères, Jean-François et Denis Chandiot, ont consacré la totalité de leur fortune au service de la ville et au soulagement des pauvres. Denis Chandiot, seigneur d'Arçon, ancien co-gouverneur de Besançon, mourut le 22 novembre 1716, et fut inhumé dans le caveau qu'il avait lui-même destiné à sa sépulture, dans l'église Saint-Maurice, reconstruite à ses dépens (voy. p. 85). Jean-François Chandiot, également ancien co-gouverneur, était mort le 31 mars 1706, léguant toute sa fortune à l'hôpital Saint-Jacques, dont il avait été l'un des administrateurs pendant douze ans, « prodiguant ses soins et ses peines pour conserver et augmenter le bien des pauvres (2). » Il avait épousé, en 1691, Mlle Jeanne-

seul; le président de Quinsonas; M. de Courbouzon; Joseph-Eléonore Bouhélier de Sermange; Mgr de Durfort, et François-Joseph Bulabois, ancien magistrat.

(1) Le jeton des Chandiot, frappé en 1666, porte *trois chiens courants superposés*, avec cette devise : *Cunctanter et properè*.

(2) Extrait textuellement des registres de l'hôpital.

Anne Bordey, d'une famille noble de Vuillafans, femme distinguée par son esprit non moins que par ses vertus. L'illustre abbé de Saint-Vincent, l'abbé Boisot, l'un des hommes les plus dignes d'apprécier le mérite de Mlle Bordey, la fit connaître à Mlle de Scudéry en lui communiquant une de ses lettres. Voici la réponse de Mlle de Scudéry à l'abbé Boisot (7 mars 1691) : « *En vérité, Monsieur, après avoir* » *lu ce que votre aimable amie vous écrit, je vous* » *soupçonnerais volontiers de me tromper, et je croirais* » *que cette jolie lettre est de quelque personne de la* » *cour que des affaires ont menée dans votre pays, si* » *j'en connaissais quelqu'une qui écrivît avec autant* » *d'esprit et de politesse.* » Mlle de Scudéry s'empressa d'admettre Mme Chandiot dans sa société littéraire, sous le nom académique de *Belle Iris* (voy. l'*Hist. abrégée du comté de Bourgogne,* de D. Grappin, p. 223). Après la mort de son mari, elle prit à loyer une maison de l'hôpital, où elle vécut dans la retraite et mourut le 19 mars 1737, dans un âge très avancé. Les deux témoins qui ont signé son acte de décès, deux conseillers au parlement, déclarent qu'elle était âgée d'environ quatre-vingt-dix ans. Par son testament, elle demanda d'être inhumée dans le cimetière de l'hôpital, dont son mari avait été l'un des bienfaiteurs, au milieu des pauvres qu'elle avait constamment soulagés autant qu'elle l'avait pu. Mme Chandiot, d'après le témoignage de ses contemporains, écrivait également bien en prose et en vers ; mais aucune de ses poésies ne nous est parvenue. M. Roussel de Breville, membre de l'académie de Besançon, possédait deux volumes de ses *Lettres* adressées à Mlle de Scudéry, à Pélisson, à l'abbé Nicaise, etc. Mais M. de Breville s'étant, par suite des circonstances, retiré dans un village, où il mourut en 1807, tous les manuscrits qu'il laissait devinrent la proie du maître d'école, qui les mit entre les mains de ses élèves pour les *former à la lecture des vieux papiers.* Ainsi périt tout ce qui restait encore d'une femme aimable et spirituelle, digne par ses talents et ses vertus de laisser parmi ses concitoyens un plus long souvenir (1).

HOPITAL MILITAIRE.

Cet hospice, qui portait le nom de Saint-Louis, est situé dans la rue de Bregille, et consiste en un bâtiment de médiocre étendue, avec un jardin planté d'arbres servant de promenade aux convalescents. Il était exclusivement destiné aux soldats de la garnison. Dans le temps des grandes guerres de l'empire, ce bâtiment devenant trop petit pour recevoir les malades et les blessés de l'armée du Rhin, on le réunit au couvent de la Visitation, dont il n'est séparé que par un mur assez élevé. Cet état de choses a duré jusqu'à ces derniers temps, où, par des raisons d'é-

(1) On imprime maintenant à Paris de *Nouvelles Lettres* de Mlle de Scudéry, où Mme Chandiot est louée à toutes les pages.

conomie, l'hôpital militaire a été supprimé momentanément. Il a été question de le reconstruire sur un plan adopté déjà par le ministre de la guerre ; mais ce projet est ajourné (voy. p. 133).

MONT-DE-PIÉTÉ.

L'origine de ces maisons de prêt est due à l'Italie ; on en fait honneur au pape Paul II, qui vivait vers le milieu du xve siècle. Le but qu'elles se proposent est de soustraire à la rapacité des usuriers les personnes que l'infortune poursuit, en leur fournissant l'argent dont elles ont besoin, sur des gages mobiliers et au moyen d'un intérêt modéré.

Une ordonnance royale du 17 septembre 1823 a créé le mont-de-piété de Besançon, et ses opérations ont commencé le 9 novembre de l'année suivante. Cet établissement, placé dans la partie neuve des bâtiments de l'ancien hospice du Saint-Esprit, dont les vastes salles et l'exposition présentent toutes les commodités possibles, est régi par la commission administrative de l'hôpital Saint-Jacques, qui fournit les fonds destinés aux prêts et recueille les bénéfices qui en résultent.

Cette institution est d'une utilité réelle ; mais elle le serait bien davantage si la masse du fonds capital dont elle dispose était plus en harmonie avec les besoins d'une cité aussi populeuse que Besançon, et si l'intérêt pouvait être réduit à un taux moins élevé. C'est dans de sages combinaisons de tous les éléments qui constituent cette œuvre, c'est par une économie méthodiquement calculée, qu'il est possible d'atteindre à des améliorations importantes. La bienfaisance, qui s'exerce dans notre ville avec un si grand zèle, ne laissera pas imparfaite une conception aussi belle; elle s'empressera de lui donner tous les développements dont elle est susceptible, afin de la porter au degré de perfection auquel il est désirable qu'elle parvienne.

Le groupe colossal, en pierre du pays, qui surmonte la porte principale, représente la Charité, qui tient dans ses bras des enfants demi-nus, en jetant des regards de pitié sur d'autres enfants dont elle est entourée; on lit au bas cette touchante inscription, tirée du Psalmiste :

PATER MEUS ET MATER MEA DERELIQUERUNT ME ;
DOMINUS AUTEM ASSUMPSIT ME.

Ce groupe est dû au ciseau de Jacques Perrette, né à Chassagne (Doubs) en 1718, et mort à Besançon en 1797. Le temps et la rigueur du climat y ont causé des dégradations qu'il serait urgent de réparer.

PRISON CIVILE.

Placée au rez-de-chaussée des bâtiments du palais de justice, avec lequel elle correspond par des passages ménagés dans les constructions, cette prison trop peu spacieuse exige des améliorations. Elle renferme les individus mis en accusation, les détenus pour dettes, et les condamnés à moins d'un an.

La chapelle a été décorée des mains de la sœur Marthe, si connue par son dévouement aux malades et aux prisonniers, qui l'appelaient leur mère. Un aumônier s'étudie à développer dans le cœur des détenus des sentiments de religion, de résignation et de repentir, gage assuré d'une meilleure conduite lorsqu'ils seront rendus à la société.

MAISON DE CORRECTION DE BELLEVAUX.

Cette maison, placée rue du Petit-Battant, sur le bord du Doubs, était, dans les temps reculés, un hospice dépendant de l'abbaye de Bellevaux, dont elle a conservé le nom. Acquise le 23 juin 1744 par l'administration, elle fut démolie en 1761, et reconstruite sur un plan plus vaste et mieux approprié à sa destination, ce qui permit d'y recevoir un plus grand nombre de pauvres, et d'y établir quelques ateliers. En 1817, elle devint une maison de correction et de refuge, et depuis cette époque on y reçoit, outre les indigents, les filles de mauvaise vie, les jeunes gens au-dessous de seize ans condamnés par les tribunaux comme ayant agi sans discernement, etc. Les détenus valides y sont occupés à divers ouvrages, suivant leur âge et leurs forces ;

le produit de leur travail tourne en partie à leur profit particulier.

Une commission administrative règle les dépenses, et seize sœurs de Saint-Vincent de Paul sont chargées du service intérieur, dont elles s'acquittent avec un zèle et une intelligence remarquables (1).

PRISON MILITAIRE.

Cette prison, cédée à l'artillerie, dont elle touche les bâtiments, doit être démolie dans un temps plus ou moins éloigné. Les militaires de la garnison qui ont commis des fautes légères contre la discipline subissent leur peine dans une salle dite de police placée dans le voisinage des grandes casernes. Ceux qui sont susceptibles de passer devant un conseil de guerre sont envoyés à la citadelle.

Pendant la révolution, la prison militaire devint une espèce de succursale des nombreuses maisons de détention établies dans le reste de la ville. Il paraît qu'on y enfermait de préférence les magistrats destitués de leurs fonctions. Après le 18 fructidor, on y a emprisonné le brave général Ferrand (2), commandant la division, et avec lui tous les membres du département, accusés d'avoir voulu livrer la ville au prince de Condé. On peut voir dans les journaux

(1) Voy. Eglise de Bellevaux, p. 97.

(2) Né à Ormoy en 1746, mort en 1804 à Amance, léguant son peu de fortune à la commune pour une école de jeunes filles.

du temps les détails de cette prétendue conspiration, dont les auteurs furent mis en liberté après quelques semaines de détention; mais les émigrés et les prêtres qu'on y enfermait dans le même temps, n'en sortaient que pour passer devant un conseil de guerre qui les envoyait à la mort.

ÉCOLE D'ARTILLERIE.

Cette école, établie à l'époque de la réunion de la province à la France, a compté, dans le XVIIIe siècle, d'illustres professeurs, entre autres Trincano, qui fut appelé à Versailles pour donner des leçons aux pages, et Sylvestre Lacroix, l'un des premiers mathématiciens de son temps, mort à Paris membre de l'Institut. Ses nombreux ouvrages ont beaucoup contribué aux progrès que les sciences mathématiques ont faits depuis soixante ans. Notre école, supprimée pendant la révolution par des raisons d'économie, a été rétablie par une ordonnance du 31 janvier 1830. Elle occupe une partie de l'ancien couvent des Dominicains ou Jacobins (1). La bibliothèque, qui s'accroît chaque année des dons du ministre, est riche surtout en ouvrages sur l'art militaire.

(1) Voy. Eglise des Dominicains, p. 119.

ARSENAL DE CONSTRUCTION.

Ce n'est qu'en 1840 que l'on a pu commencer ce vaste établissement, qui doit s'étendre sur une même ligne de la rue Saint-Vincent au pont de Chamars.

En creusant les fondations on a découvert, en face de l'hôpital Saint-Jacques, une grande quantité d'amphores, d'urnes cinéraires, de médailles, d'épingles, d'agrafes, etc., ainsi que plusieurs tombeaux; les traces d'un cirque romain et celles d'un vaste égout, etc. (1).

L'ancien arsenal était placé dans l'espace qui s'étend de la rue de l'Arbalète à la rue de l'Arsenal. Il a été cédé à la ville, qui y a établi des écoles primaires. On lisait au-dessus de la porte principale les vers suivants :

Martia Romulidum senior Vesontio gente,
Magnanimos habui Martis in arte viros gerebant,
Nondùm Cæsar eras, nec lilia sceptra
Cùm cessit jussis Sequana terra meis.

CASERNES.

Plusieurs casernes se partagent la garnison; celles de Saint-Paul sont spécialement affectées à l'artillerie. Elles se composent de quatre bâtiments principaux formant intérieurement une cour rectangulaire d'environ 160 mètres de longueur sur 80 de largeur

(1) *Notice sur les antiquités romaines trouvées dans les fouilles du nouvel arsenal*, par A. Lafosse; br. in-8°, avec pl.

et fermée par des grilles ; à l'extérieur et sur deux des côtés de ce rectangle sont disposés le manége, les écuries, les forges et les accessoires.

Les pavillons de Bregille et de Saint-Paul ont été construits, de 1740 à 1750, par Longin, architecte de la ville, qui a laissé la réputation d'un homme de mérite et de la plus haute probité. Les deux autres sont de date récente (1842-1848) ; on a cherché à mettre leur architecture en harmonie avec celle des deux premiers, autant que le comportait leur destination. C'est le style simple et sévère des constructions militaires, où l'élégance est souvent sacrifiée à la force, et où l'on ne s'est permis que les ornements convenables au casernement d'une place de guerre importante.

L'un des nouveaux bâtiments s'élève sur l'emplacement de l'ancienne caserne, bâtie peu de temps après la conquête, sur les plans ou d'après le système de Vauban, dont elle avait conservé le nom.

Les casernes de Saint-Pierre présentent une façade tout à la fois simple et belle et sont dues, ainsi que l'établissement de la munitionnaire, aux soins de M. de Beaumont, intendant de Franche-Comté de 1754 à 1762. Celles d'Arènes se composent de deux vastes bâtiments parallèles que ferme une grille en fer ; et enfin celle de la porte de Notre-Dame est réservée à la gendarmerie (1).

(1) Voy. Eglise de Notre-Dame-de-Jussan-Moutier, p. 115.

MAISONS HISTORIQUES.

PALAIS GRANVELLE.

Le palais Granvelle, par le mérite de son architecture et l'importance de sa construction, occupe un rang distingué parmi les monuments archéologiques de Besançon ; sa distribution est celle de la plupart des palais d'Italie, et son élévation ne manque point d'élégance. Une vaste cour entourée de corridors occupe le centre ; la façade principale, placée du côté de la Grande-Rue, est composée d'un rez-de-chaussée, de deux étages et d'un attique. La porte d'entrée est une arcade entre deux colonnes. Il n'y a pas d'autre baie cintrée dans la façade. Les fenêtres du rez-de-chaussée et du premier étage sont subdivisées par des croix, comme celles du grand palais de Venise à Rome.

La façade est divisée en cinq parties au moyen de contre-forts composés chacun de trois colonnes, do-

Lith. Marie, Faub.g St Denis, 61, Paris

PALAIS DU CARDINAL DE GRANVELLE

rique, ionique et corinthienne, superposées; au-dessus de l'attique, sont trois lucarnes en pierre.

La décoration du palais Granvelle est extrêmement riche. Les fenêtres du rez-de-chaussée sont encadrées de pilastres à chapiteaux variés et dessinés avec un luxe rare même pour le temps de la renaissance; chacune d'elles est couverte d'un fronton; les tympans sont remplis par des cartouches, dont l'un porte la devise, que l'on retrouve encore dans plusieurs parties de l'édifice,

SIC VISUM SUPERIS,

adoptée, comme l'on sait, par le chancelier Nicolas de Granvelle. Ces fenêtres et celles du premier étage ont des chambranles en chanfrein; il n'en est pas de même à l'étage supérieur. Ces dernières sont couronnées de frontons d'où sortent des têtes sculptées.

Rien ne surpasse l'élégance de la porte d'entrée, si ce n'est celle des lucarnes, sur lesquelles s'élèvent, à l'imitation des pyramidions de l'époque antérieure, des candélabres flambants.

Des cartouches, des fleurs, des dauphins, mais surtout des têtes d'anges et des figurines mythologiques, font les frais de l'ornementation. La plus grande partie de la façade est en marbre poli, tiré des carrières du pays.

Si l'extérieur du palais est un exemple des premiers essais de l'architecture de la renaissance, le style de la cour n'est pas moins caractéristique. En effet, sur les colonnes du portique sont des arcs surbaissés, l'ellipse écrasée jusqu'aux dernières limites du possible, comme par réaction contre l'ogive. Les colonnes sont doriques, mais l'extrême largeur de leurs chapiteaux n'a pas d'exemple dans l'antiquité. A l'étage sont des pilastres ioniques excessivement fins et grêles.

L'intérieur de cet édifice a subi tant de modifications qu'il est difficile d'y reconnaître les œuvres primitives. Quelques portes en pierre existent encore. On retrouve aussi quatre médaillons en albâtre, représentant les empereurs Otho, Vitellius, Vespasien, Titus; ces médaillons, portant les n°s 8, 9, 10, 11, appartenaient à une série disposée autour des galeries intérieures.

Le caractère général de l'architecture du palais Granvelle semble fixer la date de sa construction vers la fin du XVe siècle, et cependant cette date est moins ancienne; elle est écrite sur diverses parties de cet édifice. On lit le millésime de 1534 dans le fronton d'une fenêtre au rez-de-chaussée de la façade, celui de 1539 sur deux chapiteaux ioniques de l'étage de la cour, celui de 1540 sur un autre chapiteau du même ordre (1).

Le chancelier de Granvelle fit construire ce palais et l'enrichit d'une précieuse bibliothèque, ainsi que

(1) *Recherches archéologiques sur les monuments de Besançon*, par M. l'architecte Delacroix.

d'une collection de tableaux [1], la première et la plus importante qu'on ait vue dans la province.

Suivant l'historien Richard [2], ce palais pouvait « passer pour quelque fameux temple de l'antiquité, » ou plutôt pour une assemblée des dieux ou des » héros, que l'on y voyait en statues de marbre et » de bronze, ou en tableaux de peinture animés par » la main des plus doctes maîtres, comme les sta- » tues de Jupiter, de Junon, de Diane, d'Hercule, de » Mercure, de Thétis et de ses nymphes, avec autres » de plusieurs empereurs et quelques peintures de » Michel-Ange, de Raphaël, du Titien, du Corrége, » du Tintoret et de Martin Devos. »

Toutes ces richesses ont été dispersées ; les tableaux, transportés à Paris par ordre de Louis XIV, font partie du musée royal, et les statues antiques ont décoré les jardins de Versailles. Une partie des livres et des manuscrits, acquise des héritiers de Granvelle par l'abbé Boisot, fait le fonds le plus riche de la bibliothèque de la ville.

C'est dans ce palais que logea Louis XIV, lorsqu'il vint à Besançon avec la reine, en 1683, et que le parlement a siégé pendant la reconstruction du palais de justice, de 1745 à 1749.

Le palais Granvelle fut acheté du comte de la Baume Saint-Amour, par la ville, qui y établit un

(1) Chiflet en parle avec enthousiasme dans le *Vesontio*, I, 36.
(2) Voy. Atlas de Blaeu, VIII, 737.

théâtre et une salle de concerts, décorée avec élégance dans un temps où Besançon possédait un grand nombre d'habiles sculpteurs ornemanistes.

Vendu en 1793, par suite du décret de la Convention qui avait déclaré nationales toutes les propriétés des communes, il serait à désirer que la ville rachetât cet édifice, que consacre le nom du plus grand homme qu'elle ait produit, et qui d'ailleurs fournit une si belle page à son histoire.

HOTEL MONTMARTIN OU DU GOUVERNEMENT.

Cet hôtel, aujourd'hui le Sacré-Cœur, fut bâti par le cardinal de Granvelle, qui se proposait de venir y passer les derniers jours d'une vie si longtemps agitée. Mais la volonté de Philippe II, qui sentait le besoin de conserver un ministre dont il avait apprécié les services et le dévouement, le retint à Madrid, où il mourut (voy. p. 126).

Ses héritiers vendirent cet hôtel à la famille Montmartin, l'une des plus anciennes de la province, qui s'éteignit au commencement du XVIIe siècle. Après la conquête, la ville l'acheta pour y loger, non le gouverneur de la Franche-Comté, qui ne pouvait y venir qu'avec une autorisation spéciale du roi, mais le lieutenant général commandant la province. C'est le marquis de Langeron qui remplissait cette place en 1789. Il avait eu pour prédécesseur immédiat le maréchal de Vaux, qui s'était illustré sur les champs de bataille, et notamment à la conquête de l'île de Corse. Parmi les commandants de la province on n'a point encore oublié le duc de Randan, ni les fêtes princières qu'il donnait à toute la noblesse dans son château de Balançon, où il se faisait un devoir comme un plaisir d'accueillir toutes les personnes distinguées par leur naissance ou par leurs talents.

L'hôtel du gouvernement, dont la forme n'a presque point changé depuis sa construction, se compose d'un large pavillon en retraite avec deux ailes ; derrière est un beau jardin. C'est dans l'aile gauche qu'a été inaugurée la magnifique chapelle dont on a parlé, et que M. Delacroix a décorée avec une splendeur qui contraste avec la simplicité de la façade (voy. p. 97).

Au devant de l'hôtel était une petite cour plantée de tilleuls, qui servait à la circulation des voitures, attelées alors assez souvent de quatre et même de six chevaux. C'était ce qu'on nommait un tourne-bride. Vers 1800, la mairie y a fait construire un dépôt pour les pompes à incendie.

MAISON BOUGNON (1).

Cette maison, si remarquable par ses gargouilles, les seules qui existent à Besançon, appartenait aux Perrenot, dont on voit les armes en entrant, à droite, sur un pilier en pierre polie.

(1) Rue Battant nº 37.

Le cardinal de Granvelle écrivait de Madrid (17 août 1585) à son cousin Jacques de Saint-Mauris, prieur de Bellefontaine :

« ... Je me souviens de la chapelle de Sainct-Lau-
» rent, quest aux halles de Besançon, et suis souvent
» passé par la, allant su (chez) feu nostre grand-père
» (Jacques Bonvalot) (1). »

Dans la cour à gauche, il existe une galerie soutenue par des piliers, et qui était décorée de sculptures en bois d'un beau travail. Cette cour était immense ; elle est encore très vaste, quoiqu'on y ait bâti cinq ou six maisons, et les jardins à la suite s'étendent jusqu'aux remparts du fort Griffon.

Avant 1789, cette maison appartenait aux Bougnon, famille honorable qui a produit le savant Bullet.

MAISON BONVALOT (PLACE DU PALAIS).

Elle a été construite de 1538 à 1544, sur l'emplacement de deux anciennes maisons canoniales, par François Bonvalot, d'une famille de Besançon déjà distinguée dans le XIIIe siècle (2). Ce prélat, beau-frère du chancelier de Granvelle, né avec le génie des affaires, sut mériter toute la confiance de Charles-

(1) Voy. *La Vérité sur l'origine de la famille Perrenot de Granvelle*, par M. Ad. Marlet, conseiller de préfecture ; Dijon, 1859, in-8°.

(2) Portait *d'argent à trois jumelles de gueules, timbré et couronné d'or, à une tête d'aigle d'or.*

Quint. Il remplit avec distinction en Suisse, à Rome, et particulièrement en France, des missions fort importantes. Abbé de Saint-Vincent et de Luxeuil, il fut élu archevêque en 1544 par le chapitre, et administra le diocèse pendant la minorité de Claude de la Baume.

La maison Bonvalot, placée dans l'enclos du chapitre de Saint-Jean, dépendait de sa justice et seigneurie. Elle ne pouvait être possédée que par des chanoines, et, après leur mort, leurs héritiers, à moins de jouir de la même dignité, devaient s'en défaire en l'*an et jour*. A chaque mutation, il y avait à acquitter envers le chapitre le *droit du quart denier réduit au vingtième.*

Après la mort de Bonvalot (18 décembre 1560), elle passa à divers membres de sa famille : au cardinal de Granvelle, à Antoine d'Achey, abbé commendataire de Faverney, et à Jacques de Saint-Mauris, prieur de Bellefontaine, dont la *correspondance* avec le cardinal, qui l'affectionnait, fait partie des *papiers d'Etat* de Granvelle. En 1617, vendue par autorité de justice, elle fut achetée par Claude de Baufremont. On distingue encore parmi ses possesseurs deux de nos prélats, Jean-Jacques Fauche et François de Blisterwich, de Moncley. Enfin, acquise en 1820 par Mme Jacoulet, fondatrice de la Sainte-Famille, elle est depuis cette époque habitée par cette communauté, qui se charge de l'éducation des jeunes filles.

Cette maison occupe l'extrémité de la *place du Palais,* où l'on a construit le réservoir des eaux d'Arcier. Elle n'a point été sensiblement altérée dans sa forme, et reste un des types de cette curieuse architecture du XVIe siècle. Ces fenêtres à croisillons, profilées sur l'arête, ces grandes lucarnes à croisées de même forme, cette corniche à triples cavets, et ces barreaux ouvragés à mailles carrées en fer rond se terminant en pointe pour défendre les ouvertures du rez-de-chaussée, tous ces ajustements caractérisent l'époque et sont autant de jalons qui, en rattachant au passé, excitent un vif intérêt.

MAISON DU COMTE DE SAINT-AMOUR (1).

A côté de la chapelle des dames Bernardines est une maison assez longue, mais peu élevée et de chétive apparence. C'est cependant l'habitation du comte de Saint-Amour, l'un des plus grands seigneurs de la province et l'héritier des Granvelle, qui, après avoir brillé d'un si vif éclat pendant le XVIe siècle, avaient disparu jusqu'au dernier membre.

Après avoir vendu le palais Granvelle, trop grand pour son train, qui n'était plus celui d'un prince, le comte de Saint-Amour vint habiter la maison que nous venons de décrire. Il est vrai qu'il n'y demeurait que pendant la mauvaise saison, possédant des châ-

(1) Rue des Granges n° 57.

teaux à choisir dans tout le pays. Mais derrière cette maison, d'un si triste aspect, il existait un des plus vastes jardins qui fût dans l'intérieur de la ville, comme on peut en juger maintenant encore, malgré les constructions qui l'encombrent. Quelque temps après son retour de Rome, où il avait remporté le premier prix de sculpture, Breton, fixé dans sa ville natale, obtint la permission de se bâtir un atelier dans un coin de ce vaste jardin. C'est là que jusqu'à la fin de sa vie, ce grand sculpteur n'a cessé de rêver et de travailler avec une ardeur que l'âge ne diminuait pas. Plusieurs de ses ouvrages sont en Angleterre, et d'autres ont été détruits pendant la révolution, notamment le *tombeau des la Baume*, dans l'église de Pesmes. Mais il suffit des esquisses que l'on voit au musée, où elles ont été pieusement recueillies par le conservateur, M. Lancrenon, pour juger du zèle de Breton pour un art que personne avant lui dans notre province n'avait porté au même degré de perfection. On conserve à la bibliothèque deux bustes de Breton, l'un d'un prince de Baufremont, et l'autre de Nicole, l'architecte de la Madeleine, dont H. Monnier fut si frappé, dans une visite qu'il fit à cet établissement, que, tirant son crayon, il le dessina sous toutes les faces.

MAISON RUE DE RIVOTTE N° 17.

Guillaume Maréchal [1] fit construire cette maison, dont le style fleuri, la finesse des détails, les profils des moulures, leur agencement aux angles de la porte, où elles se croisent, indiquent les premières années du XVIe siècle. Dans l'intérieur, il existait une belle cheminée, dont les moulures avaient le même caractère; une corde sculptée en entourait les nervures. Cet ornement, qui appartient au règne de Louis XII, tire son origine de la cordelière que la reine Anne, mariée à ce prince en 1499, avait prise pour emblême. Sur la porte était un écusson portant une *bande chargée de trois étoiles et accompagnée de deux raisins feuillés* (voy. Labbey de Billy, *Hist. de l'Université*, II, 324); ce sont les armes des Maréchal de Vezet, dont nous avons parlé (p. 130).

La façade de cette maison a été lithographiée plusieurs fois, notamment dans l'ouvrage de Nodier, *Voyage dans l'ancienne France*, in-fol.

(1) Guillaume Maréchal, l'un des hommes éclairés de son temps, avait du goût pour les arts, qui, grâce à la protection des Médicis en Italie et de Louis XII en France, commençaient à briller d'un nouvel éclat. On sait qu'il avait formé une collection de tableaux et qu'il aimait les manuscrits enrichis de peintures et d'arabesques, qu'a remis à la mode une étude plus sérieuse du moyen âge, trop longtemps dédaigné.

MAISON RUE DES CHAMBRETTES N° 12.

A l'angle de la rue des Chambrettes et de la rue Saint-Antoine, s'élève une maison dont les murs épais attestent la solidité ; elle est décorée d'une gracieuse tourelle, la seule qui subsiste encore dans notre ville, où elles devaient être nombreuses, à une époque où les émeutes et les prises d'armes étaient fréquentes.

Cette maison, qui est restée depuis 1636 comme un fief dans la branche aînée de la famille *Maréchal,* avait appartenu d'abord aux *Chassignet,* famille patricienne, qui a fourni des co-gouverneurs et des hommes distingués dans les lettres (1). Jacques Chassignet, médecin, vivant en 1588, était l'ami de l'antiquaire Boissard, qui lui a dédié un de ses emblèmes. Jean-Baptiste Chassignet, mort vers 1630, avait, avant Malherbe,

> Fait sentir dans ses vers une juste cadence (2).

De la même famille était le baron de Chassignet, employé par l'empereur Joseph Ier dans diverses né-

(1) Le jeton des Chassignet porte *un lion et un griffon affrontés, tenant debout un pieu*, avec cette devise : *Stat tantis custodibus æquum.*

(2) Cette observation est des éditeurs des *Annales poétiques*. M. L. de Ronchaud a publié une étude sur Chassignet dans les *Mémoires* de l'académie de Besançon, Rec. du 28 janv. 1852, et depuis, dans l'*Athenæum*.

gociations, et mort à Vienne conseiller d'Etat. Saint-Simon, dans ses *Mémoires,* le nomme mal Sassinet.

Elle compte encore dom Albert Chassignet, bénédictin à Château-sur-Salins, auteur d'une *Histoire de tous les monastères du comté de Bourgogne,* ouvrage *composé avec soin;* il en fit présent à dom Martène, qui le cite honorablement dans son *Voyage littéraire,* vol. Ier, p. 271.

HOTEL D'OLIVET (1).

Cet hôtel, dont les fenêtres sont garnies de barreaux en fer à la mode espagnole, est celui de la famille d'Olivet, originaire de Salins, qui doit son illustration moins aux magistrats et aux officiers supérieurs qu'elle a fournis, qu'à l'abbé d'Olivet (2), de l'Académie française, auteur d'un *Traité de prosodie,* ouvrage dont Voltaire a dit qu'il durerait autant que la langue, et contribuerait à en maintenir la pureté. A l'époque de la révolution, MM. d'Olivet ayant émigré, cet hôtel fut déclaré national, et on y établit l'administration du district, qui était alors ce que sont aujourd'hui les sous-préfectures. C'est là que furent apportées les précieuses dépouilles des églises, les calices, les ostensoirs, les chandeliers, les reliquaires, les

(1) Grande-Rue, 44; il appartient à Mme Silvant.

(2) L'*Eloge de l'abbé d'Olivet,* par M. Bousson de Mairet, a été couronné par notre académie.

châsses, etc., qui étaient enregistrés et pesés avant d'être envoyés à la Monnaie de Paris. Dans le nombre de ces objets, où souvent l'art surpassait la matière, on distinguait une châsse en argent d'un poids considérable, représentant, dit-on, l'ancienne basilique de Saint-Etienne, dont il n'existe pas un dessin, tant à cette époque on était troublé.

Plus tard, cet hôtel fut rendu à ses propriétaires légitimes, avec tous les meubles et papiers qu'il renfermait. C'est là qu'on a retrouvé les manuscrits de l'abbé d'Olivet et ses précieuses correspondances avec Voltaire et le grand poëte lyrique J.-B. Rousseau, qui ont été publiées dans les éditions récentes de ces deux écrivains.

MAISON RUE DES GRANGES N° 2.

En entrant de la rue de la Bouteille dans la rue des Granges, on voit à droite une maison dont la façade noircie annonce une assez grande antiquité. Sa construction ne remonte cependant qu'à la fin du XVIe siècle. Les récents changements qu'on lui a fait subir pour l'approprier aux besoins actuels, en ont dénaturé le caractère primitif, qui ne manquait pas d'une certaine grandeur. La porte d'entrée était décorée d'un perron à double rampe, couronné d'un baldaquin en fer d'un riche travail, que la police a fait enlever. Les trois fenêtres, ornées de frontons saillants et de têtes en fort relief, portent dans la clef du tympan un de ces mots : VIDE. — AUDI. — TACE. A l'extrémité de la façade, sur une pierre entourée d'un cordon, on lit l'inscription suivante :

VERE REGIUM
MAGNI ET ANIMI
EST AUDIRE
MALÈ QUÆ
FECERIS BENÈ.
1582.

Cette maison, qui a été le dernier siége de la régalie, depuis la suppression de ce tribunal est devenue la propriété de MM. Jobelot, famille distinguée dans la magistrature, qui s'est éteinte en 1791 par la mort de M. Jobelot de Montureux, président à mortier au parlement. Cette famille, originaire de Gray, a fourni au parlement un premier président, Jean-Ferdinand Jobelot, mort en 1702, laissant la réputation d'un grand magistrat. Il fut inhumé dans l'église du séminaire, dont il avait été l'un des bienfaiteurs. Par son testament, il légua cent mille francs à l'hôpital Saint-Jacques. Cet hôtel appartient maintenant à l'un des descendants des Jobelot, M. le baron de Saint-Juan, connu par son goût pour les lettres et par son dévouement aux intérêts de sa ville natale.

MAISON RUE DES GRANGES N° 5.

Cette maison a subi plusieurs changements, nécessités par la différence de la vie actuelle avec celle de nos ancêtres. La façade, d'une élégance remarquable, réunit deux ordres d'architecture : le rez-de-chaussée est dorique, et l'étage ionique ; les pilastres cannelés qui accompagnent la porte principale et les fenêtres, les frises ornées d'entrelacs, sont de très bon goût. Au-dessus de la porte d'entrée est un ovale sculpté, qui contenait probablement des armoiries que le marteau révolutionnaire a fait disparaître.

Cette maison appartenait à M. Masson d'Authume ; elle est aujourd'hui la propriété des héritiers de M. le comte d'Udressier, dont le nom, connu des savants par ses travaux géologiques, est béni des malheureux, dont il a été le consolateur et l'appui.

MAISON DES CHEVANEY-DES-DANIELS,

aujourd'hui maison DU BAN, Grande-Rue nº 9.

En face de la Vieille-Intendance, est une belle maison que distinguent les ornementations qui entourent la porte d'entrée et les fenêtres. Bâtie au XVIIe siècle, avant la conquête, cette maison est celle des Chevaney-des-Daniels, famille patricienne qui a fourni des co-gouverneurs(1), dont quelques-uns se sont distingués par les services qu'ils ont rendus à la cité dans les moments difficiles, et par leur bienfaisance patriotique dans tous les temps. Cette famille s'est éteinte dans la personne de Caroline

(1) Le jeton des Chevaney porte un *compas ouvert sur un champ semé d'étoiles*, avec cette devise : *Ad amussim.*

Chevaney-des-Daniels, mariée à Jos. de Montgenet, conseiller au parlement, qui donna *cent mille francs* pour aider à la construction de la nouvelle église de Sainte-Madeleine (voy. p. 80).

Cette maison a passé par succession à la famille du Ban, originaire de Gray, qui a fourni des professeurs à l'Université et des conseillers au parlement. Le dernier représentant de cette famille était un homme pieux, de mœurs sévères, respectable par sa conduite et par le noble usage qu'il faisait de sa fortune. A l'époque du blocus, en 1814, le général qui commandait la place donna l'ordre d'en faire sortir toutes les personnes qui n'avaient pas de provisions. C'était au mois de janvier; l'ordre fut exécuté à l'entrée de la nuit, mais seulement sur les filles perdues. Ces malheureuses, repoussées par les sentinelles ennemies, furent obligées de passer cette nuit froide dans les fossés d'Arènes, d'où leurs cris étaient entendus dans la ville. Longtemps avant le jour, M. du Ban était à la mairie, où il se faisait inscrire le premier pour une somme notable, afin de procurer du pain et des vêtements à ces malheureuses, qui, à ses yeux, étaient des créatures dignes de pitié malgré le désordre de leur conduite. L'exemple de M. du Ban fut suivi; elles obtinrent la permission de rentrer, et durent la vie à l'homme qui les méprisait le plus. Il semble qu'un pareil trait suffit pour recommander la mémoire de M. du Ban et ne doit pas être oublié.

MAISON RUE DU CLOS N° 25.

Dans cette maison, qui appartient à M. le président Dusillet, est une cheminée qui mérite l'attention des curieux.

Cette élégante et riche cheminée est l'œuvre des beaux temps de la renaissance. Les détails en sont traités avec la plus grande finesse ; l'un des bas-reliefs habilement exécutés qui la décorent porte le millésime de 1565, un autre les initiales P. H ✝ F. Deux cariatides à mi-corps soutiennent un entablement orné de marbres et de sculptures, sur lequel on lit ces deux vers entourés d'une guirlande de fruits et de racines :

Re fruere, ut natus mortalis ; dilige sed rem
Tanquam immortalis ; sors est in utroq. verenda.

La plupart des moulures sont, comme les cariatides, en marbre noir, les fonds qu'elles encadrent en marbre rouge, les bas-reliefs en marbre blanc. Ceux-ci représentent tous des objets religieux et moraux. Ainsi l'on y voit : *Adam et Eve chassés du paradis terrestre, Caïn tuant son frère Abel, Moïse,* les *quatre Evangélistes.* Un squelette debout à côté d'Adam rappelle d'une manière saisissante la sentence terrible qui retentit alors aux oreilles du premier homme : *Tu redeviendras poussière.*

La même idée est encore exprimée ailleurs avec des circonstances plus touchantes : on voit un enfant endormi sur un tombeau; à côté de cet enfant est une hideuse tête de mort, et plus loin cette devise :

HODIÈ MIHI, CRAS TIBI;

à ses pieds est gravée cette autre inscription :

VIGILATE QUIA NESCITIS DIEM NEQUE HORAM.

Le vaste écusson du milieu, richement orné, ne porte point d'armoiries.

L'ensemble du monument a 2 mètres 90 centimètres de hauteur, et 2 mètres 80 centimètres de largeur, y compris la saillie des moulures. On ne sait à qui en attribuer la construction. D'anciens titres montrent seulement que, vers le milieu du XVe siècle, un savant médecin, qui devint plus tard recteur magnifique de l'université de Dole, noble messire Guillaume de Casenat, avait sa maison sur l'emplacement de celle dont nous parlons.

C'est dans cette maison qu'est mort, en 1858, l'un des poëtes les plus distingués dont s'honore notre province, M. Léon Dusillet. Il n'a laissé qu'un petit nombre de pièces; mais ce sont autant de morceaux achevés, parce qu'il les a travaillés à ses heures, sans souci de les terminer promptement. Le séjour de Paris lui aurait sans doute donné ce qui lui manquait pour arriver à la perfection; mais il aimait sa province, nous ne lui en ferons pas un reproche, et surtout Dole, sa ville natale, dont il était l'honneur, qu'il n'a quittée qu'à regret, pour venir passer ses dernières années près de son fils unique (1). Il a voulu que ses restes mortels fussent transportés dans le cimetière de sa ville chérie, où la piété filiale lui a élevé un monument.

MAISON RUE BATTANT N° 18.

Un petit monument gothique (2), de la première partie du XVIe siècle, orne la façade d'une ancienne maison qui servait d'asile aux religieux de l'abbaye de la Charité pendant les guerres, alors si fréquentes, et d'hospice dans les temps d'épidémie, qui n'étaient guère moins communs. En reconstruisant la façade de leur maison, les religieux la décorèrent de la statue de la Vierge, patronne de leur ordre; ils en confièrent l'exécution à un artiste dont on regrette de ne pas connaître le nom, car il serait digne de figurer parmi les plus habiles de ce siècle, qui en produisit un si grand nombre.

La Vierge, parée avec toute la recherche de costume de l'époque, est debout; sa chevelure ondoyante tombe sur ses épaules, et un manteau royal la drape entièrement. Elle est soutenue par trois anges groupés, au-dessus desquels est un écu portant la date de 1512.

Le pinacle ou couronnement est octogone, et

(1) A son arrivée à Besançon, l'académie s'empressa de conférer à M. Dusillet le titre de son président honoraire perpétuel.
(2) Il a été lithographié plusieurs fois, dans différents formats.

plusieurs des pans forment saillie. Ce beau travail, percé à jour, se compose d'arcs en ogives à tympans découpés, qui s'élancent ornés de leurs feuilles frisées à travers une foule de détails ouvragés en tous sens, et reliés entre eux par des contre-forts et des cordons bien profilés. La partie supérieure se termine en forme de clochetons brodés sur toutes les faces et soutenus par des contre-forts à jour.

La gracieuse statuette de la Vierge avait été mutilée par le marteau révolutionnaire : M. le vicomte Chiflet en a fait l'acquisition et l'a transportée dans son château de Recologne, où il réunit les rares et précieux débris des arts dans notre province, à l'époque où ils y fleurirent sous la protection des Granvelle, des la Chaux et des Carondelet.

On voyait il y a quelques années, dans la même maison, des boiseries du XVIe siècle curieusement sculptées, ainsi qu'un escalier d'une époque beaucoup plus reculée, dont la première colonne portait les armes de l'un des abbés de la Charité.

Une chapelle, petite, mais ornée avec soin, servait aux habitants de la maison. Située au premier étage du second corps de logis, elle ne se composait que de deux travées de voûtes d'arête, dont les arcs reposaient sur des culs-de-lampe à pans coupés. Elle recevait le jour par un vitrail orné, et l'autel était décoré de deux statuettes représentant Marie et l'ange Gabriel.

LA VIEILLE-INTENDANCE,

Grande-Rue nº 14.

C'est à la Vieille-Intendance, aujourd'hui la propriété d'un riche banquier, M. Veil-Picard, que M. le comte de Narbonne, le brillant et spirituel colonel du régiment de Piémont, peu de personnes s'en souviennent, avait pris un logement en 1789. Notre ville n'avait jamais vu un plus parfait grand seigneur ; elle fut promptement séduite par sa grâce, son affabilité et l'élégance de ses manières. Sa popularité était si grande, qu'à l'organisation de la garde nationale il en fut nommé le premier colonel. L'enthousiasme qu'inspirait M. de Narbonne passa de Besançon dans le reste de la province, et, quelques semaines après, il reçut le titre de colonel général des gardes nationales de la Franche-Comté. A cette époque, il rendit d'importants services. Mesdames de France, dont il était chevalier d'honneur, ayant témoigné le désir de quitter Paris, où elles ne se croyaient plus en sûreté, M. de Narbonne leur offrit un asile à Besançon, où jusqu'alors il avait maintenu la tranquillité; mais les nouveaux magistrats, craignant que la présence des princesses ne devînt une occasion de trouble, s'opposèrent à cet arrangement. M. de Narbonne se démit alors de ses fonctions de colonel, et quitta peu après Besançon, où il n'est revenu qu'une seule fois, en 1791, lorsque étant ministre de la guerre, il fit, en cette qualité, la visite des frontières de l'Est. M. de Narbonne avait été pour les Bisontins ce que Lafayette était alors pour les Parisiens, et pour que la ressemblance fût exacte dans tous les points, lorsque la faveur populaire les eut abandonnés, avoir été distingué par eux lorsqu'ils étaient au pouvoir, devint un titre de proscription; et les *Narbonnistes* comme les *Lafayettistes* furent enfermés dans les prisons de la Terreur.

Au nombre des amis de M. de Narbonne se trouvait Marsoudet, de Cernans près de Salins, qui achevait alors son cours de droit à l'Université. Choisi par ses camarades pour aller complimenter le général de la garde nationale, M. de Narbonne, charmé de l'esprit qu'il avait montré dans cette circonstance, le nomma l'un de ses aides de camp, et, voyant qu'il y avait dans Marsoudet un homme de cœur autant que d'esprit, se l'attacha de plus en plus et l'emmena à Paris. Mais lorsque les événements forcèrent M. de Narbonne de chercher un asile en Angleterre, Marsoudet, ne pouvant se décider à quitter son vieux père, revint à Besançon, bravant ainsi la fureur des révolutionnaires, qui l'avaient déjà porté sur la liste des suspects. Arrêté quelques jours après, et conduit dans les prisons de Dijon, il y resta jusqu'après le 9 thermidor. Il avait hâte de rentrer dans sa famille, dont il était séparé depuis si longtemps; mais, arrivé à Besançon, il apprend qu'un de ses camarades d'université est encore dans les prisons, et il suspend sa marche pour plaider la cause de son ami devant les commissaires de la Convention, et ne le quitte qu'après lui avoir fait rendre la liberté. Un pareil trait honore autant la mémoire de Marsoudet que ses gracieuses poésies, dont nous n'avons que la moindre partie, l'autre ayant été détruite par un étrange abus de confiance (1).

ACADÉMIE ROYALE POUR L'ÉDUCATION DE LA NOBLESSE.

C'est le titre, peut-être un peu fastueux, qui fut donné à l'école d'équitation établie en France vers 1615 par le célèbre Pluvinel, et qui ne tarda pas d'être imitée dans différentes provinces. Celle de Besançon, qui existait longtemps avant la conquête, doit être regardée comme une des plus anciennes. Les magistrats, qui en avaient apprécié toute l'importance, firent de sa conservation un *article spécial de la capitulation*. C'étaient eux qui en nommaient le commandant et les principaux officiers. Outre l'équitation, on y enseignait aux élèves tous les exercices du corps ; mais là ne se bornait pas l'éducation qu'ils y recevaient de maîtres agréés par les magis-

(1) Voy. la spirituelle *Notice sur Marsoudet*, par M. Perron, dans le Recueil de l'Académie, et celle que M. Alex. de Saint-Juan a mise en tête d'un *Choix des poésies de Marsoudet*. Salins, 1847, in-8°.

trats, et dont plusieurs étaient des hommes d'un vrai mérite : on leur enseignait les langues, les mathématiques, l'histoire, et en général toutes les sciences propres à développer leurs dispositions. Le dernier commandant de l'école était, en 1789, M. le baron de Forno, homme instruit, unissant à une grande douceur une grande fermeté, dont il donna des preuves en s'opposant de tout son pouvoir aux menées des ultra-révolutionnaires.

L'hôtel de l'école d'équitation, que les habitants du quartier nomment encore l'*Académie*, est situé Grande-Rue n° 130. La façade, qui devait être belle au XVIIe siècle, est aujourd'hui noircie par le temps. Le blason dont la porte était surmontée a été effacé par le marteau des *vandales ;* on y aperçoit à peine quelques traces d'ornement. La cour, assez vaste, où devaient se trouver les salles d'étude et les logements des élèves ainsi que du commandant, a changé d'aspect, et l'on aurait de la peine à deviner sa primitive destination. Cette cour conduisait à un jardin spacieux que terminait un manége, où l'on donnait les leçons d'équitation lorsque la pluie ne permettait pas de les donner en plein air.

C'est sur l'emplacement de ce jardin, qui bordait la rue Ronchaux, qu'ont été bâties la salle d'asile et plusieurs maisons particulières.

THÉATRE [1].

Besançon, pendant longtemps, n'a eu, comme toutes les villes de France, sans en excepter même Paris, que des comédiens ambulants qui donnaient des représentations l'hiver, ou dans les circonstances qui y amenaient un concours d'étrangers. Ce ne fut que plusieurs années après la réunion de la province à la France, que Besançon eut enfin un spectacle régulier, dont le gouverneur et les officiers de la garnison, alors nombreuse, faisaient presque seuls les frais. Les comédiens, placés d'abord dans la salle du Jeu-de-Paume, obtinrent, au commencement du XVIIIe siècle, au palais Granvelle (2), un théâtre plus digne des chefs-d'œuvre qu'ils représentaient. Cette salle, dans laquelle ont joué successivement Lekain,

(1) M. Alph. Deis a donné une suite de feuilletons dans l'*Impartial*, du 16 au 22 septembre 1857, offrant une *Esquisse historique sur le théâtre de Besançon*, d'après les pièces officielles.

(2) Voy. palais Granvelle, p. 176.

Larive et d'autres grands acteurs, ne fut abandonnée qu'en 1784.

La nouvelle salle, dont les travaux avaient été hâtés par l'annonce de l'arrivée à Besançon du prince de Condé et de son fils, le duc de Bourbon, fut ouverte le 9 août de la même année. L'inauguration s'en fit par la représentation de la *Métromanie* et du *Tableau parlant*, à laquelle les princes assistèrent. Le lendemain on donna devant Leurs Altesses le *Malade imaginaire* et les *Evénements imprévus*. Pendant ces deux jours, la salle, alors dans sa première fraîcheur et éclairée de mille bougies, avec ses loges ornées des femmes les plus élégantes et des hommes les plus distingués, offrit un spectacle dont le souvenir s'est longtemps conservé dans la mémoire de nos anciens amateurs.

La salle de spectacle, isolée de toutes parts, a été construite en 1776, sur les plans et sous la direction de Ledoux, architecte du roi (1).

La façade présente un péristyle de six colonnes d'ordre ionique, et trois portes, dont la principale

(1) En creusant les fondations, on a découvert un pavé en mosaïque bien conservé et d'un dessin qui, par ses oppositions et l'observation des règles de la symétrie, annonçait une étendue plus vaste, et démontrait qu'il avait servi de base à un monument important.

Les constructions de cette salle ont été exécutées moyennant la somme de 160,000 livres.

Elle peut contenir au moins 1,500 personnes.

Voir la description dans le *Mercure de France*, nº 63, septembre 1784, et dans le *Traité d'architecture* de Ledoux.

communique à un grand vestibule, où est l'entrée du parterre. Aux deux extrémités sont les escaliers qui conduisent dans les différentes parties de la salle, et au foyer récemment agrandi. L'intérieur, garni de quatre rangs de loges en amphithéâtre, offre un coup d'œil magnifique ; la sculpture, la dorure, les différents ornements qui le composent, respirent le goût, l'élégance et la gaieté. Sa forme est un demi-cercle, et l'avant-scène étant plus ouverte que dans aucune des salles connues, il n'y a pas une place d'où l'on ne puisse apercevoir les acteurs. Le fond de l'amphithéâtre-parquet sert d'appui à la galerie ; le dossier de la galerie sert d'appui aux premières loges, ainsi de suite jusqu'à la quatrième division, qui est terminée par vingt-huit colonnes de deux pieds de diamètre, et d'un entablement régulier très orné.

L'intérieur de la salle vient d'être entièrement restauré. Le nouveau plafond, de M. Delestre, artiste distingué, représente la ville de Besançon, invitant à venir partager ses plaisirs, les autres villes de la province, tenant chacune les attributs qui les caractérisent. Autour du cintre sont inscrits les noms de nos poëtes qui ont cultivé l'art dramatique avec plus ou moins de succès. Après les noms de GOUDIMEL, le grand musicien, maître de Palestrina, et de PIERRE MATHIEU, qui fit jouer, au XVIe siècle, des tragédies de sa composition dans le petit bourg de Vercel, où il remplissait les modestes fonctions de recteur du collége, viennent ceux de MAIRET, de

Fenouillot de Falbaire, dont l'*Honnête Criminel* et les *Deux Avares* sont restés au répertoire ; de Francis d'Allarde, l'auteur des *Chevilles de maître Adam*, de *Boileau à Auteuil* et de vingt autres petits chefs-d'œuvre ; de Rouget-Delisle, dont la *Marseillaise* a, par son succès, fait oublier toutes ses autres productions, même son bel opéra de *Macbeth ;* et enfin de Charles de Bernard, à qui l'on doit le *Pas difficile,* comédie qui promettait un digne successeur à Marivaux.

Le rideau, dû au pinceau de M. Jourdeuil, est en harmonie avec la salle, dont le même artiste a renouvelé entièrement la décoration, secondé par M. Lhuilier.

Au parterre, à la galerie et aux premières loges, des banquettes, des stalles, des fauteuils à dossier, ont remplacé les bancs plus ou moins rembourrés dont se contentaient les anciens amateurs qui venaient au théâtre admirer Corneille, Racine et Molière, se souciant assez peu d'être plus ou moins bien assis, quand ils avaient le bonheur d'entendre réciter par de bons acteurs d'éternels chefs-d'œuvre.

INSTRUCTION PUBLIQUE.

ACADÉMIE UNIVERSITAIRE.

Le chancelier Perrenot de Granvelle fonda en 1549 un cóllége dans lequel, outre le latin, on enseignait la théologie, science qui avait alors le pas sur toutes les autres ; mais les Bisontins désiraient avant tout une école de droit. A force de démarches, ils obtinrent du pape Pie IV (1) l'établissement d'une université ; et les magistrats, désireux de la pourvoir des professeurs les plus célèbres, s'adressèrent à Cujas, dont la réputation attirait à Bourges des élèves de toutes les parties de l'Europe. Ce fut alors que ce jurisconsulte leur fit cette réponse, si honorable pour un de nos compatriotes : « *Vous avez dans Claude Chiflet un autre Cujas.* » Cet échec ne rebuta point nos magistrats ; ils s'adressèrent alors à son rival, Franç. Baudouin, qui accepta leurs propositions et se préparait à venir à Besançon, où il avait déjà envoyé sa bibliothèque,

(1) Voy. *Hist. de l'Université*, par Labbey de Billy, I, p. 79.

lorsque le roi Henri II, ne voulant pas perdre un sujet si précieux, le retint en France par ses bienfaits. Dans le même temps, les magistrats de Dole, inquiets de voir s'élever une école qui ne pouvait prospérer qu'aux dépens de celle qu'ils possédaient, obtinrent la révocation de la bulle qui en fondait une à Besançon. Ce ne fut qu'après la réunion de la province que notre ville fut enfin dotée d'une université, qui a jeté un si grand éclat dans le XVIIIe siècle par le mérite de ses professeurs et le nombre de ses élèves (voy. p. 123).

A la réorganisation de l'enseignement, Besançon, siége d'une académie impériale, obtint les trois facultés de théologie, des sciences et des lettres : celle de théologie n'a jamais pu être organisée ; la faculté des sciences fut supprimée par des raisons d'économie ; il ne resta donc que la faculté des lettres, qui s'est soutenue seule pendant plusieurs années, non sans éclat, par le zèle et le mérite de ses professeurs. Elle est établie dans l'ancien couvent des bénédictins, acquis par la ville et approprié à sa nouvelle destination. Lors du rétablissement de la faculté des sciences, la ville a fait construire un nouveau bâtiment, où sont placés l'amphithéâtre pour les élèves et les différents laboratoires nécessaires pour les cours de physique et de chimie. Elle possède un beau cabinet d'histoire naturelle, dont nous aurons l'occasion de reparler ; il ne lui manquerait rien si elle avait un jardin botanique, qu'on a déjà tâché d'établir sur différents points, mais sans succès. Son premier doyen a été M. Saint-Clair-Deville, aujourd'hui rappelé à Paris, où il s'est fait une grande réputation par la découverte de l'*aluminium*.

LYCÉE IMPÉRIAL.

Besançon a eu de tout temps des établissements d'instruction publique (1), et dès le XIe siècle les écoles épiscopales étaient très florissantes. En 1463, celles de Saint-Jean et de Saint-Etienne, qui se tenaient dans la maison de l'hôpital de Sainte-Brigitte (2), furent réunies à celle de Sainte-Madeleine, pour l'établissement d'une école générale où l'on devait enseigner les arts libéraux. Le chapitre de Sainte-Madeleine nommait seul le recteur ou principal; les leçons se donnaient dans la rue qui a conservé le nom *de l'Ecole*.

La renommée des grands progrès que les jésuites faisaient faire à la jeunesse engagea, en 1597, les gouverneurs de Besançon à les appeler en cette ville, où, grâce à la libéralité de M. d'Ancier (voy. p. 89) et aux secours qu'ils reçurent de différentes personnes zélées pour le bien public, ils ont établi un collége, l'un des plus beaux et des plus vastes qu'il y ait en France.

(1) Voy. Précis, p. 3 et 24.
(2) Rue du Mont-Sainte-Marie.

A la suppression des jésuites en 1762, ils furent remplacés par des ecclésiastiques séculiers. Le premier principal fut l'abbé Bergier, déjà connu par différents ouvrages destinés à la défense de la religion. Ses talents ne tardèrent pas à le faire appeler à Versailles, où il devint confesseur de Mesdames de France, et mourut en 1790, pendant la tenue des états généraux, laissant ses manuscrits à l'abbé Demandre, qui avait rempli les fonctions de censeur des études de notre collége dans le temps qu'il en était le principal. Parmi les professeurs qui se succédèrent dans cet établissement jusqu'en 1790, on comptait plusieurs hommes d'un vrai mérite. Ceux qui ont connu l'abbé Barbelenet, qui y remplit la chaire de rhétorique pendant un assez grand nombre d'années, ne nous pardonneraient pas d'avoir échappé cette occasion de payer à sa mémoire un juste tribut d'estime et de regrets.

A la révolution, le collége fut confié à des professeurs laïques; les ecclésiastiques n'en furent cependant point exclus. Le principal était un P. Vuillemin, qui revenait des missions de Siam, avec la réputation d'un homme très instruit. Il l'était surtout dans les langues anciennes, dont il fut réduit plus tard à donner des leçons pour subsister, et il mourut dans l'indigence, après avoir vendu volume à volume les livres grecs qui composaient la totalité de son avoir.

Un nouveau système d'enseignement ayant été

établi en France, chaque département eut une école centrale où l'on enseignait, outre les langues anciennes et modernes, toutes les sciences physiques et naturelles et même le droit. La nôtre fut une des plus distinguées de France ; elle est citée honorablement dans plusieurs rapports rendus publics. Aussi avait-elle des professeurs éminents ; nous n'en citerons que trois : J.-J. Ordinaire, professeur de grammaire générale ; Droz, de belles-lettres, et Proudhon, de législation. A l'organisation de l'Université, Ordinaire fut nommé recteur de notre académie [1], et Proudhon, doyen de la faculté de Dijon ; quant à Droz, déjà connu par plusieurs ouvrages estimés, il s'établit dès lors à Paris, et ne tarda pas de voir s'ouvrir devant lui les portes de l'Académie française.

Les bâtiments du lycée sont réguliers, et forment un carré autour duquel règne un corridor qui sert de promenade aux élèves dans les temps de pluie. La cour est plantée d'arbres qui, l'été, leur donnent de l'ombrage. Les classes, les salles d'étude, les

(1) M. Ordinaire jouissait de la confiance entière de M. de Fontanes, grand-maître de l'Université, et la méritait. Dans ses différents voyages à Paris, où il était plus connu et mieux apprécié que dans sa ville natale (cela s'est vu quelquefois), il s'était lié avec les hommes les plus distingués, dont plusieurs l'honoraient de leur amitié. Aussi, lors du rétablissement de l'académie des sciences morales et politiques, en fut-il nommé associé correspondant ; et l'on ne peut douter que s'il eût habité Paris, il en aurait été l'un des premiers membres titulaires, tant était grande sa réputation parmi les savants.

dortoirs, l'infirmerie, les réfectoires, la lingerie, la chapelle, les logements du proviseur, du censeur, de l'économe, etc., sont disposés d'une manière commode. Un vaste jardin, ouvert aux élèves, leur permet en tout temps un exercice très utile à leur âge; deux allées latérales, plantées de tilleuls, les garantissent des trop fortes chaleurs. Le pensionnat est nombreux. Le lycée possède une bibliothèque de livres classiques, ainsi qu'un cabinet de physique.

Au-dessus de la grande porte d'entrée on lit :

RELIGIONI
ET BONIS ARTIBUS.

COLLÉGE LIBRE DE SAINT-FRANÇOIS-XAVIER.

Ce collége a été fondé le 5 novembre 1850, conformément à la loi sur la liberté d'enseignement, par Son Em. Mgr Mathieu, Cardinal Archevêque de Besançon, à l'aide de souscriptions et de dons recueillis dans les bureaux du journal l'*Union franc-comtoise.*

Le fondateur a racheté les bâtiments de l'ancien couvent des Cordeliers, et les a appropriés à leur nouvelle destination avec autant d'art que de simplicité et de bon goût. Il vient de compléter cette œuvre en y ajoutant une église dont nous avons donné la description (1).

(1) Voy. Eglise des Cordeliers, p. 118.

Au milieu d'une des cours de l'établissement, s'élève, sur un piédestal en pierre, une statue de la Vierge, bénite par Mgr l'Archevêque le jour de l'inauguration du collége. Elle porte ces mots, qui rappellent la dédicace de la maison et la date de sa fondation :

VIRGINI IMMACULATÆ
MATRI
TUTRICI
PATRONÆ.
AN. D. MDCCCL.

L'éducation et l'enseignement sont confiés à des prêtres séculiers du diocèse de Besançon, sous la haute direction de Mgr l'Archevêque. Le nombre des maîtres est de vingt-un ; celui des élèves est d'environ trois cents, dont cent quarante sont pensionnaires. L'office, la lingerie et l'infirmerie sont entre les mains des sœurs de Saint-Vincent de Paul.

Le collége possède un cabinet de physique, un laboratoire de chimie, et une bibliothèque de livres classiques.

Le cours d'instruction embrasse, dans l'ordre des sciences comme dans celui des lettres, l'enseignement secondaire tout entier. Il prépare chaque année de nombreux candidats aux grades universitaires, aux écoles de l'Etat et aux différentes administrations du gouvernement.

Dans les loisirs de l'enseignement, la communauté des professeurs de Saint-François-Xavier a publié la

Vie des Saints de Franche-Comté (1). Cet ouvrage, l'un des plus importants qui aient été composés de nos jours sur l'histoire de la province, a été couronné par l'Académie des inscriptions et belles-lettres, dans sa séance du 12 novembre 1858.

LE SÉMINAIRE.

Le séminaire, dû à la piété et en partie à la munificence de Mgr Antoine-Pierre de Grammont (2), a été construit de 1670 à 1680, sur les plans fournis par l'un des directeurs, M. l'abbé Pierre Durnel, très habile en architecture, dans l'emplacement occupé par le Champ-de-Mars, destiné dans les temps anciens à recevoir les cendres de ceux que le peuple voulait honorer. Lors de sa construction, on découvrit un caveau rempli de vases ou d'urnes sépulcrales, ainsi qu'une mosaïque des plus riches.

A l'époque de la Terreur, le séminaire, dont les maîtres et les élèves venaient d'être chassés, fut converti en une maison de détention. C'est là que furent d'abord enfermés les *suspects* de toutes les classes, aristocrates et constitutionnels, nobles et bourgeois, avocats et négociants, etc. Jamais on ne vit un tel amalgame, une telle confusion; la liste en ayant été imprimée, on la trouve dans les cabinets de quelques

(1) 4 vol. in-8°, chez Turbergue, édit. Besançon, 1854-1858.

(2) Voy. *Histoire du séminaire de Besançon*, par M. l'abbé Jacquenet, et Eglise du séminaire, p. 91.

curieux. Plus tard, les *suspects* furent conduits à Dijon, et le séminaire transformé en un hôpital qui prit le nom de la *Fraternité*, destiné aux nombreux malades arrivant des armées. Ce n'est que sous le Consulat qu'il fut rendu à sa destination primitive.

Les bâtiments, disposés avec goût, renferment des logements pour environ cent pensionnaires, des salles pour les études, un grand réfectoire, etc. Une vaste cour, un jardin spacieux, en rendent le séjour favorable à la santé.

La bibliothèque, placée au premier étage, riche en livres de théologie et d'histoire ecclésiastique, s'est accrue, par les soins de M. l'abbé Brocard (1), d'un grand nombre d'ouvrages importants, et chaque année elle s'augmente des meilleurs ouvrages dans tous les genres, qui sont mis à la disposition des maîtres et des élèves.

Le séminaire reçoit environ deux cents étudiants qui se destinent à l'état ecclésiastique ; il est dirigé par un supérieur et par des directeurs qui dépendent immédiatement de Mgr l'Archevêque. Chaque année, outre les retraites qui s'y font à la rentrée de la Saint-Martin et avant les ordinations, on y en fait

(1) M. l'abbé Brocard, mort en novembre 1858, aussi modeste qu'instruit, surtout dans les antiquités ecclésiastiques, communiquait avec la plus grande facilité le résultat de ses recherches aux personnes qui venaient le consulter. Homme de bon conseil, sa douceur, sa prudence et sa politesse l'ont fait aimer et regretter de tous ceux qui l'ont connu.

une aussi pour MM. les curés, vicaires et autres ecclésiastiques du diocèse.

Le séminaire de Besançon, qui, dans tous les temps, a possédé de pieux et savants professeurs (1), est regardé à juste titre comme l'un des premiers de France; l'instruction que les jeunes prêtres franc-comtois y reçoivent est solide, et il en est sorti des hommes d'un rare mérite, dont quelques-uns tiennent un rang éminent dans le clergé français.

Parmi ceux que nous avons connus, qu'on nous permette de citer les abbés Blanc et Receveur, enlevés aux lettres par une mort prématurée, et qui ont laissé tous les deux des ouvrages historiques estimés.

ÉCOLE PRÉPARATOIRE DE MÉDECINE.

La faculté de médecine de Besançon, supprimée en 1793 avec toutes les autres universités, jouissait d'une réputation méritée (2). A la réorganisation de l'enseignement médical, la ville obtint une école secondaire qui compta parmi ses professeurs des hommes distingués par leur talent et leur capacité.

Nous citerons seulement MM. Vertel et Colard, deux médecins dont le nom ne sera pas oublié de longtemps en Franche-Comté, et M. Briot, ancien

(1) On leur reproche cependant un peu trop de sévérité ; peut-être est-elle nécessaire à une époque de relâchement général. Il ne nous appartient pas de rien décider en pareille matière.

(2) Voy. p. 24.

chirurgien à l'armée du Rhin, dont on a des ouvrages estimés, et qui a remporté plusieurs prix, entre autres celui qu'après l'assassinat du duc de Berry, l'académie de chirurgie avait proposé sur la *meilleure méthode de traiter les plaies pénétrantes.* Le Mémoire de M. Briot fut jugé digne de la récompense promise ; mais cette dernière couronne ne put être déposée que sur son cercueil (1).

Cette école reçut en 1838 une nouvelle organisation, et continue à se montrer digne de son passé. Elle occupe le quatrième rang parmi les écoles de France.

Les cours se font dans un bâtiment qui touche à l'hôpital Saint-Jacques, et dans lequel tout a été disposé de la manière la plus convenable pour la commodité des professeurs et des élèves. La porte d'entrée, que décorent deux serpents, attributs du dieu de la médecine, est de M. Delacroix, architecte de la ville.

ÉCOLE NORMALE,

rue de la Madeleine, 6.

Cette école, fondée pour former les instituteurs (2) qui doivent répandre dans les campagnes les bien-

(1) M. Briot mourut le 27 décembre 1826. M. Pécot, son élève et son successeur à l'académie, y prononça son éloge.

(2) L'école pour les institutrices est placée au pied de la rampe qui conduit à la citadelle.

faits d'une instruction élémentaire et pratique, est habituellement fréquentée par une centaine d'élèves qui, sous la direction d'habiles maîtres, y reçoivent des notions de toutes les connaissances utiles. Il en est déjà sorti d'excellents sujets qui, dans leurs pénibles et modestes fonctions, ont fait tout le bien qu'on attendait d'eux, et par là mérité les éloges et les encouragements de l'administration supérieure.

La belle et vaste maison où cette école est établie a été cédée à la ville, moyennant une rente viagère, par M. Roy, ancien négociant, qui a légué la plus grande partie de sa modeste fortune à la commune de Lods, lieu de sa naissance, pour y fonder une école et assurer à l'instituteur chargé de sa direction un traitement convenable.

Cette maison appartenait autrefois à M. Droz, conseiller au parlement, l'un des savants les plus laborieux qu'ait vus naître notre province. Secrétaire perpétuel de l'académie, il a enrichi ses *Recueils* d'une foule de *Mémoires* et de *Dissertations* intéressants. C'est à lui que l'on doit la copie des *Cartulaires* des abbayes de la province, déposée à la Bibliothèque impériale, où cette précieuse collection est connue sous le nom de *collection Droz.* Il fut aidé dans ce grand travail par D. Berthod, qui fut depuis appelé à Bruxelles pour y travailler aux *Acta sanctorum,* et par D. Grappin, deux des plus savants bénédictins dont s'honore la congrégation de Saint-Vanne.

C'est dans cette maison qu'est mort, en 1823, M. Demandre, député du clergé de Besançon à l'Assemblée constituante, et depuis évêque constitutionnel de la métropole de l'Est, qui a laissé la réputation d'un homme de mœurs austères et d'une charité inépuisable. Il avait été l'ami du célèbre abbé Bergier (voy. p. 208), qui lui légua tous ses manuscrits en lui laissant le soin de faire imprimer ceux qu'il jugerait dignes de voir le jour. Si M. Demandre n'a pas institué les pauvres ses héritiers, c'est qu'il leur avait distribué d'avance tout ce qu'il possédait ; on peut dire qu'il n'avait rien à lui. Peu d'années avant sa mort, il fit don à la Bibliothèque de la ville de l'*Histoire critique du vieux Testament*, de Richard Simon, de l'édition supprimée avec tant de soin qu'il n'en existe que cinq ou six exemplaires.

ÉCOLE DES SOURDS-MUETS.

Cette institution a été fondée en 1824 par M. l'abbé Breuillot (1), ancien directeur du séminaire, qui a laissé la réputation d'un ecclésiastique charitable et d'un excellent administrateur.

L'œuvre étant en progrès et le nombre des pensionnaires augmentant chaque année, les ressources dont l'abbé Breuillot disposait ne purent plus suffire

(1) Le vénérable abbé Busson, qui avait connu M. Breuillot au séminaire, lui a consacré une intéressante notice dans l'édition du *Dictionnaire de Feller*, 1848 et ann. suiv. ; 6 vol. gr. in-8°.

à leur entretien. Il eut recours au conseil général du Doubs, qui, sentant l'importance de l'institution, en a fait un établissement départemental qui est administré par une commission.

Chaque année on a lieu de constater dans l'éducation des résultats remarquables, qui témoignent du zèle et de la haute capacité des directeurs. L'enseignement intellectuel comprend la religion, la lecture, la langue française, la calligraphie, l'articulation, la géographie, l'arithmétique, l'histoire et les premiers éléments de l'histoire naturelle. Des ateliers de menuisiers, d'ébénistes, de tailleurs et de tourneurs, sont ouverts aux élèves, dont l'apprentissage est surveillé avec un soin particulier.

ÉCOLE DES SOURDES-MUETTES.

Elle est placée rue Saint-Vincent, près de l'église Notre-Dame. Madame Rouzot, élève de l'institution des sourdes-muettes de Paris, a fondé en 1818 cette école, qu'elle dirige avec un talent remarquable.

PENSIONNATS.

Il existe plusieurs pensionnats pour l'éducation des jeunes personnes ; mais le plus important est celui du *Sacré-Cœur*, établi, depuis 1823, dans l'ancien hôtel affecté au logement du lieutenant général commandant la province (voy. p. 180).

ÉCOLES PRIMAIRES.

Sur l'emplacement de l'ancien arsenal il a été construit, il y a quelques années, un bâtiment régulier et d'un aspect agréable, destiné en partie à recevoir une des nombreuses écoles primaires disséminées dans les différents quartiers de la ville. Celle-ci, dirigée par les frères des Ecoles chrétiennes, est une des plus fréquentées. Celle qui est placée dans une salle dépendante de la cure de Sainte-Madeleine, dirigée également par les frères, ne compte pas un moins grand nombre d'élèves.

Dans les autres écoles, l'instruction des garçons est confiée à des maîtres laïques, et celle des filles aux sœurs de Saint-Vincent de Paul.

Il y a une école spéciale pour les enfants dont les parents suivent le culte réformé.

Une école primaire supérieure est établie dans le bâtiment des anciens greniers à blé (voy. p. 160).

Des cours d'architecture et de mathématiques, destinés aux ouvriers, ont lieu tous les jours dans une salle de l'académie universitaire.

SALLES D'ASILE.

Il en existe deux à Besançon; la première, établie dans le quartier populeux de Battant, a été fondée en 1835 par M. Flav. de Magnoncour, ancien maire de la ville, et depuis élevé à la dignité de pair de

France. Un autre citoyen généreux, M. Ployer, ancien militaire, voulut contribuer à cette œuvre philanthropique. La seconde n'a été ouverte qu'en 1848, dans la rue de Ronchaux, où la mairie fit construire un bâtiment pour la recevoir (voy. p. 200). Ces deux salles admettent un grand nombre d'enfants, qui y reçoivent tous les soins si nécessaires à leur âge, et y prennent des habitudes d'ordre et de propreté qui ne seront pas sans influence sur leur conduite.

ÉCOLE DE DESSIN.

Cette école, fondée en 1773 par M. de Lacoré, intendant de Franche-Comté, eut pour premiers professeurs notre sculpteur Breton et le peintre Wyrsch, dont le musée possède plusieurs tableaux et des portraits remarquables. A Wyrsch succéda Xav. Lenoir, de Paris. Pendant les troubles civils, l'école cessa d'exister, et le bâtiment où elle était placée, rue du Rempart du Saint-Esprit, fut vendu avec les autres propriétés de la ville. Ce n'est qu'en 1809 qu'elle a été rétablie, sous l'administration de M. le baron Daclin [1]. Le bâtiment qu'elle occupe à l'entrée de la rue Mairet, a été construit sur les plans de M. l'architecte Lapret. Les professeurs

(1) Voy. *Eloge* de M. le baron Daclin, par M. Ch. Weiss. *Besançon*, 1844, br. in-8°; inséré dans le Recueil de l'Académie du 28 janvier 1843.

nommés par la ville furent MM. Jourdain père et Dom. Paillot. Ils eurent pour successeur M. Borel, élève d'Augustin pour la miniature, et dont on a plusieurs tableaux, entre autres une belle copie de la *Mort d'Atala*, par Girodet, qui est aujourd'hui à Genève. Vinrent ensuite MM. Henri Jolivet, élève de l'école de Dijon, et Flajoulot, que nous avons eu déjà l'occasion de citer. L'école est en ce moment dirigée par M. Lancrenon, dont les principaux ouvrages, placés au musée du Luxembourg, lui assignent une place distinguée parmi les peintres contemporains.

Cette école a maintenu et entretient le goût des arts dans une province qui s'honore d'avoir produit les Bourguignon, les Nonnotte, les Pequignot (1), les Monnot (2), les Devosges, les Attiret, les Rosset, les Dejoux et les Breton.

(1) Ce peintre distingué, né à Baume-les-Dames, n'est pas aussi connu en France qu'il mériterait de l'être ; il est vrai que ses principaux ouvrages sont restés en Italie, ou, achetés par des amateurs étrangers, enrichissent les musées d'Allemagne et de Russie.

Voy. la *Notice* sur Pequignot, par Girodet, son condisciple à l'école de Rome, et resté son ami.

(2) Le sculpteur Monnot mourut à Rome, où sont ses principaux ouvrages, parmi lesquels on distingue le tombeau du pape Innocent XI que l'on voit à Saint-Pierre. Il fut inhumé dans la chapelle de Saint-Claude des Bourguignons, avec une épitaphe dont nous devons une copie à l'extrême obligeance de Son Em. Mgr le cardinal de Rohan. Elle est à la Bibliothèque, dans la galerie à la suite de la salle de lecture d'hiver.

SOCIÉTÉS SAVANTES.

ACADÉMIE DES SCIENCES, BELLES-LETTRES ET ARTS.

L'académie, fondée en 1752 par M. le duc de Tallard, répandit dès sa naissance l'émulation dans toute la province. Composée, à l'exemple de l'Académie française, des hommes les plus distingués par leurs talents et des plus grands seigneurs de la province, elle fut comme un lien entre les différentes classes de la société qui se rapprochaient et se confondaient pour la première fois. A côté des Baufremont, des Grammont, des du Chatelet, on vit siéger des professeurs, des médecins, des avocats et même de modestes religieux. Son premier secrétaire perpétuel fut le marquis de Courbouzon, magistrat savant et laborieux, dont on a un grand nombre d'ouvrages inédits, mais qui sont utilement consultés (1). Le duc de Tallard avait fondé deux prix, l'un d'éloquence et l'autre d'histoire. Ce fut l'abbé Bergier, si

(1) Entre autres un *Recueil de matériaux pour servir à l'histoire du parlement*, en 2 vol. in-fol., conservés à la Bibliothèque de la ville.

connu depuis par des ouvrages estimés, mais alors simple curé de Flangebouche, qui les remporta tous les deux en 1753, aux applaudissements d'une nombreuse et brillante assemblée. L'académie poursuivait le cours de ses utiles et paisibles travaux, lorsqu'elle fut supprimée en 1793, avec toutes les autres sociétés littéraires de France. La plupart de ses membres, devenus suspects au nouveau pouvoir, avaient fui devant la terreur croissante, ou, un peu plus tard, arrachés à leurs familles, languirent dans les cachots. Son dernier secrétaire perpétuel, M. le conseiller Droz, publia en 1805 un *Mémoire sur l'avantage du rétablissement des anciennes académies*, qui fixa l'attention du gouvernement, et dès l'année suivante, les académiciens qui avaient survécu à la tempête obtinrent l'autorisation de se réunir.

En se reconstituant, l'académie ne retrouvait ni son ancienne dotation, ni le local qui lui avait été assigné pour ses réunions dans le palais Granvelle ; mais M. le baron de Bry s'empressa de lui ouvrir les salons de la préfecture, et concourut de toutes les manières à faciliter sa réorganisation. Ce magistrat, ami des lettres, qu'il cultivait lui-même dans ses loisirs, accepta la présidence annuelle de la société naissante, et, dans la séance publique d'installation, prononça un discours qui ouvre dignement la série de ses nouveaux mémoires (1). A la Restauration,

(1) Voir dans les recueils de l'académie, de 1806 à 1812, les

l'académie trouva un nouvel asile dans les salles de l'université; et ce n'est que depuis quelques années que l'administration municipale lui a enfin assigné un local pour ses réunions particulières, dans le bâtiment qu'elle a fait construire sur l'emplacement de l'ancien arsenal. Des deux salles qu'elle possède, l'une, destinée à ses réunions privées, contient sa bibliothèque et ses archives; l'autre, plus grande, est ornée des bustes en plâtre de ses membres les plus distingués. Ce sont ceux de SUARD, mort secrétaire perpétuel de l'Académie française, et dont la veuve a doté l'académie d'une rente de 1,500 fr. destinée à favoriser les études des jeunes gens annonçant des dispositions pour les lettres ou les sciences (1); du grand naturaliste CUVIER, du moraliste Jos. DROZ, de GENISSET, auteur de l'*Examen oratoire des églogues de Virgile,* et secrétaire perpétuel de notre académie, du général DELORT, traducteur en vers français des *Odes* d'Horace; de Ch. NODIER, du philosophe Th. JOUFFROY et de Victor HUGO. Dans la première salle

discours de M. de Bry *sur les avantages des lettres dans leurs rapports avec les besoins du citoyen et la puissance de l'Etat, — sur l'utilité des académies et sur les devoirs de l'académicien, — sur les avantages de l'étude, — sur la manière d'écrire l'histoire, — sur le goût chez les différents peuples.*

(1) Le premier pensionnaire Suard fut Gust. Fallot, mort bibliothécaire adjoint de l'Institut et secrétaire de la commission des *Documents historiques*, laissant inachevé un ouvrage important sur *la langue française au* XIIIe *siècle.* Cet ouvrage a été publié, en 1839, à l'imprimerie royale, par Paul Ackermann, un autre de nos compatriotes enlevé, comme Fallot, à la fleur de l'âge.

sont les bustes d'Antide JANVIER, l'horloger astronome, et du jeune chimiste EBELMEN, dont la place était marquée à l'académie royale des sciences (1).

L'académie a célébré en 1852 la centième année de sa fondation, par une fête à laquelle elle avait invité ses associés et ses correspondants régnicoles et étrangers. Plusieurs de ses associés répondirent à cette invitation ; nous ne citerons que M. le baron de Stassart, si connu par ses talents littéraires, et par les hauts emplois qu'il a remplis tant en France que dans le royaume des Belges. Cet homme vénérable n'hésita pas, quoique âgé, à venir de Bruxelles pour serrer affectueusement la main à des confrères qu'il n'avait jamais vus et qu'il ne devait plus revoir. Dans cette séance mémorable, le vice-président annuel, M. Pérennès, lut un *Précis de l'histoire de l'académie depuis sa fondation,* qui a été imprimé dans ses recueils.

Dès le XVIIe siècle, il existait à Besançon une société littéraire qui a laissé peu de traces. M. le marquis de Terrier-Santans en a fait l'histoire dans son discours de réception à l'académie, en 1816 (séance du 19 décembre, p. 16).

Vers le milieu du dernier siècle, M. l'abbé de Sérent, d'une ancienne famille de Bretagne, se trouvant à Besançon, y fonda une société littéraire mili-

(1) Voy. son *Eloge*, par M. l'abbé Besson, inséré dans le *Recueil de l'acad.* de janv. 1853.

taire, « dans le but, dit-il, de fournir aux officiers » de la garnison un utile emploi de leurs loisirs. » On en trouve l'historique dans la *France littéraire pour 1857,* avec la liste de ses membres et de ses associés correspondants. Dans le nombre des correspondants, on distingue le P. Basile, d'Ornans, capucin, alors secrétaire du général de son ordre à Rome; l'abbé Rose, de Quingey, à qui l'on doit plusieurs ouvrages estimables, et qui a laissé manuscrite une *Histoire* de sa ville natale; et enfin, le médecin Piraux, neveu de l'évêque Ballyet, consul à Bagdad, et qui prit possession au nom de la France, en 1774, de l'île de Périm, au fond du golfe Arabique, dont les Anglais viennent de s'emparer.

C'est une chose assez digne de remarque que la place de consul à Bagdad ait été successivement remplie par des Franc-Comtois pendant plus de cinquante ans. A l'évêque Ballyet, mort de la peste en 1773, et son neveu Piraux, que, sur sa demande, on lui avait adjoint, succéda Miroudot du Bourg, évêque de Babylone; vint ensuite Beauchamp, qui s'est illustré par les importants services qu'il a rendus à la géographie et à l'astronomie (1). Pendant l'expédition d'Egypte, Beauchamp rejoignit l'armée française, à laquelle ses connaissances pouvaient être utiles, et ne tarda pas à mériter la confiance du gé-

(1) Voy. son *Eloge*, par Lalande, dans la *Bibliographie astronomique.*

néral en chef Bonaparte, qui le chargea de négocier avec la Porte Ottomane. A son arrivée à Constantinople, il fut enfermé aux *Sept Tours,* dont il ne sortit que sur la demande expresse du premier consul. Déjà malade, il vint mourir à Nice, en 1801, au moment où il recevait sa nomination à la place de résident de France à Lisbonne. On a un petit portrait de Beauchamp vêtu du costume oriental. Notre compatriote, Gabriel Peignot, son ami, bibliothécaire alors à Vesoul, a dédié *aux mânes de Joseph Beauchamp* son *Dictionnaire de bibliologie,* 3 vol. in-8°, dont un de supplément, l'un de ses plus utiles ouvrages.

SOCIÉTÉ DE MÉDECINE.

Fondée vers 1809, peu après la réorganisation des études scientifiques, elle compta parmi ses premiers membres M. Girod de Chantrans, dont le nom se retrouve partout où il y avait du bien à faire; les docteurs Vertel, Colard, Barrey et Briot, professeur de clinique externe, tous connus par leur incontestable capacité et quelques-uns par d'utiles travaux; le docteur Barrey l'est surtout par son zèle pour la propagation de la vaccine, qu'il pratiqua le premier dans la province avec un grand succès. Cette Société proposait, chaque année, des sujets de prix dont quelques-uns ont eu un grand retentissement. Les événements la forcèrent d'interrompre ses travaux;

mais elle s'est reconstituée depuis quelques années, et les Mémoires qu'elle a déjà publiés prouvent que les études médicales continuent d'être en honneur dans notre pays, où elles comptent de nombreux adeptes.

La médecine a été cultivée dans tous les temps en Franche-Comté; mais c'est surtout au XVIIIe siècle que cette science a brillé d'un vif éclat, par le grand nombre de savants professeurs et d'habiles praticiens qu'elle a fournis. C'est une chose qui n'est pas indigne de remarque, qu'en 1789 trois médecins franc-comtois étaient attachés à la famille royale : Aubry, intendant des eaux de Luxeuil, à qui l'on doit les *Oracles du Ciel,* ouvrage très estimé, était médecin de M. le comte d'Artois; Cornette, de Besançon, membre de l'académie des sciences, était médecin de Mesdames de France (1), qu'il suivit en exil, où il mourut à Trieste; et enfin l'illustre Desault était chirurgien du roi. Dans le même temps, Antoine Caille, né au Villers, professeur ou, comme on disait alors, docteur régent de la Faculté de Paris, était médecin du duc de Nivernais, dont il avait mérité la confiance et qui lui a adressé plusieurs pièces de vers; comme un peu plus tard le savant et trop modeste helléniste Naymes (de Brussey) le fut du

(1) A l'époque de leur émigration, l'aumônier de Mesdames était un Franc-Comtois, l'abbé Rousseau de l'Epine, né en 1745 à Lons-le-Saunier, et mort en 1823, chanoine à Versailles. Pendant son séjour à Trieste, il y fit imprimer *L'Evangile code du bonheur ;* in-8°.

duc de Choiseul-Gouffier, l'auteur du beau *Voyage en Grèce.*

Nous savons qu'un jeune professeur de notre école prépare une histoire de la médecine en Franche-Comté, fruit de longues et patientes recherches, et qui ne peut manquer de jeter un jour tout nouveau sur les mœurs et les habitudes hygiéniques de nos ancêtres.

SOCIÉTÉ D'AGRICULTURE.

Cette société, dont le titre indique le but, s'est formée en 1799, sous les auspices de François de Neufchâteau, alors ministre de l'intérieur, connu par ses ouvrages agronomiques. Elle a compté dès l'origine, et compte encore parmi ses membres, les principaux propriétaires du département. Sous la présidence de M. Girod de Chantrans, l'un de nos meilleurs citoyens, elle prit un développement rapide et concourut à procurer à l'agriculture d'importantes améliorations. Depuis qu'elle a perdu cet homme à jamais regrettable, elle continue ses travaux avec activité. Ses comptes-rendus de 1799 à 1860 renferment une foule de recherches, d'expériences et de procédés utiles. Chaque année, elle accorde des primes et des encouragements aux agriculteurs qui se sont distingués par l'introduction de nouvelles plantes dans leur culture, et par les soins qu'ils ont donnés à leurs travaux et à leurs bestiaux.

La société se réunit dans une des salles de l'ancien arsenal.

SOCIÉTÉ D'HORTICULTURE.

Sa création est encore récente, puisqu'elle ne date que du mois de septembre 1856 ; cependant elle a déjà provoqué dans le département de nombreuses améliorations.

Elle publie un journal mensuel, et continue à prospérer d'une manière lente, mais sûre.

Si elle avait à sa disposition un jardin pour y faire des expériences, les étudiants en médecine et les élèves du cours de botanique en retireraient un grand avantage pour leur instruction.

SOCIÉTÉ D'ÉMULATION.

Créée en 1840, cette société s'occupe plus particulièrement de ce qui intéresse l'histoire naturelle, l'avancement et l'amélioration des arts et de l'industrie manufacturière. Elle a déjà publié des mémoires d'un haut intérêt, parmi lesquels on distingue le *Traité des roches*, de M. Coquand ; la *Florule exotique des environs de Marseille*, par M. Grenier ; le *Mémoire sur les terrains crétacés du Jura*, de M. Ch. Lory ; l'*Herbier de la flore du Jura*, par M. E. Michalet ; la *Monographie des lépidoptères nuisibles*, par M. Th. Bruand ; les *Considérations géométriques sur les conditions de stabilité de l'équilibre des systèmes matériels,* par M. H. Résal, ingénieur des mines, dont la bienveillance égale le savoir, et les travaux archéologiques sur Alaise de MM. Alph. Delacroix, Toubin et Castan.

Cette société, qui reçoit du conseil municipal une subvention annuelle, se compose de membres honoraires, de résidants qui doivent une prestation, et de correspondants.

SOCIÉTÉ DES AMIS DES ARTS.

Formée en 1840, elle a pour but de répandre dans la province le goût des beaux-arts, d'en faciliter l'étude par l'examen et la comparaison des productions des artistes des différentes écoles, d'encourager ceux qui donnent des espérances, et de leur fournir les moyens de placer avantageusement leurs ouvrages.

Les expositions ont lieu tous les deux ans au mois de juillet.

Le tirage au sort des tableaux et dessins acquis a lieu dans la salle d'exposition.

BIBLIOTHÈQUE ET MUSÉES.

BIBLIOTHÈQUE PUBLIQUE.

La Bibliothèque fut fondée en 1693, par M. l'abbé Jean-Baptiste Boisot, qui légua ses livres et ses manuscrits à sa ville natale, avec une somme dont le revenu devait être employé à de nouvelles acquisitions. Elle a été successivement augmentée des livres de MM. Chiflet, Cl. Boisot, grand chantre de la métropole, et de l'abbé de Camus, chanoine honoraire de Sainte-Madeleine.

Jusqu'en 1793 cette bibliothèque a été placée dans les bâtiments de l'abbaye Saint-Vincent, sous la garde d'un religieux bénédictin, qui remplissait les fonctions de conservateur. Dans le nombre nous pouvons citer D. Marc Couché, qui fut notre premier bibliothécaire ; c'est lui qui a signé les inventaires. Il était d'une famille d'imprimeurs établie à Besançon dans le commencement du XVIIe siècle, et qui pendant plus de deux cents ans y a tenu un rang honorable. Parmi ses successeurs on distingue D. Prosper Lévêque, auteur des *Mémoires pour servir à l'histoire du cardinal de Granvelle,* et d'une *Vie de Charles-Quint,* in-fol., restée manuscrite; D. Bouhélier de Sermange (1); D. Rousseau, savant dans les langues orientales et correspondant de l'illustre abbé Morelli, bibliothécaire de Saint-Marc de Venise; D. Berthod, à qui notre histoire est redevable de travaux utiles, et enfin D. Sterque, l'un des lauréats de notre académie.

En 1786, l'ordre des avocats fit don à la ville de sa bibliothèque particulière (voy. p. 124).

Dans les premières années de la révolution, les bibliothèques des couvents supprimés et celles des émigrés furent réunies au chef-lieu du département, dans le vaste couvent des Carmes, et transportées ensuite dans les bâtiments du collége; le nombre des volumes s'élevait au moins à deux cent mille. Sous le Directoire, les émigrés qui parvenaient à obtenir leur radiation, obtinrent facilement la restitution de leurs bibliothèques. Le gouvernement consulaire ordonna que sur les livres restant au dépôt, il serait formé des bibliothèques spéciales pour le séminaire, le lycée, etc., et que le surplus serait remis à la ville, sous la

(1) Un membre de cette famille patricienne, Jean-Claude (et non Charles-François, comme le dit l'*Almanach de* 1785), conseiller au parlement, légua sa bibliothèque à la ville en 1752.

Le jeton des Sermange porte *un cerf paissant*, avec la devise: *Nulli nocius.*

condition qu'elle paierait les frais de garde de ces livres depuis leur séquestre.

Lorsque la ville eut été remise en possession de sa bibliothèque, elle n'avait plus de local pour la placer, et en attendant la construction d'une salle, les livres furent entreposés dans les anciens greniers. Ce n'est qu'en 1817 qu'ils ont été transportés dans le lieu où ils sont présentement.

La Bibliothèque se compose de quatre bâtiments, dont le principal a été élevé sur les plans de l'architecte Lapret (1). La salle destinée aux lecteurs est vaste, d'une belle proportion et à deux galeries ; les livres sont renfermés dans plusieurs armoires. Au fond est sur un piédestal la statue de Georges Cuvier (2), modelée par David d'Angers ; en face, la statue en marbre de Th. Jouffroy (3), due au ciseau de Pradier. De chaque côté de la statue de Cuvier, sont les bustes en marbre de l'abbé Boisot, hommage tardif rendu à sa mémoire, et de Charles Nodier, qui fait honneur à notre ville par son esprit aimable et ses talents variés. Ces deux bustes sont de J. Petit, de Besançon. C'est du même artiste que sont les bustes du philosophe religieux Droz, et de Ch. de Rotalier, enlevé prématurément aux lettres et à ses

(1) MM. les architectes Mathieu et Marnotte ont donné les plans des autres bâtiments.

(2) Né à Montbéliard le 25 août 1769, mort à Paris le 10 mai 1832.

(3) Né au village des Pontets (Doubs) en 1796 ; mort à Paris le 4 mars 1842.

nombreux amis (1); celui de Victor Hugo est de David d'Angers. Ces trois bustes sont placés sur les tables destinées aux lecteurs. A la première galerie, de chaque côté de l'esquisse en terre cuite de la *Descente de croix*, chef-d'œuvre de Luc Breton (voy. p. 82), sont les bustes en plâtre de J.-J. Chiflet, l'auteur du *Vesontio*, de Mgr de Pressigny, l'un de nos plus récents archevêques, et de Devosges, le fondateur de l'école de peinture de Dijon (2); de Dunod, l'historien de la province ; du cardinal de Granvelle, et de Percy, l'illustre chirurgien. Napoléon apprécia les services importants que Percy avait rendus pendant les grandes guerres de l'empire, et lui légua *cent mille francs*. Quatre des bustes que nous venons d'indiquer ont été modelés par Clésinger père; celui de Devosges est de son élève Rude; on ne connaît pas l'artiste à qui l'on doit le buste de Percy.

La salle de lecture d'hiver est ornée des portraits de M. Pâris et de M. Lapret son élève, par Jolivet (3), de l'abbé Bullet, le savant auteur du *Dictionnaire celtique*, en costume de recteur de l'Université ; du

(1) Le buste de M. de Rotalier est le fruit d'une souscription promptement remplie par les personnes qui s'intéressent encore à la gloire du pays.

(2) La ville de Gray, patrie de Devosges, vient de lui élever une statue en pierre sur une des fontaines qui décorent la façade de l'hôtel de ville.

(3) Celui de M. Pâris est une copie d'un beau portrait fait à Rome pendant qu'il y remplissait les fonctions de directeur de l'école de France. L'original est conservé dans la famille.

professeur Seguin, dans le même costume, copie de M. de Boulot fils, et enfin de l'évêque Ballyet (voy. p. 126), copie de M. de Boulot père. Dans la même salle est le buste en plâtre de l'architecte Nicole, modelé par Breton, vrai chef-d'œuvre de ressemblance et de naïveté. De cette salle, une large et belle galerie conduit à la salle placée dans le fond de la cour (voy. p. 111). A l'entrée, de chaque côté de la porte, sont les bustes en marbre de Mairet (voy. p. 121) et de Desault, le créateur de la clinique en France. Ces deux bustes sont de Maire. On a réuni dans cette galerie les livres à estampes et les beaux volumes qui proviennent de la bibliothèque du cardinal de Granvelle, la plupart reliés en maroquin violet, et presque tous sortis des presses des Aldes, dont il encouragea les travaux par sa munificence.

La nouvelle salle contient les livres de droit et ceux qui sont relatifs aux sciences physiques et naturelles, etc. Dans le fond est une statue de Minerve, par Clésinger père, un buste du général Donzelot, de Maire, un buste en bronze du général Ruty, mort pair de France, don de sa veuve, et un buste en marbre du jurisconsulte Proudhon, par Camille Demesmay.

La Bibliothèque s'accroît chaque année des dons du gouvernement, de ceux des particuliers, et des acquisitions faites au moyen des fonds votés par le corps municipal. Les livres imprimés sont au nombre de plus de 100,000 (1); les plus anciens sont le *Rationale Durandi,* imprimé en 1459, et le *Catholicon Januense,* de 1460 (2), exemplaires sur vélin. Elle possède environ 2,000 manuscrits, dont quelques-uns sont remarquables, soit par leur antiquité, soit par leur belle exécution; mais le plus grand nombre appartient au XVe et au XVIe siècle. Nous citerons le *Bréviaire* orné de vignettes de l'archevêque Charles de Neuchatel (voy. p. 145); le *Tite-Live,* en 3 vol. in-fol., et l'*Histoire romaine,* 2 vol. in-fol. atlantique, qui vient du cardinal de Granvelle. Les manuscrits modernes consistent en dissertations et pièces relatives à l'histoire de la Franche-Comté. Dans le nombre on distingue la précieuse collection des *Mémoires* du célèbre ministre de Charles-Quint, dont l'on a publié seulement une partie en 9 vol. in-4°.

Le médaillier, formé en partie des monnaies romaines trouvées dans la province, renfermait déjà en 1782 un grand nombre de médailles anciennes ; mais il s'est accru depuis par l'acquisition successive de deux collections précieuses, celle de M. Joseph Bruand, mort sous-préfet à Belley en 1820, et celle d'un autre numismate du pays.

(1) Le premier vol. du *Catalogue*, publié en 1842, comprend la classe des livres d'histoire, en 8,764 articles ; le deuxième vol., qui a paru en 1846, renferme la partie des belles-lettres, en 6,329 articles.

(2) Parmi les premiers livres imprimés à Besançon, 1486-1488, le plus important a pour titre *Roderici de Zamora episc. speculum vitæ humanæ*, in-4°.

A l'entrée de la Bibliothèque, on voit plusieurs morceaux d'antiquités, ainsi qu'un tombeau romain trouvé en 1823 à Saint - Ferjeux. Les lettres de l'inscription sont de la plus belle forme, et tout porte à croire qu'elle appartient au siècle des Antonins. Nous croyons utile d'en donner le texte et la traduction :

...RGINIÆ. MARIUS. VITALIS CONJUNX LEG.
ET MARIUS NICIDIANIUS FIL O MATRI E LON
GINQUO AD PORTATÆ. ET. HIC CONDITÆ SEX ET
TRIGENTA ANN. VIXIT. INCULPATA MARITO OB
SEQUIO RARO. SOLO CONTENTA MARITO.

Marius Vitalis, légat, à Virginie, son épouse, et son fils, Marius Nicidianus, à la meilleure des mères. Son corps, transporté de loin, est enfermé dans ce tombeau. Elle a vécu 36 ans, irréprochable, d'une rare soumission, ayant placé son bonheur en son mari seul.

MUSÉE PARIS.

Une salle particulière contient les richesses léguées à la ville en 1819 par M. Pâris. Ce précieux cabinet, décoré du buste en marbre du donateur, exécuté sous la direction de Canova, offre une suite des meilleures éditions de Vitruve, de Palladio, de Scamozzi, la galerie de Florence, le musée Pio Clementino, les recueils de Piranési, le recueil manuscrit vraiment inestimable des études d'architecture de M. Pâris, en 9 vol. in-fol., qui présentent le résultat de ses travaux pendant trente années, une belle suite des marbres d'Italie et de la Grèce, une collection d'antiquités très importante.

deux têtes grecques d'une rare beauté, des bronzes, des peintures égyptiennes, des vases dignes, par l'élégance de leur forme et la délicatesse de leurs ornements, de figurer dans les plus belles collections, et enfin un grand nombre de fragments qui offrent les premiers essais de la sculpture chez les Volsques et les Etrusques (1).

L'on remarque aussi dans ce cabinet une momie d'une conservation parfaite ; c'est un don de M. le baron Taylor, qui l'a rapportée de la Haute-Egypte, où il avait été envoyé par le gouvernement pour en faire transporter l'obélisque de Louqsor, qui décore aujourd'hui la place de la Concorde, à Paris.

Depuis quelque temps le musée s'est accru des dons de deux de nos savants compatriotes. M. Xav. Marmier, si connu par ses voyages dans le Nord, y a déposé différents objets qu'il avait rapportés de ces contrées, entre autres un bâton runique et une paire de ces longs patins en bois au moyen desquels les Lapons et les Islandais parcourent rapidement de vastes distances sur la neige durcie par le froid ; et le R. P. Bigandet (2), missionnaire, qui est, comme M. Marmier, un enfant de nos montagnes, envoyé par ses supérieurs dans le pays des Birmans, dont il

(1) Voy. le *Catalogue* imprimé par ordre du conseil municipal. Besançon, 1821, in-8°.

(2) Le P. Bigandet a traduit l'*Imitation de Jésus-Christ* en langue birmane, et publié en anglais une curieuse *Histoire du boudhisme*. Il est membre de l'académie de Calcutta ; celle de Besançon le compte depuis longtemps au nombre de ses correspondants.

est aujourd'hui l'évêque, a offert au musée Pâris un poignard, un vase en bois à l'usage des prêtres du pays, des vêtements de femmes du peuple et de dames de la Birmanie, et différents autres objets précieux.

Il existe à Besançon plusieurs cabinets dignes de l'attention des curieux; les plus recommandables sont ceux de MM. Droz, conseiller honoraire et le doyen de notre académie, de Contréglise, Paul de Jallerange (1) et du comte Louis de Vaulchier. M. le président Bourgon recueille avec un zèle au-dessus de tous les éloges les productions des auteurs franc-comtois, dont il possède une collection nombreuse; son catalogue, qu'il prépare, sera une source abondante de renseignements sur l'histoire littéraire de la province.

MUSÉE ARCHÉOLOGIQUE.

Fondé en 1848, ce musée a pris un rapide accroissement par les soins et l'intelligente activité de son conservateur, M. Just Vuilleret; il occupe, à la nouvelle halle, la salle à gauche, du côté de la rue du Saint-Esprit.

Les musées de province possèdent, en général, les

(1) M. de Jallerange possède une suite en or des monnaies de la province, la plus complète que nous connaissions, et des manuscrits, la plupart relatifs à l'histoire de la Franche-Comté, dont il a bien voulu nous donner communication. Nous le prions d'en agréer nos remerciements.

uns des antiquités remarquables, d'autres des objets d'une grande valeur matérielle ou artistique, mais le plus souvent étrangers au pays.

Celui de Besançon n'est formé que des objets trouvés dans la province, et plus de trois cents localités y sont représentées par des débris de toute nature et de tous les âges, auxquels on a réuni les ouvrages et les rapports qui les concernent, des cartes, des plans et des dessins qui les complètent.

La classification en a été faite avec soin, et tous les objets, quels qu'ils soient, provenant de la même fouille, sont groupés sous le nom du lieu d'où ils proviennent, de manière à faire connaître immédiatement leur origine, et à indiquer un âge et une authenticité qu'aucun savant n'eût osé leur attribuer sans ce rapprochement. Un souvenir historique se rattache ainsi aux moindres objets, et le plus petit fragment porte avec lui son enseignement.

Le Jules-César, le Vitellius, la section de l'aqueduc d'Arcier, la série des clefs antiques, l'ensemble des statuettes et des divers objets trouvés dans le Doubs et dans les fondations de l'arsenal de construction (voy. p. 174), méritent tout d'abord de fixer l'attention des curieux. La coupe et les statuettes de Mandeure, les inscriptions du lac d'Antre, la série des sceaux, la collection numismatique, offrent aux études de précieux documents ; mais rien n'est plus digne d'intérêt que les restes celtiques des fouilles d'Amancey et d'Alaise, qui forment une collection de la plus haute importance.

Le musée a été enrichi par les dons de plus de six cents personnes.

Il est ouvert le dimanche pour les habitants, et tous les jours pour les étrangers.

MUSÉE DE TABLEAUX.

Le musée, ouvert aux curieux en 1843, occupe deux vastes galeries dans les bâtiments de la nouvelle halle. Il se compose d'environ quatre cents tableaux, dont la plupart viennent du cabinet de M. l'abbé Boisot ou des églises supprimées pendant la révolution, et qui n'ont point été rendus à leur destination primitive. La ville en a reçu quelques-uns en don du gouvernement, et le conseil municipal alloue chaque année une somme pour l'entretien et l'accroissement de cette collection, dont il sent toute l'importance.

Dans la première salle, sur la cheminée, on remarque la pendule du cardinal de Granvelle, que l'on voyait autrefois à la mairie; de chaque côté, sont deux vases magnifiques de la manufacture de Sèvres, don de l'empereur Napoléon III.

Le morceau capital du musée est une *Déposition de la croix,* d'Angiolo Bronzino, du meilleur temps de ce maître et de la plus belle époque de l'art. Ce tableau fut offert par le grand-duc de Toscane au cardinal de Granvelle(1), qui s'empressa de l'envoyer à Besançon, où il a été longtemps placé dans la chapelle de sa famille, aux Carmes de l'ancienne observance(2). On ne peut trop admirer la tête de la Vierge ; jamais il n'y eut douleur plus profonde et mieux rendue. On attribue au même Bronzino le *portrait de Granvelle,* sur cuivre; celui de son père *le chancelier Perrenot,* que l'on voit à gauche, est du Titien.

Parmi les autres tableaux du musée, on distingue : un *Christ en croix,* d'Albert Durer, qui décorait la chapelle de l'hôtel de ville (voy. p. 151); *deux Intérieurs d'église,* par Péter Neffs ; le *Martyre de saint Pierre,* excellente copie d'après le Guide ; le *Mariage mystique de sainte Catherine d'Alexandrie,* du Parmesan; et les *Joueurs,* de Manfredi, qui figuraient autrefois dans la riche galerie de Munich.

M. le baron Daclin (voy. p. 220), ancien maire, dont on possède un bon portrait par Henri Jolivet, a fait hommage au musée des huit grands tableaux représentant les comtes de Bourgogne inhumés à Saint-Etienne, peints en 1662, d'après les originaux que l'on voyait dans cette cathédrale, par Bauldot de Moncey, artiste dont il ne faut pas chercher le nom dans les biographies des peintres célèbres(3). C'est

(1) VASARI, *Vite di pittori,* III, p. 471.
(2) Voy. p. 125.
(3) Voy. Eglise de Saint-Etienne, p. 108.

à M. Daclin que le musée est également redevable du portrait de J. Carondelet, dont nous parlerons tout à l'heure, et de ceux de Donat Nonnotte (1) et de sa femme, peints par cet artiste, qui a joui d'une assez grande réputation dans le XVIIIe siècle. Nonnotte, peintre du roi et créateur de l'école de Lyon, était frère du jésuite si connu par ses querelles avec Voltaire.

C'est du cabinet légué à la ville par M. Pâris que proviennent le *Portrait du comte de Strogonow enfant,* ouvrage de Greuze; les deux *Effets de lumière,* par Fragonard; la *Tête de vieillard*, par Vincent, et ces nombreux dessins au crayon rouge et à l'aquarelle, du même Fragonard, de Wailly, et des autres maîtres dont M. Pâris était resté l'ami, après avoir été le compagnon de leurs études.

Le beau tableau de Largillière, représentant plusieurs personnages qui font de la musique, est un don de Mme la comtesse de Mazelières, née de Castillon, qui, dans la province où elle était retirée, n'avait point oublié la ville de ses jeunes et belles années. Outre le mérite de la peinture, ce tableau a un prix particulier pour les Franc-Comtois, puisqu'il représente la famille de M. Boutin de Diencourt, directeur général des fermes, à qui son goût pour les arts et le noble emploi de sa fortune avaient mérité l'estime et l'affection des Bisontins.

(1) Né à Besançon en 1707, mort à Lyon le 5 février 1785.

L'*Annonciation aux bergers,* de Salvator Rosa, les deux beaux Canaletti et les trois tableaux de Recco, qui représentent des poissons et des productions marines, sont un don de M. le général Donzelot (voy. p. 150). M. Flajoulot, qui pendant plus de vingt ans a rempli les fonctions de professeur de notre école de dessin (voy. p. 221), a légué au musée de sa ville natale plusieurs tableaux, parmi lesquels on distingue le *Printemps* et l'*Automne,* par Mignard; le *Martyre de saint André,* par Otto Venius, et le *Portrait de Coypel et de sa petite-fille,* ouvrage de ce peintre, l'un des bons maîtres de l'ancienne école française.

M. le marquis de Rosières, qui n'a cessé, dans le cours de son honorable carrière, de donner des preuves d'un véritable patriotisme, a fait aussi don au musée de quatre tableaux peints sur bois, dont l'un représente une allégorie inspirée par la bulle *Unigenitus,* qui, destinée à mettre fin aux troubles de l'Eglise, donna lieu à tant et de si violents débats.

Mme Gros, la veuve du grand peintre dont la France regrettera longtemps la perte douloureuse, était originaire de Besançon par sa mère, Mme Dufresne, née Amoudru, d'une famille honorable de la bourgeoisie. En disposant du noble héritage que son mari lui avait laissé, sa pensée généreuse s'est reportée sur le berceau de sa mère, et elle a chargé l'exécuteur de ses dernières volontés d'adresser au musée de notre ville trois morceaux qui sont trois chefs-d'œuvre chacun dans son genre, et auxquels elle devait attacher elle-même un prix tout particulier. C'est d'abord le *portrait de sa mère* chérie, peint par Gros, et *celui de son frère,* dessin du célèbre Ingres; et enfin la *Baigneuse,* de Gros, un des ouvrages de sa première manière.

Dans ces dernières années, le grand peintre Ary Scheffer, dont ses amis déplorent en ce moment la perte, a fait hommage à notre musée d'un admirable portrait du général Baudrand, l'un des aides de camp du roi Louis-Philippe, qui l'avait choisi pour être le gouverneur de son fils le duc d'Orléans (voy. rue de la Préfecture).

Parmi les acquisitions du musée, nous signalerons le *Calvaire,* de Rottenhamer; le *Saint François d'Assise,* de Zurbaran; des *Canards sauvages,* de Castiglione, et le *Repos du chasseur,* de Barker, que l'on doit, ainsi que beaucoup d'autres tableaux d'un vrai mérite, au directeur M. Lancrenon, qui saisit avec empressement toutes les occasions d'ajouter aux richesses de cette galerie.

Le musée possède un assez grand nombre de portraits dont la plupart, outre qu'ils sont de bonne main, ont encore l'avantage de représenter des personnages illustres par leurs talents ou par les hauts emplois dont ils ont été revêtus. C'est Erasme, l'homme le plus savant et le plus spirituel de son siècle (voy. p. 145); J. Carondelet (voy. p. 65); ces deux portraits sont de la main d'Holbein, l'un des plus grands peintres de la renaissance ; l'ambassadeur Simon Renard(1), qui négocia le mariage de Philippe II avec Marie, reine d'Angleterre, surnommée la Catholique. Le portrait qui forme le pendant de Renard est celui de Jeanne Lullier, sa femme ; tous les deux sont d'Antoine Moro, l'un des peintres de Charles-Quint. On attribue à Hanneman, élève de van Dyck, le grand portrait de Jules Chiflet (2), revêtu du costume de chancelier de la Toison d'or ; et à Philippe de Champagne celui du maréchal de Turenne.

Notre intention ne pouvant pas être d'indiquer ici tous les morceaux remarquables du musée, nous nous bornerons à citer encore les productions de quelques artistes nés en Franche-Comté, et qui, pour cette raison, nous intéressent davantage. Le premier en date et jusqu'ici en renommée est Jacques Courtois, plus connu sous le nom de *Bourguignon* (3), excellent peintre de batailles, dont le musée possède deux esquisses, une *bataille* et un *choc de cavalerie ;* Gresly (4), qui a réussi particulièrement dans la représentation des scènes de la vie commune, et dont nous avons plusieurs tableaux : la *Raccommodeuse de dentelles,* la *Jeune Fille au panier de raisins,*

(1) Né à Vesoul au commencement du XVIe siècle, mort à Madrid le 8 août 1575.

(2) Né vers 1610, et mort à Dole le 8 juillet 1676.

(3) Né en 1621 à Saint-Hippolyte, mort à Rome en 1676.

(4) Né au commencement du XVIIIe siècle à l'Isle-sur-le-Doubs, mort à Besançon en 1756.

le *Buveur de bière,* etc. ; Alexandre Chazerand (1), dont nous avons cité l'*Assomption de la Vierge,* son chef-d'œuvre, en décrivant l'église de la Madeleine, mais qui ne pouvait être oublié en parlant du musée, où il a trois tableaux, dont le portrait du libraire Fantet. La plus grande composition du musée est la *Mort de Léonard de Vinci,* par M. Gigoux, qui s'est placé à Paris dans l'estime des connaisseurs et continue à marcher sur les traces des maîtres.

Nous signalerons encore parmi les ouvrages de nos compatriotes que possède le musée : les *Funérailles de saint Sébastien,* par Edouard Baille ; les *Noces de Gamache,* de H. Baron ; la *Fuite en Egypte,* de Faustin Besson ; *Les Bellini,* de Billardet ; une *Femme portant un enfant sur ses épaules,* don de l'artiste Elmerich à sa ville natale ; et enfin un beau *Portrait de M. Courvoisier* (2) en costume de garde des sceaux, par M. Lancrenon.

Nous citerons encore le *Portrait de la sœur Marthe* (voy. p. 171), connue dans toute l'Europe par son dévouement aux prisonniers et aux soldats des différentes nations que le hasard des combats amenait dans nos hôpitaux, et qui fut récompensée, contre

(1) Né à Besançon le 24 avril 1757, où il est mort le 22 avril 1795.

(2) L'*Eloge de M. Courvoisier*, dont le souvenir est si vivant parmi nous, a été mis au concours par l'académie. Le prix a été remporté par M. Jules Pothé, aujourd'hui juge suppléant au tribunal de Besançon.

toute attente, de soins si constants et si désintéressés, par les souverains qu'un caprice de la fortune conduisit dans la capitale de la France. Ce portrait est du neveu de la vénérable sœur Marthe, Bernard Biget, de Thoraise, mort à Paris il y a quelques années.

Les habitants de Besançon ont, à toutes les époques, aimé et cultivé les arts. On comptait avant la révolution plusieurs riches cabinets de tableaux, parmi lesquels se trouvaient au premier rang ceux de M. le président Chiflet, de M. le comte de Vezet, de M. le chevalier de Sorans, de M. l'abbé Pellier, etc. Aujourd'hui il en existe encore plusieurs qui sont dignes de l'attention des voyageurs et des curieux. M. de Boulot, qui s'honore de compter parmi ses ancêtres maternels le célèbre Otto Venius, possède une collection remarquable de tableaux de ce maître, et plusieurs morceaux capitaux des écoles de France et d'Italie, précieux héritage que lui a laissé son père, amateur distingué. M. le conseiller de Vregille, M. le receveur général Boysson d'Ecole, les héritiers de M. de Clermont-Mont-Saint-Jean, M. de Vezet et M. le chanoine Thiébaud, ont des collections plus ou moins nombreuses d'excellents tableaux.

MUSÉUM D'HISTOIRE NATURELLE.

Le muséum d'histoire naturelle, placé dans les bâtiments de l'université, a été formé des débris du cabinet du chevalier de Sorans et de celui qu'avait établi aux Capucins le P. Tiburce (1), savant naturaliste, dont on a des mémoires manuscrits sur les productions des trois règnes dans le département de la Haute-Saône, où il était né, près de Jussey, et de quelques autres collections moins importantes. Ce cabinet, négligé pendant plusieurs années, ne consistait plus qu'en une assez belle suite d'échantillons de marbres et dans une collection de pierres et de minéraux, lorsqu'il fut remis par la ville à la faculté des sciences. Dès lors, grâce au zèle de MM. Ordinaire, recteur de l'académie, et de son frère, premier professeur d'histoire naturelle à cette faculté, le cabinet prit un rapide accroissement, dû aussi en partie à l'infatigable et persévérante activité de l'ancien conservateur, Gevril, dont le nom était bien connu des naturalistes français et même étrangers.

Ne comptant pour rien ses soins et ses démarches, Gevril a consacré plus de vingt années à enrichir la collection confiée à sa surveillance. On y trouve une réunion presque complète des roches, des minéraux

(1) Son nom de famille était Prost. Pendant le séjour à Rome du P. Tiburce, un jeune sculpteur franc-comtois, Boiston, de Morteau, alors élève de l'école de France, modela le buste de ce digne religieux. Ce buste, que l'on dit d'une grande ressemblance, est actuellement à Fontaine-lez-Luxeuil, dans le cabinet de feu Armand Marquiset, zélé collectionneur, dont les nombreux amis regretteront longtemps la perte : *Nulli flebilior quàm mihi.* Il avait formé une collection de portraits de Franc-Comtois, gravés ou lithographiés, sans doute la plus complète qui existe, puisque leur nombre s'élève à plusieurs mille.

et des fossiles de la province ; de nombreux ossements d'ours trouvés sous le sol des grottes d'Oselle en 1836 ; une belle collection d'oiseaux d'Europe et d'Amérique (1), des quadrupèdes rares, des poissons, des serpents, etc.

Au fond de la salle sont rangés symétriquement, autour d'un meuble richement travaillé qui vient de l'ancienne bibliothèque des jésuites, quelques objets d'art très curieux.

MM. Coquand et Grenier, professeurs de géologie et de botanique à la faculté des sciences, auxquels depuis plusieurs années avait été confié le soin de cette belle collection, se sont appliqués à y introduire une classification plus rigoureuse, qui en favorise l'étude. M. Grenier, si connu des botanistes par sa *Flore de la France,* s'occupe avec un zèle infatigable de recueillir les plantes qui croissent en Franche-Comté, et possède un fort bel herbier.

(1) Les oiseaux d'Amérique sont dus au général Donzelot, qui, pendant qu'il était gouverneur de la Martinique, en fit une collection qu'à son retour en France il s'empressa d'envoyer à notre cabinet d'histoire naturelle.

DICTIONNAIRE

DES

RUES, PLACES, PROMENADES, ETC.,

AVEC L'ORIGINE DE LEURS NOMS [1].

RUES.

De l'ABREUVOIR, de la rue de Glère aux remparts, a été ainsi nommée parce qu'elle conduisait à un endroit favorable pour y abreuver le bétail [2].

D'ANVERS, de la Grande-Rue à la rue des Chambrettes. MM. d'Enskerck, riches négociants flamands, ayant été ruinés par l'inondation de 1421, qui submergea 72 villages dans les environs de Dordrecht, s'établirent à Besançon, où ils habitèrent d'abord la maison [3] même où l'on assure que l'empereur Frédéric Barberousse logea en 1157. Le peuple s'étant habitué à leur donner le nom d'Anvers, plus facile à prononcer que celui d'Enskerck, la rue en a pris insensiblement le nom.

(1) Voy. le discours de Perreciot sur les dénominations des rues de Besançon, *Docum. histor.*, III, p. 49 et suiv.

(2) Voy. Hôtel de ville, p. 149.

(3) Elle appartient à M. Barbier, ancien greffier du tribunal de première instance, et porte le nº 11.

Quoi qu'en dise Perreciot, ce grand désastre n'avait pas entièrement ruiné cette famille. Dès son arrivée dans notre ville, on voit qu'elle y tient un rang honorable, et bientôt elle s'allie aux principales maisons de la province. Admise dans tous les chapitres nobles, elle était jurée à Saint-Georges. Elle a fourni des cogouverneurs; son jeton, qui est assez rare, porte *trois harengs superposés et portant une couronne,* avec la devise : *Mon espérance est en Dieu.* Jean d'Enskerck, abbé des Trois-Rois et chanoine de Saint-Jean, fut suffragant d'Antoine de Vergy, sous le titre d'évêque de Salonique, et mourut le 23 novembre 1523. Les d'Enskerck avaient acquis la seigneurie d'Antorpes, qui passa par une alliance aux Toulongeon.

De l'ARBALÈTE, de la place Saint-Pierre à la rue Saint-Vincent. Cette rue, qui ne remonte qu'au XIVe siècle, porta d'abord le nom de rue Neuve; elle en changea lorsque l'arsenal devint un lieu d'exercice et une espèce d'école pour le corps des arbalétriers (1).

D'ARÈNES, de la place du Pilori aux remparts. Elle a pris son nom des arènes qui étaient placées à son extrémité (2).

Cette rue a été habitée par des familles considérables, entre autres les Chavirey et les Galliot, qui

(1) Voy. *Précis*, p. 15.
(2) Voy. Arènes, p. 48.

ont fourni des co-gouverneurs et laissé leurs noms aux ruelles qui joignaient leurs maisons (voy. ci-après le mot PORT).

De l'ARSENAL, de la place Saint-Pierre à la rue Saint-Vincent. Ainsi nommée de ce que, dans sa plus grande longueur, elle est bordée par les bâtiments de l'ancien arsenal. Elle a porté précédemment le nom de rue des *Clarisses*, à raison du voisinage de l'abbaye de Sainte-Claire (1), et celui de la *Prison*, qui y est établie près du palais de justice.

Des BAINS-DE-CHAMARS, de la rue Neuve aux remparts. Ainsi appelée de ce qu'elle conduisait aux bains établis dans l'emplacement de la gare du canal.

Des BAINS-DU-PONTOT, autrefois des Cordeliers, de la rue du Collége aux remparts.

Dans cette rue est l'hôtel de M. de Grosbois, premier président du parlement à l'époque de sa suppression, magistrat distingué et qui a laissé dans la province d'honorables souvenirs.

De BATTANT, de la place du Pilori à la porte. Cette rue, nommée dans les vieux titres *vicus Batenti*, aboutissait à la Mouillère (2), où était un *battoir* ou *battant* à fouler les draps. Elle reçut le nom de rue du *Triomphe*, en 1764, au retour des conseillers au

(1) Voy. Eglise des Cordelières, p. 127.

(2) *Fons Batenti*, nom qu'elle changea pour celui qu'elle a maintenant, lorsqu'au battoir eut été substitué un moulin.

parlement exilés pour résistance aux ordres de la cour. Un écriteau, décoré des armoiries des trente exilés, annonçait ce changement de nom; mais l'enthousiasme ayant diminué, elle reprit peu d'années après son ancienne dénomination. A la place Bacchus, cette rue se divise en deux branches, dont celle qui se prolonge jusqu'à la porte est appelée rue du *Grand-Battant,* et l'autre, qui ne se termine qu'aux remparts, rue du *Petit-Battant.*

L'une de nos plus illustres familles patriciennes, celle des Armenier, avait son hôtel rue de Battant; il a été remplacé par le couvent des Petits-Carmes (voy. p. 126). Guy Armenier, conseiller et maître des requêtes de Jean sans Peur, duc de Bourgogne, membre du conseil *étroit* de Philippe le Bon et l'un de ses légats au concile de Constance, mourut à Montigny, près de Salins. Son épitaphe, que l'on voit encore dans l'église de ce village, a été recueillie par M. Désiré Monnier et publiée dans l'*Annuaire du Jura,* 1858, p. 320. Son fils Etienne Armenier, chef des conseils de Philippe le Bon, président de ses parlements et son ambassadeur au concile de Bâle, mourut à Besançon le 10 avril 1453, et fut inhumé dans le parvis de Saint-Etienne. Son épitaphe a été conservée par Jules Chiflet.

C'est dans la même rue que l'historien érudit et consciencieux Perreciot demeurait, lorsque, ayant acquis une charge de trésorier de France, il vint habiter Besançon, où l'appelaient ses nombreux amis (voy. l'*Almanach* de 1785). Correspondant de l'académie, qui avait déjà couronné plusieurs de ses savantes *dissertations*, il en fut membre résident, et dès lors concourut avec zèle aux travaux de cette compagnie. Son attachement à sa province l'empêcha d'accepter les offres séduisantes qui l'appelaient à Paris, où il n'aurait pas été déplacé à côté des Foncemagne, des Brequigny et des autres savants qui s'occupaient alors de nos antiquités nationales. Perreciot a le premier signalé le principal défaut du *Cid*, ce chef-d'œuvre de Corneille : c'est que cette pièce est l'apologie du duel, défendu par la raison et proscrit par les lois (voy. *De l'état civil des personnes dans les Gaules*, II, 247). Cette remarque est de François de Neufchâteau. Les manuscrits de Perreciot sont à la bibliothèque de la ville. On y trouve bien des notes précieuses sur l'ancienne géographie de la Gaule, qu'il avait recueillies dans l'intention de donner une édition de la *Notitia Galliarum* d'Adr. Valois. Il y a quelques années que l'académie a mis au concours l'*Eloge* de Perreciot. Le prix a été remporté par M. Chalon, aujourd'hui substitut à Vesoul.

Ne quittons pas la rue de Battant sans donner un souvenir à Clovis Guyornaud, qu'une mort prématurée a enlevé à ses parents et à ses amis. Lauréat de l'académie pour un Mémoire sur les traditions de la province, elle l'avait admis bien jeune au nombre de ses membres. Le besoin de compléter ses études le conduisit à Paris, où il passa quelques années à suivre les leçons des maîtres de la science, et à chercher dans les bibliothèques les documents qu'il n'avait pas l'espoir de trouver dans sa province. Il en rapporta des copies des anciens poëmes relatifs à sa chère Franche-Comté, entre autres du *Roman de Girard de Roussillon*, et il en préparait la publication avec de savants commentaires, lorsqu'une maladie contre laquelle l'art n'avait point de remède vint l'arrêter avant qu'il eût fait les premiers pas dans une carrière que, préparé comme il l'était, il aurait parcourue avec honneur.

Bau, de la Grande-Rue à la rue des Chambrettes. *Bau*, en gallique *baw*, *boue*. Cette rue, qui avait été fermée par mesure de police, est rouverte au public.

Bercin, de la place des Maréchaux aux remparts. Elle est désignée dans une charte de 1346 par cette périphrase : *Ruheta per quam itur à la Raye*, c'est-à-dire au fossé qui bornait alors la ville de ce côté ; elle a pris son nom de l'hôtel qu'y possédait la famille Bercin, éteinte dans celle des Malarmé de Roussillon, qui a fourni dans le XVIe et le XVIIe siècle plusieurs co-gouverneurs à Besançon (1).

(1) Malarmé. Ses armes étaient de *gueules à une raie d'escarboucle* ; sa devise : *Amor in honore*. L'une des élégies les plus touchantes du second recueil de *Poésies* de J.-J. Boissard est adressée à Louis Malarmé, son ami. Cette famille s'est éteinte de nos jours dans la

De la Bibliothèque, voy. Saint-Maurice.

De Billon, de la rue de la Vieille-Monnaie à la rue du Chapitre. Elle doit son nom à un établissement dépendant de l'hôtel de la Monnaie, où l'on préparait le billon pour le convertir en espèces. Quoique étroite et très rapide dans sa partie supérieure, cette rue, au XVIIIe siècle, était encore la seule qui conduisît à la porte Notre-Dame.

Des Boucheries, de la place de l'Abondance à la Grande-Rue. Anciennement, elle était appelée rue du Maisel, et dans les chartes latines *vicus Macelli,* qui signifie aussi rue de la Boucherie.

La maison n° 4 porte cette inscription :

NIMIUM UBIQUE VITIOSUM.

Elle appartenait à la famille Valimbert, qui figure dans la liste des conseillers au parlement.

De la Bouteille, de la Grande-Rue à la rue des Granges. *Vicus Buticularii,* appellation dérivée de ce que l'échanson ou bouteiller de l'archevêque y avait un hôtel fortifié, qu'on appelait la *Tour du bouteiller,* possédé aujourd'hui par M. le baron de Saint-Juan.

personne de M. Emile de Roussillon, qui joignait à un esprit cultivé et aux manières les plus aimables une sorte de passion pour les livres. Il avait formé une collection nombreuse de poëtes français, qui a été dispersée à sa mort, mais dont on retrouve des traces dans les cabinets de la plupart des amateurs de la province. Son père, M. le comte de Roussillon, connu par son érudition, était membre de l'ancienne académie et il eut l'honneur de la présider plusieurs fois.

C'est dans cette rue que demeurait M. de Saint-Germain, membre du magistrat, mort en 1796, auteur de l'*Abrégé de l'histoire du comté de Bourgogne*, 1787, in-8°, ouvrage anonyme, que la ressemblance du titre fait confondre quelquefois avec celui de D. Grappin : *Histoire abrégée du comté de Bourgogne*, 1780, in-12.

De BREGILLE, de la rue de la Lue à la porte. Elle s'est appelée *vicus Navis*, rue du *Navoi* ou de la barque sur laquelle on traversait le Doubs avant l'établissement du pont. Une charte de 1310 la nomme aussi *vicus Sancti Martini*, nom qu'elle perdit après la suppression de l'abbaye de Saint-Martin de Bregille.

Des CARMES, voy. de la PRÉFECTURE.

CASENAT, de la rue du Clos à la place du Palais. Elle doit son nom à M. Casenat, médecin très réputé, dont la maison à l'angle de la rue du Clos appartient aujourd'hui à M. le président Dusillet (voy. p. 193).

Des CHAMBRETTES, autrefois rue du *Marché*, de la Grande-Rue à la rue Saint-Vincent. Elle paraît avoir tiré son nom des petites boutiques dont elle était remplie. C'est près du Puits-du-Marché qu'était le change *(cambium)* de l'archevêque.

Dans l'ancien hôtel de Rosières, restauré nouvellement, est né Joseph Droz.

Du CHAMBRIER, *vicus Camerarii*, de la rue de Rivotte au chapitre. Le chambrier, l'un des grands officiers de l'archevêché, avait son hôtel au-dessus de cette rue. Les actes des derniers siècles et le peuple la nomment à tort rue des *Chambelières* ou des *Servantes*.

CHAMPROND, de la rue de Battant à la rivière du Doubs. *Campus pronus* indique un champ ou un terrain incliné comme l'est celui de cette rue. J.-J. Chiflet la nomme *campus rotundus*, et suppose dans cet emplacement l'existence d'un cirque sous les Romains.

La maison nº 10 porte cette inscription :

GENEVOIS (1) JE SUYS, SANS ESTRE HUGUENOT.

DU CHAPITRE, au pied de la citadelle. A pris son nom des chapitres de Saint-Jean et de Saint-Etienne, dont les suppôts occupaient les maisons qui la composent. Le quartier du Chapitre est la partie de la ville la plus anciennement habitée; au XVIIe siècle, il était encore fermé à son sommet par une muraille qui en occupait toute la largeur, et du côté de la ville par cinq portes, dont une subsiste à l'entrée de la rue du Chambrier; les autres, dont on voyait il y a quelques années des vestiges, étaient à l'entrée des rues de Billon, du Cingle et de Casenat; enfin, l'arc de triomphe, réduit à la proportion d'une porte ordinaire, fermait la rue même du Chapitre, qui ne se

(1) C'était le nom du propriétaire.

terminait qu'à l'entrée de la rue du Clos(1). Un plan, gravé en 1667, montre toute la pente de la montagne couverte d'habitations qui, dans des temps antérieurs, avaient été beaucoup plus nombreuses. Diverses rues transversales, dont les noms ne se sont pas conservés, divisaient ce quartier, qui ne se compose maintenant presque que d'une seule ligne de maisons adossées à la montagne, dont elles suivent les contours plus ou moins sinueux (2).

On y remarque l'hôtel d'Agay, famille *bienfaisante,* quel éloge! Il lui est donné par l'auteur de l'*Histoire de Poligny,* le savant et respectable Chevalier. Elle a produit un grand nombre de magistrats et d'ecclésiastiques distingués. Nous en citerons deux : l'évêque de Perpignan, et son frère, intendant de Bretagne, puis de Picardie, où il acheva le canal de la Somme. On a un beau portrait in-4° de l'intendant.

Après le licenciement de l'armée en 1815, le lieutenant général Pajol a quelque temps habité cet hôtel (voy. rue Sainte-Anne).

L'hôtel d'Augicourt, famille de magistrats, originaire de Gray, où elle a laissé d'honorables souvenirs. Elle a eu l'honneur de produire un prélat, Pierre-François Hugon, l'ancien évêque de Philadelphie, mort en 1754, ayant administré dix ans le diocèse avec beaucoup de sagesse.

(1) La partie qui s'étend de la rue du Clos à l'arc-de-triomphe a pris, depuis quelques années, le nom de rue Saint-Jean.

(2) Voy. *Précis*, p. 21.

C'est dans la maison de M. le président Bourgon qu'a longtemps habité le chanoine Talbert, qu'un écrivain contemporain a jugé bien légèrement en le présentant comme un esprit frondeur, cherchant les occasions de lancer des épigrammes, sans trop s'inquiéter du résultat. Il est vrai que l'abbé Talbert avait le goût de l'épigramme et qu'il en a fait quelques-unes d'excellentes (1); mais ce n'était point ainsi qu'il fallait juger un auteur couronné dans vingt académies, à Bordeaux pour l'*Eloge de Montaigne,* à Dijon pour celui de *Bossuet,* à Rouen pour celui du *cardinal d'Amboise,* etc., et qui eut l'insigne honneur d'être désigné deux fois pour prêcher le *panégyrique de saint Louis* devant l'Académie française.

A côté, dans la maison de M. Durand de Gevigney, est mort en 1833 dom Grappin, l'un des derniers membres de l'ordre des bénédictins, auquel il avait survécu plus de quarante années. Il est auteur d'un assez grand nombre d'ouvrages, la plupart relatifs à l'histoire de la province, et qui, devenus rares, sont recherchés des curieux.

Dans la maison occupée actuellement par les religieuses bernardines, a vécu, les années les plus heu-

(1) Il disait d'un de ses confrères qui se piquait de purisme et cherchait l'occasion de disputes grammaticales : *Il ressemble aux anciens chevaliers, qui combattaient pour l'honneur de dames qu'ils ne connaissaient pas.* Le secrétaire de l'académie de Dijon lui ayant renvoyé son *Eloge de Bayard* avec ces mots : *Refusé pour être arrivé trop tard*, il lui répondit : *Je n'ai pas concouru pour le prix de la course ; ainsi je me console facilement de cet échec.*

reuses de sa vie, un homme de bien qui joignait une instruction solide aux vertus du citoyen. M. Seguin, dont nous parlons, consacrait à l'étude tout le temps que lui laissaient ses devoirs comme ecclésiastique. Aimé et respecté des chanoines ses confrères, son sentiment était d'un grand poids dans toutes les discussions relatives aux affaires du chapitre, qui l'envoya en 1788 à l'assemblée des notables. Mais l'ouverture des états généraux, qui devaient faire droit à la demande de réformes toujours ajournées, amena entre M. Seguin et les autres chanoines une scission irréparable. Il prêta le serment exigé des ecclésiastiques, fut élu président du département, puis évêque métropolitain de l'Est, et ensuite député à la Convention, où il ne se sépara pas des hommes modérés et refusa de voter la mort du roi. Ces honneurs, qu'il n'avait point désirés, devinrent pour lui une source de chagrins amers, quoiqu'il rendît sans cesse des services aux personnes et même aux ecclésiastiques qui ne pensaient pas comme lui. Dès que la Terreur fut passée, il se hâta de se démettre de toutes ses fonctions, et se retira près de Vesoul, dans un village où il vécut pauvre et sans pension, mais où il ne cessa d'exercer son saint ministère qu'à sa mort, arrivée le 23 janvier 1812.

En montant à la citadelle, la grande maison à droite est la maison des Franchet de Rans, ancienne famille qui a fourni des gouverneurs à la cité et, depuis la réunion de la province à la France, une foule de magistrats estimés et de militaires aux armées; enfin, un évêque, Mgr de Rosy, mort doyen du chapitre (1).

C'est aussi dans cette maison qu'a vécu, prié et travaillé, dans les dernières années de sa vie, le vénérable M. Busson, que ses talents auraient pu élever aux plus hautes dignités de l'Eglise, mais qui, après avoir donné quelques années à l'éducation religieuse d'une grande princesse, revint avec joie consacrer ses lumières et son expérience à l'éducation des filles du peuple.

De Charmont, de la place du Pilori à la rue de Chartres. Autrefois rocher aride, son vrai nom est *Calvus mons,* dont l'altération, qui se remarque dans toutes les langues parlées, a fait *Chalmont* et *Charmont.* Cette rue se prolonge jusqu'aux remparts par les rues du *Grand* et du *Petit-Charmont.*

Dans la rue du Petit-Charmont est l'ancien hôtel de la famille Jouffroy, qui depuis trois siècles a changé bien des fois de maîtres. Il a été restauré, il y a quelques années, par M. l'architecte Marnotte.

A gauche en montant la rue du Grand-Charmont, dans l'une des premières maisons, vivait, au milieu du XVIIIe siècle, M. Bizot, l'un des derniers représentants de l'esprit gaulois dans notre cité. Res-

(1) Le jeton des Franchet porte *une tête de cheval coupée*, avec la devise : *Libertate non freno.*

pecté de tous comme magistrat, aimé de ses voisins pour son obligeance, il l'était aussi pour son intarissable gaieté. Nul ne prenait plus de part aux événements qui venaient, de temps à autre, égayer la vie monotone de la vieille ville espagnole. S'agissait-il de fêter un des triomphes du parlement sur le ministère, M. Bizot était le premier à donner le signal à la joie publique, qui ne demandait qu'à éclater. La façade de sa maison se couvrait de devises à la gloire des *pères de la patrie,* et, le soir, un tonneau couvert de feuillages et d'autres décorations fournissait libéralement du vin à tous ceux qui criaient : *Vive le roi!* ou *Vive le parlement!*

Dans une de ces fêtes joyeuses, on descendit *Jacquemard* de la tour de Sainte-Madeleine, et on le porta chez les magistrats revenus de l'exil pour les complimenter (voy. p. 254). C'est à l'occasion de cette fête que M. Bizot composa un petit poëme épi-comique, en patois de Besançon, intitulé *la Jacquemardade,* devenu rare quoiqu'il ait eu plusieurs éditions.

Bizot était un mathématicien distingué. Outre le gnomon qu'il a tracé dans l'église Sainte-Madeleine, on lui doit cet ingénieux cadran solaire que l'on voit dans le faubourg Notre-Dame (Tarragnoz). Nous le voyons tous les jours sans le regarder. L'astronome Lalande vint exprès de Bourg pour l'examiner; il en rendit compte dans le *Journal des savants,* et l'a décrit dans la *Bibliographie astronomique.*

Alex. Chazerand, l'un des peintres qui auraient fait le plus d'honneur à notre pays s'il n'eût été moissonné au moment où son talent, dans toute sa force, semblait promettre une longue suite de chefs-d'œuvre, est né dans cette rue (1).

De CHARTRES, de la rue de Charmont à la porte. Elle est appelée *Castra* dans plusieurs monuments antérieurs à 1250. Y aurait-il eu près de cet emplacement un camp qui lui aurait donné ce nom?

Cette rue montueuse est d'un accès difficile pour les voitures; on s'est occupé des moyens de l'adoucir. Différents projets ont été présentés par les hommes les plus compétents; mais la dépense en fait ajourner l'exécution.

Du CHATEUR, de la rue des Granges à la place de l'Etat-Major. *Vicus Castoris,* doit sa dénomination à Castor, si célèbre dans l'art de rendre un coursier docile : ce fils de Jupiter et de Léda y avait un temple. Ce respect pour Castor ne doit pas étonner chez une nation qui mettait toute sa force et toute sa gloire dans sa cavalerie.

Optima gens flexis in gyrum Sequana frenis.
LUCAIN.

Il existait dans cette rue une léproserie, rappelée dans une charte de 1318.

Luc Breton, et Ch. Verny, auteur de *Roxane*,

(1) Voy. Sainte-Madeleine, p. 79, et hôtel de Camus, place de l'Etat-Major.

poëme, et d'*Idylles sentimentales*, y sont nés : le grand statuaire, en face de la rue Saint-Paul; à quelques maisons de distance, Verny, dont nous apprenons le nom à la plupart de nos lecteurs. Ce n'était cependant pas un homme sans mérite; mais il lui a manqué ce que Paris peut seul donner, des conseils et des encouragements.

Du Cingle, de la rue de la Vieille-Monnaie à la place du Palais. Un *cingle* était un terrain mi-plat, susceptible de culture, situé dans le versant d'une montagne rapide. La rue du *Cingle*, en se dirigeant vers le Chapitre, traversait un *cingle* assez étendu, qu'on appelle la *place du Palais;* c'est, à ce qu'il paraît, de là qu'elle a pris son nom.

Du Clos, de la place Saint-Quentin à la rue de la Vieille-Monnaie. Elle doit son nom à un clos considérable que le chapitre métropolitain possédait au-dessous du palais archiépiscopal.

La maison qui forme l'angle droit du côté de la place est celle où Guill. Farel, le fameux Théodore de Bèze et Calvin lui-même ont prêché la réforme (1).

La maison nº 35 porte cette inscription :

LA OU DIEU AIDE,
LE DIABLE NE PEUT.

C'est là qu'est mort, en 1814, Dominique Paillot,

(1) Il est certain que Farel est venu à Besançon, où la réforme comptait un assez grand nombre de partisans (voy. p. 17); mais il est plus que douteux que Bèze et surtout Calvin aient mis jamais les pieds dans une ville où ils auraient couru les plus grands dangers.

dans la force de l'âge et de son talent. Nous avons déjà eu l'occasion de parler de cet artiste regrettable. Dijon, à qui nous avons donné Devosges, nous a renvoyé son élève Paillot. Les Etats de Bourgogne venaient de lui donner, avec le premier prix, la pension de Rome, lorsque la réquisition le jeta dans un bataillon et l'envoya à l'armée du Nord. Enfermé dans Valenciennes, il subit le sort de la garnison qui défendait cette place contre les armées de l'Autriche. Un congé lui permit de revenir à Dijon à l'époque du consulat; il vint à Besançon, et l'accueil qu'il y reçut l'y fixa. Des miniatures, des dessins à l'estompe, le firent connaître : la *Sapho,* son chef-d'œuvre, devait être gravée. Ce fut tardivement qu'il étudia la peinture à l'huile; sa vive imagination ne lui permit pas de s'y livrer. De ce grand artiste il ne reste que des esquisses, et un souvenir qui s'affaiblit tous les jours.

M. Labbey de Billy, mort en 1825 dans la maison n° 9, l'un des derniers chanoines de l'ancien chapitre de Saint-Jean, avait été grand-vicaire de l'illustre cardinal de la Luzerne, évêque de Langres. Il annonçait dans sa jeunesse du talent pour la chaire, et, en 1790, il fut chargé de prononcer le discours de la cérémonie funèbre qui eut lieu pour les victimes des massacres de Nancy. A la suppression du chapitre, il se retira en Suisse. Plus tard, il accompagna M. d'Aubusson de la Feuillade, nommé ambassadeur à Naples. Il profita de son séjour en Italie pour recueillir des livres rares, d'anciennes éditions et des manuscrits précieux, qui devinrent la base de sa belle et riche bibliothèque. A la création de la Faculté des lettres, il fut nommé professeur d'histoire. Ses infirmités l'ayant obligé de prendre sa retraite, il employa ses loisirs forcés à publier l'*Histoire de l'Université du comté de Bourgogne,* en deux vol. in-4°, et un vol. de *Sermons,* in-8°.

Cette maison étroite et élevée, n° 26, est celle où a vécu bien des années M. Bourgon, conseiller au parlement, mort à Arcier en 1802. Magistrat intègre et laborieux, il fit dans tous les temps preuve d'une noble indépendance, et ne montra pas moins de courage à lutter contre les comités révolutionnaires qu'il en avait montré à résister aux ordres ministériels qui lui paraissaient injustes. Après avoir bravé les lettres de cachet, qui ne lui furent pas épargnées, il brava de même les menaces d'un pouvoir bien autrement terrible. Arrêté l'un des premiers comme suspect et transféré au château de Dijon, il trouva dans sa conscience et dans la fermeté de son caractère la force nécessaire pour supporter, sans faiblir un instant, les ennuis et les chagrins d'une longue captivité, que son âge avancé lui rendait encore plus pénible. M. Louvot, avocat distingué, dont nous aurons l'occasion de reparler, avait embrassé les illusions patriotiques de 1789; mais il n'en partageait pas moins la prison de M. Bourgon. Divisés longtemps par leurs opinions, le malheur les avait réunis dans la même chambre. Un jour que les deux prisonniers parlaient des suites d'une contre-révolution, qu'ils regardaient comme prochaine, M. Louvot dit : *Si elle a lieu, je serai pendu.—Eh non!* répondit son interlocuteur, *condamné aux galères.* Après le 9 thermidor, des commissaires de la Convention furent envoyés dans les prisons de la Terreur avec la mission d'en faire sortir les ouvriers, les laboureurs, etc. Celui qui vint à Dijon demanda à M. Bourgon sa profession : « *Conseiller au parlement de Besançon.* » Dis donc *ci-devant.* — *Caractère indélébile.* Celui qui faisait ces vertes réponses avait quatre-vingts ans ; mais il n'était point *vaincu du temps.* On lui a reproché sa brusquerie ; mais, comme cela arrive souvent, elle cachait un bon cœur. Si jamais l'histoire de notre parlement est écrite jusqu'à sa suppression, M. Bourgon y tiendra une place honorable.

Du Clos-Saint-Paul, de la munitionnaire à la place des Casernes. Ainsi nommée de ce qu'elle était en totalité dans l'intérieur du clos de l'abbaye. Il est probable que c'est la même qui portait le nom de rue *des Prisons (vicus carcerum),* et qui fut entièrement détruite par un incendie en 1461 (1). Elle n'était, il y a quelques années, qu'une communication

(1) Chiflet, *Vesontio*, pars II, p. 286.

entre les casernes de Saint-Paul et celles de Saint-Pierre; aujourd'hui l'on commence à y bâtir, et le voisinage du nouveau pont doit la rendre très fréquentée avant peu de temps.

Du COLLÉGE, de la rue des Chambrettes à la rue Poitune. La partie depuis la fontaine à la rue Poitune s'est appelée rue *des Béguines,* parce qu'elles y avaient un couvent.

Cette grande et belle maison qui forme l'angle de la rue Poitune, appartenait à la famille de l'abbé Millot, de l'Académie française. Il était né à Ornans, mais il fut amené enfant à Besançon, où il fit toutes ses études. Il ne nous appartient pas de juger ses œuvres historiques, dont les nombreuses éditions et les traductions dans toutes les langues font suffisamment l'éloge. Mais nous aimons à rappeler avec respect le précepteur du dernier duc d'Enghien. Avant d'être chargé de cette éducation, il avait fait, avec Condillac, celle de l'infant Ferdinand, duc de Parme, et avait mérité l'estime de Felino, que Duclos nommait le *grand ministre d'un petit Etat.*

De la COMÉDIE, de la rue Saint-Vincent à la rue Mairet.

De l'ECOLE ou des PRÊTRES, de la rue de Charmont à la place de l'Artillerie. A tiré son double nom des écoles de Sainte-Madeleine, et de ce que les chanoines et les habitués du chapitre y avaient leurs habitations.

De Glère, de la place de l'Abondance à la maison des Carmélites. *Glère*, suivant Ducange, veut dire *sable;* rue de *Glère* signifie par conséquent rue de *sable*, rue *sablonneuse*, étymologie qui convient à cette rue, exposée, dans les temps reculés, à être couverte des sables du Doubs dans les inondations.

Grande-Rue, du pont de Battant à la place Saint-Quentin. Elle existait déjà dans les hauts siècles, et sa partie vers le pont portait la dénomination de rue du *Bourg*, parce qu'elle était au centre de la bannière de ce nom, qui était séparée de la ville par une clôture [1].

En 1607, l'aimable évêque de Genève, saint François de Sales, logea dans une maison voisine de l'ancienne intendance (voy. p. 197). Elle appartenait alors à M. Valle, et, dans le milieu du XVIIIe siècle, elle était devenue la propriété de M. Prost, deux familles éteintes, tant les familles comme les individus passent vite. C'était peut-être en souvenir du séjour qu'avait fait le saint évêque dans cette maison, qu'à la *Fête-Dieu* le chapitre de Sainte-Madeleine y faisait une station, ou plus probablement pour indiquer les limites de la paroisse, qui s'étendait alors jusqu'au Puits-du-Marché (voy. le *Processionnal de Sainte-Madeleine,* par le savant abbé Fleury, p. 147).

Dans la maison n° 41, est mort en 1805 l'abbé

(1) On a trouvé dans la maison n° 143 une belle mosaïque.

Jantet, professeur de mathématiques au collége royal de Dole, puis à Besançon, où il fut appelé lors de la création du lycée impérial (voy. p. 209). Il s'est rendu célèbre par le grand nombre d'élèves distingués qu'il a formés. Le plus illustre de tous est le général Bernard, de Dole, aide de camp de Napoléon, ministre de la guerre sous S. M. Louis-Philippe, et qui a laissé un nom impérissable en Amérique, par les grands travaux qu'il a fait exécuter dans la plupart des Etats de l'Union.

Ceux qui ont lu l'*Histoire littéraire du* XVIIIe *siècle*, ou qui par hasard ont entendu parler du libraire Fantet, à qui ses procès pour vente de livres défendus ont fait une sorte de réputation, seront peut-être bien aises de savoir où était son établissement. C'était dans la maison n° 64, de MM. Moutrille. Derrière la pièce qui renfermait les livres, 8 à 10,000 volumes, la plupart reliés, était un salon où se réunissaient, pour lire les journaux ou pour causer librement des affaires du temps, tous ceux à qui leur position et leur goût permettaient de se livrer à la culture des lettres: c'étaient des magistrats, des légistes, des militaires, des prêtres et même des religieux. Ces réunions durèrent jusqu'à l'époque où Fantet fut obligé de quitter la ville. Le salon de Fantet n'a été remplacé qu'imparfaitement par les casinos et les cercles qui, depuis le commencement de ce siècle, se sont établis à Besançon comme dans la plupart des villes.

L'hôtel Terrier, n° 68, un des plus vastes de la

ville, a été construit sur les plans de l'architecte Bertrand (1). M. de Golbéry l'a habité pendant qu'il remplissait les fonctions de procureur général, et nous devons garder le souvenir de ce digne magistrat, qui fut en même temps un homme de lettres et un savant distingué. Laborieux comme il l'était, il a publié un grand nombre de traductions du latin et de l'allemand, et recueilli les *Antiquités de l'Alsace,* en 2 vol. in-fol. auxquels il a joint un supplément où l'on trouve des détails précieux sur notre vieille ville séquanaise MANDEURE, dont l'histoire est une énigme qui n'a pu être expliquée jusqu'ici d'une manière satisfaisante.

La famille Terrier, originaire de Vesoul, est divisée en plusieurs branches qui subsistent encore honorablement. Elle a fourni un grand nombre de magistrats à la chambre des comptes et au parlement, où à la suppression de cette cour elle comptait un président à mortier. Jacques Terrier, conseiller au parlement de Dole, a laissé des ouvrages de droit conservés en manuscrit, et que Dunod cite avec éloge (III, 658). Jean Terrier, lieutenant général au bailliage d'Ornans, est auteur des *Portraits des saintes vertus de la Vierge,* 1635, in-4°, ornés d'estampes gravées par les de Loisy.

(1) La simple et jolie maison n° 122, dont la façade est ornée de gracieuses guirlandes, est celle que Bertrand avait construite pour lui-même.

Voy., sur cet habile architecte, Saint-Pierre, Chamars, etc.

A côté était la maison (n° 70) de M. l'avocat général Bergeret, mort en 1790, avec la réputation d'un magistrat éclairé et d'un orateur éloquent. C'est dans la cave de cette maison que fut imprimé le *Langrognet aux enfers,* poëme satirique, dont le sujet est la mort d'un conseiller au parlement qui passait pour l'espion de ses confrères. Cette première édition est accompagnée d'estampes à l'eau forte, gravées par M. de Saisenay; elle est très rare. L'abbé Talbert, fort jeune alors, à qui l'on attribuait ce poëme, fut envoyé, par lettre de cachet, au séminaire de Viviers, où il resta deux ans.

Presque en face, et à l'angle de la rue Moncey (n° 2), est né Charles Fourier, économiste, dont le système singulier a trouvé moins de partisans dans sa ville natale qu'à Paris, où il était devenu le chef d'une école nombreuse.

Toujours en montant, de l'autre côté de la rue (n° 74) (1), demeurait M. Morel de Thurey, conseiller au parlement. Magistrat éclairé, l'un des rares partisans du ministre Turgot et sentant la nécessité des réformes, il est mort en 1789, au moment où il préparait un grand ouvrage qui, si l'on en juge par les fragments qui en restent, lui aurait mérité une place près de nos meilleurs publicistes. On lui doit en outre une bonne *Grammaire française,* qu'il avait composée pour ses enfants.

(1) Maison Jeanhenriot.

Un peu plus haut et du même côté (n° 84), se trouvait la modeste maison occupée longtemps par le général du génie d'Arçon, inventeur des *batteries flottantes* et mort sénateur en 1800.

La maison n° 95 était celle des Tharin, famille parlementaire, qui a fourni plusieurs magistrats honorés de l'estime publique. De cette famille était Mgr Tharin, évêque de Strasbourg, puis précepteur de M. le duc de Bordeaux, esprit ardent et convaincu, qui a publié plusieurs ouvrages.

C'est dans le groupe de ces maisons, habitées autrefois par des magistrats et des rentiers, et maintenant par de riches négociants, qu'il faut chercher le berceau des Belon, famille qui a fourni un grand nombre de docteurs, deux professeurs à l'université, et un prédicateur dont l'éloquence est restée longtemps populaire, quoiqu'il n'ait rien laissé qu'un sermon, le *panégyrique de sainte Madeleine,* publié plus d'un demi-siècle après la mort de l'abbé Belon, par l'avocat Curasson.

Nous n'avons pu découvrir la maison qu'habitait, au XVIIIe siècle, un de nos savants médecins, M. Billerey, qui jouissait parmi ses contemporains d'une réputation incontestée; mais, comme il était professeur à l'Université (voy. p. 24) et qu'il continuait d'y donner des leçons dans un âge très avancé, on peut conjecturer qu'il demeurait dans le voisinage des Carmes. Un de ses élèves, Cl.-Mar. Giraud (de Lons-le-Saunier), moins connu comme médecin que comme littérateur, lui donne de grands éloges dans une épître où il témoigne sa reconnaissance à ses anciens maîtres. D. Grappin, dans son *Histoire du comté de Bourgogne*, p. 220, le représente comme un homme doué de tous les talents. Mais cela n'empêche pas que M. Billerey ne soit à peu près inconnu de la génération actuelle. Son ouvrage de *Botanique*, 5 vol. in-4°, avec un grand nombre de planches dessinées et mises en couleur par l'auteur lui-même, est conservé dans les manuscrits de notre Bibliothèque.

Non loin de la fontaine des Carmes, était vraisemblablement né le poëte Mairet, puisque c'est là qu'habitait son aïeul, qui, dans la nuit de la *surprise*, éveillé par les cris de *Ville gagnée*, sortit la pique à la main, et renversa le sire de Beaujeu, chef des huguenots (1).

En face du palais Granvelle demeurait (n° 115) M. l'avocat Blanc (2), qui jouissait au barreau d'une réputation méritée. Nommé, en 1789, député aux états généraux, il tomba malade presque en arrivant à Versailles, et y mourut le 13 juillet, veille de la prise de la Bastille, sans avoir pu réaliser l'espoir que ses concitoyens mettaient dans ses talents. Son élection produisit une joie si grande, que les gens du tiers état firent frapper à cette occasion une

(1) Voy. p 17 et 120.

(2) Aujourd'hui la propriété de M. le docteur Villars, ancien directeur de l'école de médecine, qui a eu l'honneur de présider notre académie.

médaille de grand module, que l'on conserve dans les cabinets de quelques curieux.

Dans la maison n° 129 (1) est né le prince de Montbarrey, ministre de la guerre sous Louis XVI, dont on a des Mémoires en 3 vol. in-8°.

De l'autre côté de la rue, dans la maison n° 110 (2), est mort, en 1843, le docteur Marchand, médecin aux armées à l'époque de nos premières guerres de la Révolution. Elève de Rougnon, qu'il nommait l'Hippocrate franc-comtois, il lui conserva toute sa vie une sorte de culte. Ses longues et patientes *observations météorologiques,* qu'il continua plus de vingt ans sans avoir reçu le moindre encouragement, lui méritent un souvenir affectueux de ses compatriotes. Elles sont consignées dans un vol. in-fol. qu'il a déposé à la Bibliothèque de la ville, ainsi que ses *Recherches bibliographiques sur les éditions d'Hippocrate,* 4 vol. in-8°.

La maison n° 143 (3), qui fait face à la rue Ronchaux, a été habitée par les Guillemin, famille qui a produit un recteur de Saint-Jean-Baptiste, distingué par ses talents oratoires, et un magistrat, qui de la place de conseiller au parlement s'est élevé à la charge importante d'intendant général des colonies françaises en Amérique. M. Guillemin de Vaivre,

(1) Elle appartient à M. Blanc, procureur général à Colmar, et membre de l'Académie de Besançon.

(2) Maison Bucaille.

(3) Maison Billet et Chapitey.

attaché par la reconnaissance à l'auguste famille des Bourbons, les suivit sur la terre étrangère et fut un des membres du conseil de S. M. Louis XVIII. Rentré en France à la suite de ce prince, il mourut en 1817, à Paris, sans avoir revu sa ville natale.

Des GRANGES, de la place de l'Abondance à la rue du Chateur. Sous la barbarie féodale, les guerres continuelles forcèrent les cultivateurs des environs de Besançon à se retirer dans la ville; la plupart habitaient la rue des *Granges, vicus grangiarum*, nom qu'elle portait déjà en 1275.

En creusant les fondations du pavillon de l'ancien hôtel de France, on a découvert des marbres, des colonnes, des piédestaux, des médailles et des instruments en bronze, qui prouvent qu'il existait sur cet emplacement un édifice considérable. Les salles étaient pavées en mosaïque, et sur les murs on voyait des peintures à fresque sur fond rouge avec bordure jaune, ou sur fond vert avec des filets blancs et noirs. On y a également trouvé une base de colonne de 60 centimètres de diamètre, qui annonce l'existence d'un autre monument.

Complétons ce que nous avons dit de l'hôtel de M. de Saint-Juan (1). C'est par une alliance avec les Philippe, l'une de nos familles patriciennes (2), que

(1) Voy. p. 189.

(2) Le jeton des Philippe porte une *bande chargée de trois têtes de chevaux et accompagnée de deux cygnes*. Devise : *Amantissimus æqui*.

cet hôtel était devenu la propriété de MM. Jobelot de Montureux. Claude-Ambroise Philippe, conseiller au parlement, fut honoré de la confiance du roi d'Espagne, son souverain. Chargé de le représenter à la diète de Ratisbonne, il fut ensuite nommé son ambassadeur en Suisse, et mourut en 1697, avec la réputation d'un habile négociateur. Le marquis de Courbouzon a lu son éloge à l'académie en 1757.

C'est dans ce même hôtel qu'est né, en 1774, M. le comte Ruty, lieutenant général d'artillerie, mort pair de France en 1828. Son buste en bronze est à la Bibliothèque (voy. p. 236).

En face de l'hôtel de M. le baron de Saint-Juan, est une modeste maison à un seul étage, nº 7, dont la façade est actuellement recouverte en partie par la devanture d'un magasin; c'était celle de M. François Martin, qui, député suppléant du tiers état à la grande Assemblée constituante, y remplaça son confrère l'avocat Blanc. Il avait rempli pendant plusieurs années les fonctions de bibliothécaire de son ordre (voy. p. 124). Dans les loisirs que lui laissaient les devoirs de sa profession, il avait traduit les *Vies des grands capitaines,* de Cornélius Népos. Cette traduction, restée manuscrite, s'est perdue pendant nos troubles civils. Son fils, M. Alexandre Martin (de Gray), envoyé par le département de la Haute-Saône à la chambre des députés, sous la Restauration, s'y est distingué par ses talents oratoires.

Plus haut et du même côté, est l'hôtel Chiflet, famille illustre dans les lettres, et qui seule peut-être a produit cinq générations de savants (1). Elle a produit également plusieurs magistrats distingués par leurs lumières et leur intégrité. Cet hôtel appartient aujourd'hui à M. Outhenin Chalandre, qui y a établi une imprimerie considérable, d'où sont sorties de belles éditions des *Œuvres de Bossuet*, etc.

A côté de cette maison était l'hôtel de Vezet, qui a été démoli pour l'élargissement de la rue Neuve-Saint-Pierre. Les de Vezet sont une branche de la famille des Maréchal, qui s'est *également distinguée dans l'épée et dans la robe* (2), et que nous avons eu l'occasion de citer plusieurs fois. M. le comte de Vezet, président à mortier au parlement et membre de l'ancienne académie de Besançon, avait hérité de ses ancêtres le goût des lettres et des arts. Il possédait une bibliothèque choisie et une galerie de tableaux des maîtres de Flandre, de France et d'Italie, parmi lesquels plusieurs chefs-d'œuvre. Toutes ces richesses sont dispersées, ou ont été détruites par les ordres du conventionnel Lejeune.

(1) Voy. le *Siècle de Louis XIV*, par Voltaire.

Le jeton des Chiflet porte *deux bandes en sautoir*, avec cette devise : *Avia peragro loca.*

(2) Voy. l'*Histoire abrégée du comté de Bourgogne*, par D. Grappin, p. 293, et l'*Histoire de l'université*, par Labbey de Billy, t. II, p. 327.

Le jeton des Maréchal de Sauvagney porte *une bande accostée de deux raisins*, avec la devise : *Non renuntibus astris*. Celui des Maréchal de Vezet, branche cadette, *une bande chargée de trois étoiles et accostée de deux raisins*, avec cette devise : *Cœli solique munere.*

L'une des maisons situées entre la rue Moncey et la rue du Chateur était habitée par le savant jurisconsulte Proudhon, dans le temps qu'il donnait, à l'école centrale du département du Doubs, des leçons auxquelles accouraient de toutes les parties de la province une foule d'élèves, dont plusieurs devaient tenir au barreau ou dans les cours de justice un rang distingué. Dans le nombre, nous citerons Bavoux, professeur suppléant à l'école de droit de Paris ; Loiseau, avocat à la cour de cassation ; Gabriel Oudet, mort président à la cour de Dijon et qui, avant l'âge de trente ans, avait été jugé digne de présider la cour supérieure de Florence lorsque la Toscane était réunie à l'empire français ; Courvoisier, garde des sceaux sous la Restauration ; l'avocat Curasson ; le président Trémolières ; Alviset, mort premier président de la cour impériale de Besançon, etc. A la réorganisation de l'Université, Proudhon, nommé doyen de l'école de Dijon, y est mort entouré de l'estime due à ses talents. Une des rues de cette ville a pris son nom (voy. p. 236).

GRATERI, de la place de l'Artillerie aux remparts ; a pris son nom de la nature même du sol sur lequel elle est établie. Nos laboureurs nomment *grateri* un terrain en pente couvert de pierrailles, et qui, à raison du peu de profondeur de la terre végétale, n'est susceptible d'être cultivé qu'en le grattant.

Rue du LOUP, de la rue des Chambrettes à la rue

du Collége. *Loup* ou plutôt *louz*, mot celtique qui signifie *sale, puant* (voy. le Dictionn. de l'abbé Bullet, III, 95). *Luteum,* en vieux langage *lot,* la fange, la boue.

De la LUE, de la place de l'Etat-Major à celle des Maréchaux. Elle est nommée, dans une charte de 1298, *vicus Allodii*, rue de l'*Allue*, ce qui annoncerait que les habitants surent pendant longtemps se dérober au joug des directes féodales. Peut-être doit-elle ce nom à quelque temple de la déesse *Lua*, qui, pour les Romains, était la déesse d'expiation.

Remarquez la petite maison n° 19, belle pour le temps, mais aujourd'hui modeste. Au-dessus de la porte, qu'encadrent deux pilastres cannelés, on lit : *Humilia tene,* 1572 (date de la Saint-Barthélemi) ; c'est la devise des Tinseau(1), famille ancienne dans la magistrature, et qui a produit un savant prélat, l'évêque de Nevers, dont la riche bibliothèque, échappée par miracle aux pillages révolutionnaires, se conserve avec soin au château de Saint-Ylie, près de Dole.

La maison où est établi l'hôtel du Commerce est celle de MM. Doroz, famille originaire de Poligny, qui a fourni un grand nombre de magistrats et de professeurs à l'université de Dole. Jean Doroz, bénédictin de la congrégation de Cluny, obtint au con-

(1) Le jeton des Tinseau porte *une main tenant une branche de saule*, avec leur devise.

cours la chaire de droit canon, fut choisi, en 1585, par Ferdinand de Rye pour un de ses suffragants, puis nommé, en 1600, évêque de Lausanne, et mourut en 1607 dans son prieuré de Chaux, près de Clerval. Sa devise était *Honos alit artes*. Il fut inhumé dans la cathédrale de Saint-Etienne, avec épitaphe. Chevalier a donné une notice à cet illustre prélat dans ses *Mémoires sur Poligny*, II, 349. Le dernier procureur général au parlement était M. Théophile Doroz, mort en Suisse, où il s'était réfugié à l'époque de la révolution.

Mairet, autrefois le *treige du Point-du-Jour;* de la promenade Granvelle à la rue de la Comédie. Ouverte dans les premières années du siècle, elle a reçu le nom de l'immortel Mairet (voy. p. 120 et 121).

Des Martelots, de la place de l'Etat-Major à la rue du Rondot-Saint-Quentin. De *martiaux, martiolus, marteleis,* marteau, épée, cliquetis, etc., parce qu'elle était habitée autrefois par des ouvriers sur métaux. C'est dans cette rue que, suivant la tradition, saint Ferréol et saint Ferjeux ont souffert le martyre. On y a découvert de riches mosaïques et des amphores. Son ancien nom était rue de *Damjean, vicus domini Johannis,* parce qu'elle aboutissait à l'église paroissiale de Saint-Jean-Baptiste.

Mayence, de la rue Battant aux bords du Doubs. Elle doit son nom à un barbier qui possédait la maison de l'angle supérieur.

Mayet, de la rue des Granges à la Munitionnaire. Un jardinier a donné son nom à cette ruelle.

Moncey, de la Grande-Rue à la rue des Granges. A, par une délibération du conseil municipal, reçu le nom de l'illustre maréchal que la ville de Besançon est justement fière de compter au nombre de ses enfants (voy. p. 150). Avant sa reconstruction en 1840, elle portait le nom de *Baron*, de *bar, bara, borne, limite, enceinte,* etc., parce qu'elle a été la limite de la ville et plus tard celle de la bannière ou section de Saint-Quentin. On y a découvert les débris d'un temple (1).

Du Mont-Sainte-Marie, de la place des Maréchaux à la rue du Rondot-Saint-Quentin. Autrefois, les grandes abbayes avaient des hospices dans la capitale de leur province, avec des chapelles ou des églises dont on retrouve les vestiges. Le monastère du Mont-Sainte-Marie, bailliage de Pontarlier, avait son hospice dans cette rue, à laquelle il a donné son nom. La maison n° 8 en occupe l'emplacement.

Des Morts, de la rue d'Arènes à la rue de l'Ecole. Est ainsi nommée, parce qu'elle conduit aux catacombes de l'église Sainte-Madeleine.

Neuve, de l'hôpital à la porte Notre-Dame. Elle a été tracée dans les jardins de Chamars en 1739.

(1) Voy. la curieuse dissertation de M. Marnotte, *Recueil de l'Académie*, 1er semestre 1842.

Une partie de cet emplacement avait été habitée dans les temps reculés, ainsi qu'on l'a reconnu aux vieux murs, aux tuileaux et aux décombres qu'on a rencontrés dans les fondations de quelques maisons.

Dans la maison n° 8 mourut, le 1er avril 1819, M. Pierre-Adrien Paris, architecte du roi Louis XVI et dessinateur de son cabinet. Pendant un séjour de trente années à Rome, où il avait été directeur de l'école de France, il recueillit des antiquités, des marbres, des inscriptions, des médailles, des tableaux, des dessins, etc., avec l'intention de laisser toutes ces richesses à sa ville natale, où cependant il n'avait vécu que peu de temps. Il était né en 1745, sur la paroisse Sainte-Madeleine, dans une des rues qui avoisinent l'église (1).

Dans les maisons voisines ont habité M. de Poinctes, numismate distingué, enlevé récemment à sa famille et à ses amis, et M. Coste, bibliothécaire de l'école centrale, à qui l'on doit plusieurs opuscules estimables et une traduction du *Vesontio* de Chiflet, restée manuscrite. Le peintre Borel (voy. p. 221) y avait son atelier, et la charitable sœur Marthe, dont M. le comte de Poligny a publié une excellente notice, avec un portrait, y préparait les aliments qu'elle allait distribuer chaque jour aux prisonniers.

Presqu'en face de la jolie fontaine de Breton, est

(1) Voy. p. 238.

la maison n° 11, habitée par Ch. Nodier dans sa jeunesse. C'est dans l'une des chambres du rez-de-chaussée qu'il a composé ses premiers romans et, par ses *Recherches sur la linguistique,* jeté les fondements de la réputation qui devait lui ouvrir plus tard les portes de l'Académie française.

Dans une modeste maison de la même rue, résidait, pendant ses divers séjours à Besançon, M. le marquis de Jouffroy, qui, le premier, eut l'idée d'appliquer la vapeur à la navigation. Après plusieurs essais sur le Doubs et la Saône, il se rendit à Paris; mais, n'ayant point obtenu les encouragements qui lui étaient nécessaires, il ne put donner suite à cette admirable découverte, dont l'honneur lui a été ravi par des étrangers plus heureux. Vespuce enleva à Colomb la gloire de donner son nom à l'Amérique. Le *Sic vos non vobis* de Virgile trouve son application dans tous les temps. M. de Lapeyrouse, pendant sa préfecture, voulait ouvrir une souscription pour élever une statue à Jouffroy dans sa ville natale. Ce projet n'a pas eu de suite.

Neuve-Saint-Pierre, de la rue des Granges au pont des Chaprais. Cette large rue, si bien alignée et garnie déjà d'un côté de fort belles maisons avec des trottoirs commodes pour les piétons, n'était encore, il y a moins de vingt ans, qu'une sale et obscure ruelle. Percée en 1400, au milieu des prés, des jardins et même des champs en culture qui couvraient alors en grande partie le sol du Besançon moderne, elle ne commença à prendre un nom qu'au XVIe siècle, lorsqu'elle fut habitée par des jardiniers ou des laboureurs (voy. p. 21). Elle reçut d'abord celui d'*Henri*, d'une famille patricienne, dont le vaste jardin la côtoyait dans sa plus grande longueur; elle prit ensuite celui de *Vezet* (voy. rue des Granges, p. 281), et enfin celui de *Chiflet* (ibid.). Ce n'est qu'à sa transformation, en 1842, qu'elle a reçu le nom de rue *Saint-Pierre*, dont elle est le prolongement.

La famille *Henry*, ou *Henri*, qui a tenu un rang très honorable dans notre ville au XVIIe siècle, ne mérite pas l'oubli dans lequel elle est tombée. Elle a fourni plusieurs co-gouverneurs. Pierre-François Henry, mort en 1688 plus qu'octogénaire, se signala pendant sa longue vie par son zèle pour les intérêts de la cité et le maintien de ses priviléges. Il est auteur du *Mémorial* présenté au roi d'Espagne en 1661, ouvrage rare et curieux d'un excellent citoyen. Le jeton de cette famille porte *un lion passant*, et au-dessus *deux branches d'olivier*, avec la noble devise : *Rectè facti fecisse merces.*

De l'ORME-DE-CHAMARS, de la rue Saint-Vincent à l'hôpital. Ainsi appelée de ce qu'elle conduisait à Chamars, et de ce qu'à son extrémité méridionale était un orme extraordinaire par sa grosseur.

Comme tout s'oublie promptement, qui sait maintenant que c'est dans la maison n° 12, plus simple alors qu'elle ne l'est aujourd'hui, qu'est né J.-B. Couchery, député au conseil des Cinq-Cents, où il se fit remarquer par ses talents oratoires, proscrit en fructidor et mort secrétaire du cabinet de Louis XVIII, l'année même de la Restauration? Son frère Victor, compromis dans le procès de Pichegru, après avoir subi une longue et dure captivité au Temple, est mort secrétaire rédacteur de la chambre des députés.

Dans la même rue est né Baumont, l'architecte du Tribunat, mentionné dans le rapport sur les prix décennaux. Paris lui doit une des salles de spectacle que l'on est en train de démolir. Enfin, il fut remarqué parmi les architectes qui fournirent des plans pour le temple de la Gloire, devenu l'église de la Madeleine.

Du PERRON, de la rue Ronchaux à la rue Neuve. *Perron* signifie en vieux français *bord, rivage;* cette rue a été ainsi nommée parce qu'elle bordait l'ancien domaine de l'abbaye de Saint-Vincent. En 1740, on a trouvé dans l'hôtel, aujourd'hui de M. le conseiller Droz, une mosaïque très remarquable, qui existe encore sous l'une des chambres.

A l'angle de cette rue et de la rue Sainte-Anne, il existait un hôtel portant pour enseigne : *A l'Aigle noir.* C'est là que le grand-duc de Russie, depuis Paul Ier, voyageant en France en 1782, logea quelques jours avec sa femme, fille du duc de Wurtemberg, comte de Montbéliard.

La maison n° 3 est celle de Joseph Bailly, homme d'esprit et de cœur, que n'oublieront jamais ceux qui l'ont connu. Au sortir du collége, attaché comme pharmacien sous-aide au service de santé, il fut envoyé en Suisse, à l'armée des Grisons. Depuis, il fit partie de l'expédition de Saint-Domingue, et fut ensuite employé dans les hôpitaux pendant les guerres de l'empire, et sous la Restauration à l'armée d'Espagne. Retiré dans sa ville natale, pharmacien-major, il publia quelques fragments de voyage qui furent reproduits dans les *Annales* d'Eyries et Klaproth. On lui doit encore des Mémoires sur des sujets d'intérêt public, imprimés dans les recueils académiques ou restés manuscrits (1).

Dans la maison en face, n° 8, mourut, en 1828, M. Thomassin, ancien chirurgien en chef des armées et correspondant de l'académie royale des sciences, qui lui avait décerné précédemment cinq médailles d'or pour autant de Mémoires sur des sujets relatifs à son art. Il avait une petite imprimerie, dont il est sorti quelques opuscules, entre autres la *Polymachie des marmitons*, tirée à un petit nombre d'exemplaires, deux sur peau de vélin; notre Bibliothèque en possède un.

Au joignant de la maison Thomassin, est l'hôtel de MM. Varin, famille ancienne, qui a fourni des magis-

(1) Voy. l'*Eloge historique* de M. Bailly, par M. Ch. Weiss, lu à l'Académie dans la séance du 28 janvier 1834.

trats au parlement et à la cour royale, et, avant l'union de la province, des co-gouverneurs à la cité. Son jeton porte *une croix ancrée,* avec la devise : *Audaces fortuna juvat;* on en conserve à la Bibliothèque un en argent. Dans ces derniers temps, le P. Varin, jésuite, s'est fait une réputation par son talent pour la chaire et par l'austérité de ses mœurs. On a publié sa *Vie;* son portrait est gravé. Un de ses ancêtres, Thomas Varin, sieur d'Audeux, bien connu des savants et des amateurs de notre histoire, a publié en 1659, in-4°, sous le titre de *Besançon tout en joie,* une curieuse description des fêtes auxquelles donna lieu l'élection de l'empereur Léopold Ier (voy. p. 19). Ces fêtes dépassèrent de beaucoup toutes celles de notre temps, et par leur durée, qui fut de huit jours, et par l'incroyable magnificence que, dans cette grande circonstance, étalèrent à l'envi les différentes corporations. Thomas Varin était l'ami de Guichenon, l'historien de la Bresse et du Bugey; il est l'auteur de l'*Etat de l'illustre confrérie de Saint-Georges en 1663* (voy. p. 124). On lui doit encore quelques autres ouvrages imprimés ou manuscrits. La Bibliothèque possède un exemplaire de son *Nobiliaire de la province,* en 3 vol. in-fol., avec des notes de l'abbé Pélier, l'un des membres de l'ancienne académie.

Un peu plus bas est l'hôtel de Villefrancon. Cette famille, dont le nom est Frère, originaire de Pontarlier, y tenait un rang honorable dès le XVIe siècle. Elle a fourni des conseillers à la chambre des comptes et au parlement. Au XVIIe siècle, un membre de cette famille était professeur à l'université d'Ingolstad; il a publié en latin plusieurs ouvrages qui ne nous sont pas connus (Droz, *Histoire de Pontarlier*, p. 110). Mais elle tire son plus grand lustre d'avoir fourni un prélat à notre diocèse. Mgr Paul-Ambroise de Villefrancon, nommé coadjuteur de Mgr de Pressigny sous le titre d'archevêque d'Amasie, lui succéda sur le siége de Besançon. Il est mort en 1828, laissant la réputation d'un prélat pieux et instruit; il a légué une partie de sa bibliothèque aux prêtres de la Mission, et donné des marques de sa libéralité aux pauvres, ainsi qu'aux divers établissements de son diocèse.

A côté, dans l'hôtel n° 22, habitait Joseph Louvot, avocat distingué, qui s'était signalé dans les démêlés de son ordre avec le parlement. Il fut le second maire constitutionnel de Besançon; le premier avait été M. Ordinaire, le père de J.-J. et de Désiré Ordinaire. Pendant son administration, M. Louvot prit des mesures très importantes pour assurer la tranquillité publique et l'approvisionnement des marchés. Il fit de petits assignats de 10 et 5 sols qu'on appelait des *louvots*, ce qui facilitait les transactions et le paiement des ouvriers. Après la journée du 10 août, en butte aux dénonciations des clubistes, il donna sa démission, et, déclaré suspect, il fut arrêté et envoyé à Dijon (voy. p. 269). Lors de la mise à exécution de la constitution de l'an III, il fut député au conseil des Cinq-Cents, où il montra, dans les bureaux et à la tribune, les talents d'un administrateur et d'un jurisconsulte. A la réorganisation des tribunaux, désigné premier président de la cour impériale, il concourut au choix des magistrats qui devaient en faire partie. Dans cette place éminente, il justifia sa réputation. Après la chute de l'empire, il fut envoyé à la cour de Riom, puis appelé conseiller à la cour de cassation. Il est mort à Paris, en 1824, laissant la réputation d'un grand magistrat. M. Louvot était membre de notre académie.

C'est dans l'hôtel n° 26, appartenant alors à MM. Renouard de Sainte-Croix, qu'est né, en 1773, Félix de Sainte-Croix, auteur d'un *Voyage* estimé *dans les Indes orientales* et d'une bonne *Statistique de la Martinique,* mort en 1840 à Paris, membre de la société de géographie.

Cet hôtel fut, sous la Terreur, changé en une prison où furent enfermés, du moins en partie, les Jurassiens suspects de fédéralisme, et qui ne recouvrèrent leur liberté qu'après le 9 thermidor. De ce nombre était un jeune officier du régiment de Champagne, M. Roux de Rochelle, qui, depuis, entré dans la diplomatie, devait avoir l'honneur de représenter la France aux Etats-Unis d'Amérique; il est auteur de plusieurs ouvrages estimables. Pendant qu'il était en prison, il composa sur la chute de la tyrannie des chansons qui ont été imprimées.

Du PÉTEUR, de la place de l'Artillerie à la rue d'Arènes. Dans les chartes de la fin du XIIIe siècle, *vicus de Postico* ou de *Putuz*, dont on a fait successivement *Petus*, *Peteus* et *Péteur;* mais, avant 1280, elle était désignée sous le nom de *vicus de Verâ*, de l'ancienne famille de *Verres* ou *Voeres*, qui y avait une habitation.

POITUNE, de la Grande-Rue à la rue du Collége ou du Lycée. Elle a tiré son nom des *pites* ou *poitevines*, monnaie de billon très petite et de peu de valeur (1), que Tesselin, directeur de la monnaie de Besançon, faisait fabriquer, sur la fin du XIe siècle, *in domo suâ inferiùs prope pontem.*

Du PONT, de la rue de Battant au pont.

C'est dans cette rue que demeurait et qu'est mort en 1756, l'abbé Fleury, chanoine semi-prébendé du chapitre de Sainte-Madeleine, l'un des hommes les plus savants qu'ait produits notre province dans les antiquités ecclésiastiques. Il était en correspondance avec le célèbre abbé le Beuf, qui vint, en 1749, à Besançon pour le visiter. Les trop rares dissertations qu'il a publiées dans le *Mercure,* pleines d'une sage érudition, ont été reproduites par Clovis Guyornaud dans la *Revue de la Franche-Comté,* ann. 1843.

Du PORTEAU, de la rue Neuve aux remparts. Ce

(1) D. GRAPPIN, *Recherches sur les anciennes monnaies du comté de Bourgogne*, p. 64.

nom lui vient d'une porte pratiquée dans le rempart pour aller à la rivière, et qui a été supprimée par le génie militaire.

De la PRÉFECTURE, de la rue Neuve à la Grande-Rue. Elle a été successivement appelée rue de *Traverse*, de l'*Intendance*, de la *Fédération*, de *J.-J. Rousseau* et rue *Monsieur*. La partie qui s'étend de la rue Saint-Vincent à la Grande-Rue formait l'ancienne rue des *Carmes*, qui précédemment n'était qu'un simple passage appelé le *treige du Meix-Gaillard*.

Cette partie de la rue reçut encore, pendant la révolution, le nom de Boissard, l'un des savants qui font le plus d'honneur à notre ville. Un de nos contemporains, qui semble n'avoir pris la plume que pour rabaisser ses compatriotes, le caractérise dédaigneusement par ces mots : *bel esprit*. Boissard a composé, il est vrai, des poésies latines très estimées des connaisseurs; mais ce n'est pas là son seul titre à la reconnaissance de la postérité. C'est surtout comme antiquaire qu'il est connu. Il vécut plusieurs années à Rome, occupé d'en recueillir les inscriptions et d'en dessiner les monuments, dont, le premier, il a publié un recueil en 6 part. in-fol., ouvrage très recherché des curieux. Une des inscriptions recueillies par Boissard a fourni le sujet d'une pièce de vers à la Fontaine, qui n'a pas manqué d'indiquer la source où il avait puisé. Il existe au cabinet impérial deux médailles petit module frappées en l'honneur de Boissard; nous en avons des empreintes au musée Paris.

Dans la maison n° 13, à gauche en descendant, est né, ou du moins a passé ses premières années, le lieutenant général Baudrand, pair de France, distingué par ses talents et par la noblesse de son caractère. Ses décorations, léguées à la ville par sa veuve, sont conservées au musée Paris (voy. p. 246).

De l'autre côté de la rue, dans la maison n° 14, appartenant à M. le conseiller Demesmay, est né, en 1810, Cl.-Mar.-Jos. Guichard. Il fut employé à la Bibliothèque royale et ne tarda pas à se faire connaître par ses *Recherches sur les impressions xilographiques* et par ses excellentes éditions des ouvrages de nos vieux auteurs, notamment des *Poésies de Charles d'Orléans*. On ne peut trop regretter qu'une mort prématurée ne lui ait pas permis d'achever les travaux qu'il avait entrepris, et qui lui auraient assigné un rang distingué parmi les philologues et les critiques contemporains.

C'est dans l'ancien hôtel de M. le marquis de Marnésia (1) qu'est né M. Girod de Vienney, plus connu sous le nom de baron de Trémont, qui, après avoir rempli les fonctions de préfet dans plusieurs dépar-

(1) N° 29. Aujourd'hui à M. le baron Henry, auteur de deux petits poëmes intitulés : *Chants héroïques*, et *Robert Emmet* ou *l'Irlande en 1803*.

tements de manière à se concilier l'affection de ses administrés, se retira à Paris, où il se livra entièrement à la culture des arts, et spécialement de la musique. Par son testament, il a distribué sa fortune entre les villes qu'il avait administrées et les sociétés artistiques de Paris, où son nom sera toujours en vénération.

M. de Trémont était neveu de M. de Chantrans.

A côté, dans l'hôtel de M. de Raucourt (n° 31), est mort, le 21 juillet 1849, M. Ch. de Rotalier, penseur et écrivain distingué (voy. p. 234). Sa famille, alliée aux Bermont et aux Duras, s'honore d'avoir donné le jour à plusieurs officiers de mérite. Il est auteur de charmantes nouvelles, d'une *Histoire d'Alger* qui attira l'attention du gouvernement, et de *Considérations sur la France,* remarquables par la hauteur des vues comme par l'énergie de l'expression (1).

De la Raye ou du Rempart, du centre de la rue de la Luc aux remparts. *Vicus Radii,* du fossé qui se trouvait en cet endroit et dont on voyait encore des traces naguère au pied extérieur du rempart. Chifflet pense qu'elle a tiré son nom d'un temple dédié à la déesse *Rhée* ou *Cybèle,* qui existait dans ses environs.

Richebourg, de la rue du Petit-Charmont à la porte. Dans une charte de 1291, *vicus de Chiclou ;*

(1) Voy. l'*Eloge* de M. de Rotalier, par M. l'abbé Besson, lu à l'Académie dans la séance du 28 janvier 1850.

mais elle a pris le nom de *Richebourg* à l'époque où elle fut habitée par des orfèvres ou changeurs, qui entretenaient des relations très étendues avec l'Italie et l'Allemagne. Cette rue fut presque entièrement abandonnée pendant les guerres des XVIe et XVIIe siècles ; et les maisons que l'on voit aujourd'hui ont été reconstruites, depuis moins d'un siècle, sur des plans et dans des proportions plus modestes que les anciennes.

RIVOTTE, de la place des Maréchaux à la porte. Son nom lui vient de sa situation près de l'île de Rivotte, appelée autrefois *insula Ripæ*, parce qu'elle était presque à la rive citérieure du Doubs. Elle a porté le nom de rue des Jacobins, parce que le couvent des dominicains y était établi (1).

RONCHAUX, de la Grande-Rue à la rue Saint-Vincent. *Ronchaux, ronce-chaux*, est un lieu couvert de ronces, qui, comme l'on sait, abondent au pied des montagnes boisées ; et l'on ne peut douter que la montagne sur laquelle est placée la citadelle ne fût couverte de bois avant le défrichement qui précéda les premières habitations. C'est dans cette rue que l'on a découvert les débris d'une statue colossale, dont une main est déposée au cabinet Paris ; en continuant les fouilles, on aurait probablement retrouvé le surplus de ce magnifique travail.

(1) Voy. Eglise des Dominicains, p. 119.

Du Rondot-Saint-Quentin, de la rue du Mont-Sainte-Marie à la place. Sa forme circulaire lui a donné son nom ; elle est mentionnée, dans une charte de 1303, sous le nom de rue *Saint-Quentin*. Un ancien usage, qui n'a cessé que depuis peu de temps, y amenait, la veille de la Saint-Jean, les jeunes gens des deux sexes, qui s'interrogeaient sur leurs prénoms, imaginant deviner ceux de la personne qui devait leur être unie par la suite.

Sachot, de la rue de Vignier à la rue du *Petit-Charmont*. Dans les anciens titres, *vicus Sescalli*, parce que le *séchal* ou *séneschal* du chapitre de Sainte-Madeleine y demeurait.

Saint-Antoine, du Collége à la rue des Chambrettes. D'un établissement hospitalier qui subsistait dans cette rue (voy. p. 136).

Saint-Canat, dans les temps anciens, commençait à la rue de Chartres et aboutissait au centre de Battant, dont elle n'est séparée que par des terrains en nature de jardin ; elle est aujourd'hui fermée par l'ancienne maison Bougnon (voy. p. 181). Cette rue a porté quelque temps le nom de *Cabet*, d'une famille patricienne qui vraisemblablement y avait eu son habitation (1).

Du Saint-Esprit, de la place de l'Abondance aux

(1) Son jeton porte *trois têtes de coq arrachées*, avec la devise : *Quò tutiùs eò meliùs*.

remparts. A tiré son nom de l'hôpital des Enfants trouvés, qui y a subsisté depuis le XIIIe siècle jusqu'en 1795 (voy. p. 169).

SAINT-MAURICE, de la Grande-Rue à la rue du Chateur. Elle s'appelle aussi rue de la BIBLIOTHÈQUE. Autrefois, le couvent des Pères de l'Oratoire communiquait à l'église au moyen d'une galerie en arcade établie sur la rue, qui a été démolie lors de la construction de la Bibliothèque, malgré les efforts du vicaire de la paroisse, qui croyait devoir s'y opposer.

SAINT-PAUL, de la rue du Chateur aux Casernes (voy. p. 112-113).

Dans cette rue, sont nés Blavet [1], célèbre par son talent sur la flûte, mort directeur de la musique du prince de Conti; les deux Nonnotte (voy. p. 244); plus récemment, le colonel Pertusier, attaché au général Andréossy dans sa mission près du sultan, et qui a publié les *Promenades pittoresques à Constantinople,* fruit de ses observations sur les mœurs et le gouvernement des Turcs; et, enfin, Charles de Bernard, poëte [2], l'un de nos meilleurs romanciers,

(1) L'abbé Talbert, dans une ode sur l'industrie, couronnée en 1769 par l'académie de Pau, parle ainsi de ce musicien, son compatriote :

Quel prestige a rendu mon âme obéissante
Au souffle de Blavet !

(2) Ch. de Bernard débuta à notre Académie, et, le même jour, remporta les deux prix de prose et de vers. Il partagea celui-ci avec M. Pauthier, qui plus tard s'est fait une réputation comme sinologue. Sa traduction des *Livres sacrés des Chinois* est très estimée.

et qui se serait fait un nom parmi nos historiens si une mort prématurée ne l'eût enlevé aux lettres et à ses nombreux amis.

Saint-Pierre, de la rue des Granges à la Grande-Rue.

Saint-Vincent, de la rue des Chambrettes à la rue de la Vieille-Monnaie. Ainsi nommée de l'abbaye de Saint-Vincent (voy. p. 87) ; elle portait auparavant le nom de rue de *Chamars.*

Dans cette rue calme et si propre à l'étude, sont nés ou ont habité M. de Grandfontaine, l'un des secrétaires perpétuels de l'académie de Besançon ; le savant professeur Seguin[1] ; l'astronome Damoiseau, de l'académie des sciences ; le recteur J.-J. Ordinaire, correspondant de l'Institut ; le bibliophile Guillaume (n° 31), connu par ses *Recherches* curieuses *sur les fables de la Fontaine ;* le président Trémolières (n° 22), littérateur bienveillant et spirituel dont la perte a causé de longs regrets.

Briot, si mal connu[2] et si mal jugé, parce qu'il n'a pu l'être que par ses ennemis politiques, dans un

(1) Voy. son *Eloge*, par Genisset, lu à l'académie et tiré séparément. Les deux élèves du professeur Seguin qui lui font le plus d'honneur, sont Proudhon et le baron Jannet, mort conseiller d'Etat. Jannet avait été membre de la *Consulta* lorsque Rome faisait partie de l'empire français, et s'était concilié l'estime des habitants, ce qui n'est pas un médiocre éloge.

(2) Il y avait dans Briot un orateur éloquent, un habile administrateur et de plus un économiste. C'est à lui que l'on doit l'éta-

des courts moments de repos de sa vie agitée, établit dans la maison n° 7 une imprimerie qui n'a subsisté que quelques années. Il en est sorti plusieurs ouvrages, dont deux méritent d'être recherchés des curieux; l'un est l'*Extrait des anciens moralistes*, par Jos. Droz, qui en fut l'auteur et le compositeur à la casse; l'autre, les *Institutions républicaines*, de Saint-Just, le fougueux conventionnel, imprimé sur un manuscrit envoyé par Fouché, alors ministre de la police générale, mais dont le gouvernement empêcha la publication (1).

Dans la maison n° 8 mourut, en 1801, le marquis de Marnésia, député de la noblesse du bailliage d'Aval aux états généraux, l'ami de Cérutti et de Fontanes, qui avait réclamé la suppression des abus dès 1787, mais qui, effrayé de la marche des événements, donna sa démission après les funestes journées d'octobre 1789, et voulut chercher un asile en Amérique contre les dangers qu'il prévoyait. M. de Marnésia est auteur de plusieurs ouvrages d'économie politique et d'un poëme, les *Paysages*.

On a retenu ce vers de son *Epître à mon curé*:

L'âge d'or était l'âge où l'or ne régnait pas.

La maison n° 35 est celle de l'avocat Lapoule, mort

blissement en France de la première compagnie d'assurances contre les incendies, celle du *Phénix*, dont il fut le directeur.

(1) L'ouvrage de Saint-Just a été réimprimé, avec une préface de Nodier.

en 1796, juge au tribunal de cassation. Il avait été député du tiers état à l'Assemblée constituante. Il fut, avec les députés bretons, l'un des fondateurs du club des Amis de la Constitution, origine de la société des Jacobins; à ce titre, un fanatique nommé Hassenfratz a cité Lapoule dans sa *Géographie de la France divisée en départements*, et veut que Besançon s'honore à jamais de lui avoir donné le jour. Lapoule y est complétement oublié.

En regardant la salle de spectacle, la maison à gauche, n° 47, est celle des Chaffoy, famille ancienne qui a produit un saint prélat, Mgr de Chaffoy, évêque de Nimes, que les vertus de son successeur immédiat, un de nos vénérables compatriotes, Mgr Cart, n'ont point effacé du cœur des Nimois. Cette maison, confisquée pendant la révolution, fut d'abord le siége de la manufacture d'horlogerie (1). Sous l'empire, elle devint la sénatorerie, et ceux qui datent du commencement du siècle peuvent se souvenir de l'avoir vue habitée par le général d'Aboville, membre de notre académie, et qui s'était fait une grande réputation comme officier d'artillerie.

A l'entrée de la rue de la Comédie, dans la maison n° 49, à l'entresol, est mort en 1822 l'abbé Baverel, qui a passé sa vie à s'occuper de l'histoire du moyen âge, dont personne alors ne se souciait. Cependant,

(1) Voy. l'*Histoire de l'horlogerie*, par le doct. Perron, et les *Etudes sur l'horlogerie en Franche-Comté*, par le doct. E. Lebon.

le ministre de l'intérieur, le comte Regnault de Saint-Jean d'Angély, ayant eu connaissance de quelques-uns de ses *Mémoires*, lui fit toucher plusieurs gratifications dont il avait un grand besoin. Nul doute que s'il eût vécu de notre temps, Baverel serait devenu l'un des membres les plus actifs de l'académie des inscriptions. Quoique peu favorisé de la fortune, il était parvenu à former une collection d'estampes très précieuse. Il a publié, avec Malpé, un *Dictionnaire des graveurs*, 2 vol. in-8°, fort estimé.

SAINTE-ANNE, de la rue du Perron à la rue Neuve. A reçu sa dénomination d'une chapelle que Jean Blanchetête, citoyen de Besançon, y fit construire en 1557, sous l'invocation de la mère de Marie, dans l'emplacement qu'occupe la maison n° 1. Elle était appelée auparavant rue *Notre-Dame*, de l'église de Notre-Dame de Jussan-Moutier. En 1691, cette rue ne possédait encore que la chapelle. On a trouvé, sous la maison n° 3, plusieurs mosaïques ornées de bordures avec entrelacs, en marbre de couleurs variées.

Dans cette rue, sont nés le lieutenant général Pajol, mort pair de France et gouverneur de Paris; et le baron d'Allarde (n° 6), plus connu sous le nom de Francis, l'un de nos plus aimables chansonniers et auteur de charmants vaudevilles (voy. p. 204).

L'hôtel n° 7 a été celui de M. Querret, originaire de Bretagne, ingénieur des ponts et chaussées en

Franche-Comté, à qui l'on doit une bonne carte de la province. Il y jouissait d'une considération méritée par ses talents et ses vertus privées, lorsque les événements le décidèrent à retourner en Bretagne avec sa famille. Un de ses fils, né à Besançon et qui n'a point oublié le lieu de sa naissance, s'est livré avec succès à l'agriculture et a publié quelques utiles opuscules, entre autres la *Fermière bretonne,* dont il a envoyé un exemplaire à notre Bibliothèque avec une note de sa main où il rappelle son titre de Bisontin.

THIÉMANTÉ, de la place de l'Artillerie à la rue d'Arènes. Son nom est écrit dans les actes anciens : *Tiémanté* et *Tiremanté,* dont l'étymologie n'offre pas de difficulté.

De la VIEILLE-MONNAIE, de la rue Saint-Vincent à la rue de Billon. De l'hôtel des Monnaies que les archevêques y établirent dans le XVe siècle, et qui fut supprimé définitivement lorsque les citoyens eurent reçu de l'empereur Charles-Quint le privilége de battre monnaie (voy. p. 16 et place Saint-Jean). Postérieurement, elle a été nommée de *Courtefontaine,* d'un hospice qu'y possédait ce prieuré, maison n° 1.

Dans cette maison est mort M. Simon (de Troyes), professeur de littérature ancienne, auteur d'ouvrages estimés, entre autres d'une traduction des *Epigrammes de Martial.* Il a laissé une riche bibliothèque, dont une partie a été vendue à Besançon, et l'autre, composée des livres les plus précieux, à Paris. Dans la même maison, a vécu longtemps un autre amateur de livres, le savant abbé Grosjean, le dernier théologal du chapitre de Besançon. Possédant toutes les langues anciennes et la plupart des langues modernes, il a passé sa vie au milieu de ses livres, lisant constamment. Son rare savoir le faisait consulter par tous les ecclésiastiques du diocèse, dont il était l'oracle; mais, plus modeste encore que savant, quoiqu'il le fût beaucoup, il n'a jamais cédé à la petite vanité de se faire imprimer et n'a laissé aucun ouvrage manuscrit.

La maison en face, n° 2, est celle de l'avocat Bailly-Briet, qui jouissait d'une grande réputation comme canoniste, et dont on a un savant ouvrage anonyme dans lequel il démontre que les princes de Montbéliard se sont constamment agrandis aux dépens de la Franche-Comté.

C'est dans l'hôtel n° 3, à gauche en montant, qu'a vécu plusieurs années et qu'est mort dans un âge avancé M. Girod-Chantrans, l'un des naturalistes les plus illustres qu'ait produits notre province. Son nom a été donné par Decandolle à une belle plante, *la Chantriana.* Il est surtout connu par ses *Recherches microscopiques sur les conferves*, ses *Etudes géologiques sur le département du Doubs,* et par le *Voyage d'un Suisse en Amérique* (voy. p. 201-203).

La maison n° 4 est celle de Nicol.-Franç. Renard,

conseiller au parlement, connu par la fermeté de son caractère et par son compte-rendu des *Constitutions des Jésuites,* lors de la suppression de cette célèbre société.

Dans cette maison est mort en 1830 M. Béchet, l'un des premiers administrateurs du département du Jura. Après la fatale journée du 31 mai, qui inaugura le régime de la Terreur, il fut proscrit comme fédéraliste et forcé de se réfugier en Suisse. Lors de la réorganisation administrative, il fut nommé secrétaire général de la préfecture du Jura. Il se démit de cette place pour venir habiter Besançon, où il avait de nombreux amis. Il a publié des *Recherches sur Salins*, et laissé manuscrit un *Dictionnaire des communes du Jura*, en plusieurs vol. in-fol., conservé dans la Bibliothèque de la ville.

Le médecin Charles, l'un des plus savants professeurs de notre Université, habitait et mourut dans cette rue en 1751. Cl.-Marie Giraud, dans son *épître,* nomme Charles, Billerey et Athalin (voy. p. 276) parmi les maîtres dont il a suivi les leçons. Charles avait fait une étude spéciale des eaux minérales. Il a publié des *Dissertations* latines *sur les eaux de Bussang et de Plombières*, et un *Traité* en français *des eaux de Bourbonne.* Il en avait été le médecin pendant quelques années.

De VIGNIER, de la place de l'Artillerie à la rue de Charmont. Le mot *vignier,* fréquent dans nos anciens actes, désigne un garde-vignes, comme *messier* un garde-moissons; de là le nom de la rue de *Vignier*, habitée principalement par des vignerons.

C'est à l'angle de cette rue et de la rue de Charmont qu'est née MINETTE (1), qui s'est fait une réputation au théâtre du Vaudeville par la franchise et le naturel de son jeu.

PORT. Nom commun à cinq ruelles qui communiquent de la rue d'Arènes à la rivière du Doubs.

Port CHAVIREY, ainsi nommé d'une ancienne famille. Les armes des Chavirey étaient *d'azur à la fasce d'or, chargée d'un lion passant de sable, accompagné de trois feuilles de chêne d'argent, timbré d'une tête d'aigle d'or*, avec la devise : *Moderatè* (voy. p. 253).

Port CITEAUX, d'un hospice qu'y possédait cette abbaye, près du bastion.

Port de la FONTAINE, d'une source abondante au bord du Doubs, qui fournit de l'eau pour leurs besoins aux habitants du quartier.

Port GALLIOT, d'une famille patricienne qui a fourni plusieurs hommes de mérite. Anatoile Galliot, conseiller en 1587, était président du parlement

(1) Son nom de famille est Menestrier. Elle fut emmenée fort jeune à Paris; mais elle est revenue plusieurs fois à Besançon, notamment en 1826, pour y donner des représentations au bénéfice des incendiés de Salins. Née en 1787, elle est morte à Neuilly-sur-Seine en 1853.

en 1600. Ses armes étaient d'*azur à un galion d'argent* (voy. p. 253).

Port Perrot, d'une famille qui s'y était établie et qui subsiste encore.

Port aux Clercs, qui conduit de la rue Poitune à la rivière, a pris son nom de ce que les écoliers avaient choisi ce lieu pour se baigner.

Port Mayeur, près des greniers de la ville [1].

Port Naimes, entrée sur le Doubs qui subsistait encore il y a peu d'années. Comme les pêcheurs et les bateliers y amenaient le soir leurs barques ou *naves*, vieux mot français dont on a fait *naives*, cet endroit prit le nom de *port aux naives*, par corruption *naimes*.

QUAIS DU SAINT-ESPRIT ET DES CORDELIERS.

(Voy. p. 27 et 28.)

J.-J. Rousseau nous apprend dans ses *Confessions* qu'il quitta les Charmettes pour venir à Besançon prendre des leçons de l'abbé Blanchard, alors maître de musique du chapitre métropolitain. Quand il y arriva, l'abbé Blanchard avait été appelé à Versailles, nommé maître de la chapelle du roi. Le futur auteur de la *Nouvelle Héloïse*, qui en a daté plusieurs lettres de Besançon, ne voulut pas s'en retourner avant de connaître notre ville et ses environs. Il

(1) Voy. Hôtel de ville, p. 149.

loua donc une chambre sur le quai des Cordeliers, où il jouissait de la fraîcheur que procure le voisinage d'une grande rivière, et d'où la vue se prolonge jusqu'à Rosemont, vraiment digne du nom poétique que lui ont donné nos ancêtres, et il paraît qu'il y demeura quelques semaines. Quoique étranger, et peut-être même pour cette raison, il fut admis au café militaire, et l'on peut conjecturer qu'il y passait une partie de son temps à jouer aux échecs avec les officiers de la garnison, dont il loue beaucoup l'extrême politesse. Si l'on connaissait la maison qui fut honorée par le séjour de Rousseau, on ne peut douter de l'empressement des voyageurs à la visiter; mais nous ne pouvons leur donner à cet égard aucun renseignement.

PLACES PUBLIQUES (1).

De l'Abondance. Cette place, la seule de notre ville qui, par son étendue, soit en rapport avec la population, s'est formée lentement par l'acquisition et la démolition des maisons qui couvraient le terrain qu'elle occupe. Lorsque les magistrats y transférèrent le marché aux légumes, ils lui donnèrent le nom de place *Neuve;* mais le peuple lui conserva celui d'un assassin, nommé Labourey, qui y avait subi la peine de ses crimes en 1618 (2). Ce n'est que de-

(1) Voy. Forum, p. 50.
(2) Voy. *Documents inédits.*

puis la révolution qu'elle a pris le nom de place *de l'Abondance*, qu'elle conserve encore. Elle s'est agrandie dans le XVIIIe siècle par la suppression de la rue haute de la Poissonnerie, et de nos jours par celle de la rue Basse. Au centre de la place, existait naguère une fontaine à deux jets, sans autre ornement que les armes de la ville sculptées sur le bassin. Cette fontaine, supprimée lors de la construction de la nouvelle halle (voy. p. 157), a été remplacée par la fontaine monumentale qui sépare le marché aux légumes du marché aux poissons (voy. *Fontaines*, p. 322).

A l'entrée de la place, en venant de la Grande-Rue, la maison n° 12 est l'hôtel de M. d'Arvisenet [1], conseiller au parlement et savant jurisconsulte. Il fut appelé à Turin par le roi de Sardaigne pour y travailler au nouveau Code que ce prince voulait donner à ses sujets, et, en récompense de la part qu'il y avait prise, il reçut de ce monarque le titre de marquis, qui lui fut confirmé par Louis XV en 1726.

La maison n° 16 [2] est celle qu'habitait Dunod (voy. p. 126), nom cher à tous les amis de notre histoire nationale. Par un hasard remarquable, cette même maison a été habitée de nos jours par l'avocat Curasson, l'une des lumières de notre barreau, et

(1) Antoine-François d'Arvisenet, né à Dole le 6 septembre 1667, mort à Besançon doyen du parlement le 3 août 1753.

(2) Elle appartient aujourd'hui à Mme Dessirier, née Chadelas, présidente de l'utile société de la Maternité.

qui a laissé deux ouvrages très estimables sur le Code forestier et sur la compétence des juges de paix.

De l'Artillerie, près de la porte d'Arènes; de Saint-Jacques avant la construction des casernes. Ce dernier nom lui venait de l'hôpital que le chapitre de Sainte-Madeleine avait fondé dans sa proximité.

Bacchus, au-dessus de la rue Battant. Elle a tiré son nom d'une fontaine décorée d'une statue de Bacchus, que l'on peut voir dans un jardin des Chaprais.

Des Casernes. Voy. Casernes, p. 174.

De l'Etat-Major; elle avait reçu le nom de *Dauphine,* en 1737, à la naissance du dauphin, père de Louis XVI. Auparavant, elle s'appelait du *Temple,* d'une maison de Templiers, devenue, après la destruction de l'ordre, le siége d'une commanderie de Malte, et qui, après avoir subi divers changements, porte le n° 18.

Cette place est ornée de différents hôtels remarquables; celui du président de Camus, dont le plafond de l'escalier est décoré d'une peinture à l'huile représentant la Justice, par Alex. Chazerand, appartient à M. Joseph de Buyer.

Des Maréchaux, près de la rue du Mont-Sainte-Marie.

Du Pilori, devant l'église de la Madeleine, s'étend de la rue de l'Ecole à la rue d'Arènes, et doit son nom à un instrument de punition qui subsiste encore dans quelques villes d'Allemagne. Le pilori est une cage mobile, qu'une légère impulsion fait pirouetter sur son axe; dans l'intérieur est une espèce de carcan formé de deux pièces de bois ajustées l'une sur l'autre, entre lesquelles sont des trous pour passer la tête et les mains des individus qu'on expose à la risée publique. Il est vraisemblable que tant que les arènes subsistèrent, le pilori y fut placé, comme à Rome, et qu'on ne le transporta devant la Madeleine que quand elles furent abandonnées.

Saint-Jean, en face de l'archevêché. Elle n'existe que depuis la démolition de l'église Saint-Jean-Baptiste, dont elle occupe l'emplacement (voy. p. 114 et 160). Nous rappellerons que c'est dans le cimetière de cette église qu'a été inhumé, le 7 décembre 1714, frère Jacques Baulot, célèbre lithotomiste, né à Beaufort près de Lons-le-Saunier, et mort dans l'ermitage de Saint-Léonard, où il s'était retiré depuis quelques années. Il n'était âgé que d'environ 55 ans. On a sa *Vie* par Levacher, habile chirurgien, qui a joui d'une grande réputation dans notre province ; et plus exacte dans les œuvres de son gendre, le médecin Morand, membre de l'académie royale des sciences, dont Levacher était correspondant. Les Etats de Hollande firent frapper une médaille en l'honneur de l'humble frère Jacques. Son portrait a été gravé in-fol.; cette estampe est très rare.

Au VIIIe siècle, les archevêques ont eu leur hôtel des monnaies dans l'ancienne maison Babey (voy. rue de la Vieille-Monnaie, p. 305).

Saint-Maurice, date de l'année 1699.

Saint-Pierre, est fort ancienne; mais, avant la démolition de la primitive église, ce n'était qu'un grand carrefour. Cependant c'était là que les gouverneurs convoquaient les assemblées du peuple; c'était là aussi que les prédicateurs se faisaient entendre lorsque l'église ne pouvait contenir l'affluence des auditeurs. Dunod, dans son *Histoire de l'Eglise* (I, p. 235), place à l'année 1416 la prédication de saint Vincent Ferrier, mais un ancien manuscrit à l'année suivante: « Le jour de saint Martin, 14 de » juillet 1417, il arriva dans Besançon une bande » d'hommes, de femmes et d'enfants, qui s'en » allaient se battants de verges et corgées de fer, » et ce par le preschement d'ung Jacobin, nommé » frère Vincent Ferrier, du royaume de Valence, » en terre d'Arragon; lequel avait en sa compagnie » soixante-deux disciples habillés en hermites. » Suivant le même manuscrit, quarante ans après, frère Nicolas d'Amans, de l'ordre de Saint-François, « prescha devant l'hôtel de ville, et par quatre » fois fit crier à bien haute voix: Miséricorde, et » y avait du peuple environ dix mille hommes, qui

» firent si grand bruit, qu'on les oït bien loin par-delà
» de la porte de Charmont. »

SAINT-QUENTIN, ne remonte qu'à l'année 1510. A cette époque, les gouverneurs de la cité achetèrent des maisons, les abattirent, et le local ainsi découvert reçut le nom de place *Saint-Quentin,* parce qu'il fut pris en partie sur l'église dédiée à ce saint, auquel il ne resta bientôt plus qu'une petite chapelle, dont le sol a fini par se perdre et se confondre dans celui des boucheries publiques, qui ont été remplacées, en 1840, par une école pour les petites filles du quartier.

Chaque année, la veille de la Saint-Jean-Baptiste, on élevait au milieu de cette place un bûcher auquel le co-gouverneur en exercice mettait le feu à la chute du jour. C'était le signal de rondes et de danses joyeuses qui duraient une partie de la nuit. Des confitures, des dragées, des gâteaux et quelques bouteilles d'hypocras tirées des caves de la mairie, c'étaient là tous les rafraîchissements que distribuaient aux danseurs des valets portant la livrée de la ville et ses couleurs, jaune et noir. Le bal, ouvert par un magistrat avec une dame désignée d'avance, se fermait de même, et la ville rentrait dans le repos, qui n'était interrompu que par les cris de joie de quelques jeunes gens encore émus du spectacle magnifique qui venait de se passer sous leurs yeux. Cette fête patriotique était le prélude de l'élection des magistrats qui avait lieu le lendemain. Elle n'a cessé qu'à l'époque de la conquête, l'administration ayant passé dès lors à des magistrats nommés par le roi, et qui prirent les titres de vicomte-mayeur et d'échevin (voy. p. 22).

La maison n° 126 est celle de M. Athalin, l'un des grands médecins qui ont honoré l'ancienne université. Outre un traité d'anatomie en latin *(Institutiones anatomicæ),* qu'il composa pour ses élèves, et qu'à leur demande il fit imprimer en 1743, on a de lui quelques *opuscules* devenus rares, qui suffisent pour prouver son mérite. Un de ses fils, ayant obtenu une charge au grand conseil d'Alsace, s'établit à Colmar. C'est l'aïeul du général Athalin, un des aides de camp du roi Louis-Philippe, qui joignait à des talents militaires un goût éclairé pour les arts, qu'il cultivait avec succès.

Dans la maison n° 128, est né, en 1802, Victor Hugo, surnommé par Châteaubriand l'*enfant sublime,* et placé depuis, d'une commune voix, au rang des premiers poëtes lyriques du siècle.

Aux Veaux, près de la porte Rivotte, occupe l'emplacement du verger des Dominicains (voy. p. 119). Le marché hebdomadaire du menu bétail se tient sur cette place.

PROMENADES.

Chamars *(campus Martis),* consacré au dieu Mars, paraît avoir été sous les Romains un lieu destiné aux exercices militaires. Dans le moyen âge, ce vaste terrain devint une espèce de marais. Lorsque les archevêques eurent établi, dans la partie supérieure, un moulin, l'eau qui servait à le mettre en mouvement traversa ce terrain dans toute sa longueur, formant ainsi une sorte de canal, dont les bords furent plantés de saules et d'arbres rabougris. Cette mesure de précaution n'empêchait pas qu'aux moindres crues, les parties basses ne fussent couvertes d'eaux croupissantes. Pour remédier à cet inconvénient, les magistrats élevèrent une étroite chaussée, qui permit d'aller en tout temps du moulin de l'Archevêque à celui que la ville avait construit dans la partie inférieure de Chamars, pour soulager les citoyens des redevances onéreuses qu'exigeaient les agents du prélat (1). Cet état de choses dura de bien longues années. Enfin, M. de Lacoré, l'un des administrateurs les plus habiles qu'ait eus notre province, conçut le projet de faire disparaître ce fétide marais et de le transformer en une promenade non moins utile qu'agréable aux citoyens (2). Ce projet, qui avait déjà reçu un commencement d'exécution, fut terminé sous l'administration de M. Caumartin de Saint-Ange, le dernier de nos intendants, qui,

(1) Ces deux moulins sont figurés dans le plan de Besançon qui est à l'hôtel de ville. Ils n'ont été supprimés que lors de l'exécution du canal qui rejoint le Rhône au Rhin par le Doubs et la Saône.

(2) M. de Lacoré, nommé conseiller d'Etat en 1784, mourut la même année à Paris, le 2 novembre, vivement regretté de ses anciens administrés.

malgré ses bonnes intentions et ses talents incontestables, n'a pas pu faire oublier son prédécesseur.

Cette promenade, que l'on croirait dessinée par Lenôtre, le créateur du jardin des Tuileries, est la plus vaste et la plus belle qu'aucune ville de guerre ait jamais enfermée dans son enceinte. Les citoyens de toutes les classes luttèrent de zèle dans cette circonstance et voulurent contribuer, dans la proportion de leur fortune, à son achèvement (1). Elle est divisée en deux parties d'inégale grandeur (2), que réunissent trois ponts, deux en bois et un en pierre. Celui-ci est terminé par des montants en pierre couronnés par des vases de Boutry, sculpteur de Neuchatel. On y voyait autrefois deux plaques en bronze, dont l'une portait les armes de la ville, et l'autre une inscription latine. Tous ces travaux ont été exécutés d'après les plans et sous la surveillance de l'architecte Bertrand, dont nous avons eu l'occasion de parler (voy. p. 81 et 274).

(1) Quelques curieux conservent la liste des personnes qui s'empressèrent d'y contribuer par leurs dons.

(2) On les distingue par la dénomination de grand et petit Chamars. Le Petit-Chamars est le plus anciennement planté. On y voit encore plusieurs tilleuls magnifiques, et qui doivent être antérieurs à la conquête. Dans le XVIIe siècle, on y brûlait les sorciers, accusés de toutes les calamités qui désolaient le pays. Qu'on me permette de rappeler ici que c'est de Besançon qu'est sortie la première voix en faveur de ces malheureuses victimes de l'ignorance et de la crédulité. Ferdinand Bouvot, médecin, d'une famille patricienne, publia, en 1660, un *Avis aux criminalistes sur le fait de la sorcellerie*. Cet ouvrage est devenu rare; M. le président Bourgon en possède, dans son précieux cabinet, un magnifique exemplaire.

Ces longues allées droites, plantées de beaux arbres, faisaient la joie de nos pères ; ils aimaient à se promener sur les bords du canal, dont les eaux limpides tempéraient les chaleurs de l'été par une agréable fraîcheur. Ils passaient des heures entières à regarder les jeux et les ébats des oiseaux qui de leur présence animaient ce canal (1). Moins occupés et moins savants que nous, ils étaient peut-être plus heureux.

Tous les voyageurs qui depuis quatre-vingts ans ont visité Besançon parlent de Chamars avec éloge. Le célèbre Arthur Young lui-même, qui, traversant notre ville en 1789, au moment où la population s'armait pour combattre des brigands imaginaires, et qui, d'ailleurs, mécontent des difficultés qu'il éprouvait pour obtenir un passeport exigé par une loi nouvelle, nous jugeait d'une manière peu favorable, a été touché des beautés de Chamars. Il termine le tableau rembruni qu'il fait de Besançon par ces mots : « Je ne quitterai cependant pas cette ville sans dire qu'il y a une *belle promenade.* »

Chamars était alors dans tout l'éclat de la jeunesse et de la beauté. Quoiqu'il ait été négligé depuis, et qu'en élevant les remparts on ait pour ainsi dire morcelé cette promenade, elle n'en est pas moins digne

(1) Les cygnes qu'on a vus longtemps se promener sur le canal de Chamars, venaient de Chantilly ; c'était un don du dernier prince de Condé.

de l'attention des amateurs; et les personnes qui cherchent, avec un utile exercice, le calme si favorable aux douces rêveries, la fréquenteront toujours avec plaisir. Depuis quelques années, un jet d'eau, placé dans le rond-point, en face du pont de pierre, produit un très bel effet, et l'on doit remercier l'administration municipale de l'avoir fait entourer de bancs commodes, où les personnes fatiguées peuvent se délasser à l'ombre des arbres, en goûtant la fraîcheur que ce jet d'eau répand dans les environs.

GRANVELLE. Lorsque la ville eut acquis le palais Granvelle, elle en ouvrit au public le jardin, planté d'arbres comme un verger et fermé de hautes murailles, qui n'ont été abattues qu'à la fin du XVIIIe siècle et remplacées par des banquettes. Avant la conquête, ce jardin était décoré des statues antiques mentionnées par Chiflet dans le *Vesontio,* et transportées à Versailles, où elles ont été placées près de la pièce d'eau dite des Suisses (voy. p. 179). Au travers de ces arbres, dont plusieurs devaient être rares, puisque le cardinal, amateur d'histoire naturelle, envoyait à sa mère, on le sait par ses lettres, les plantes des Indes qu'il croyait susceptibles d'être acclimatées, circulaient d'étroites allées pour les promeneurs; et au centre était une pièce d'eau qui n'a été supprimée qu'en 1786, parce qu'elle offrait du danger pour les enfants. Cette promenade, au centre de la ville, a été longtemps un point de réunion pour les personnes à qui leur âge ou leurs occupations ne permettent pas d'aller chercher au loin un utile délassement. En 1805, la mairie fit enlever les bancs, pour les remplacer par des chaises qui étaient affermées. C'était une mesure fiscale. Nodier, alors fort jeune, attaqua cette innovation par une jolie pièce de vers qui aurait mérité d'être imprimée. Elle se terminait par ces deux vers, adressés à nos excellents édiles :

> Conservez vos chaises curules,
> Mais laissez les bancs aux rentiers.

Les édiles, au lieu de se fâcher, rirent eux-mêmes de cette boutade, et les bancs furent replacés.

On voyait surtout à Granvelle d'anciens militaires qui venaient, comme à Paris au Palais-Royal, régler leurs montres au méridien tracé par Dard de Bosco contre la façade extérieure du palais. La foule s'y porte encore, dans les soirées d'été, pour y goûter la fraîcheur. Cette promenade n'est plus assez spacieuse pour la population, qui s'est accrue singulièrement depuis cinquante ans; c'est ce qui a déterminé l'administration à en établir une nouvelle sur les bords du Doubs, en face des jardins qu'on nomme les *Chaprais,* mot qui vient évidemment de *Champs près*.

MICAUD. Cette promenade, établie en 1843 dans une île (1), au-dessus du pont qui conduit aux Cha-

(1) Elle appartenait à l'abbaye de Saint-Paul (voy. p. 109); et dans les anciens titres, elle est nommée l'*isle des Moineaux*.

prais, a, par délibération du conseil municipal, reçu le nom du magistrat qui, pendant de longues années et dans des temps difficiles, avait administré la ville avec autant de zèle que de sagesse. La vue dont on y jouit rend cette promenade agréable. Elle est déjà très fréquentée; mais elle le sera bien plus encore lorsque le péage établi pour l'entretien du pont aura cessé d'exister.

FONTAINES PUBLIQUES (1).

Après la destruction de l'aqueduc d'Arcier (2), les habitants de Besançon ont fait longtemps usage des eaux du Doubs, au moyen de puits creusés dans les différents quartiers. Cependant l'administration communale établit, en 1457, quatre fontaines alimentées par la source de Fontaine-Argent, et depuis 1559 par celle de Bregille.

Le nombre de ces fontaines ne s'accrut que lentement, malgré les besoins de la population, et en 1618, lorsque J.-J. Chiflet publia son *Vesontio,* il n'y en avait encore que six, dont il donne la description (p. 128-129). C'étaient celles de la place de Battant, du pont, de la Poissonnerie, de l'hôtel de ville, des

(1) Voy. *Projets pour les fontaines publiques de Besançon,* par J.-B. d'Auxiron. Besançon, Charmet, 1777, in-8°. — *Recherches historiques sur les fontaines publiques de Besançon*, par S. Droz. Ibid., 1856, in-8°.

(2) Voy. p. 45.

Carmes et de Saint-Quentin. Celle de l'hôtel de ville était décorée d'une statue de l'empereur Charles-Quint (1); celle de Battant, d'une statue de Bacchus (voy. p. 312), et celle de Saint-Quentin, d'une naïade en marbre rouge, trois ouvrages de Cl. Lhuillier, dont Chiflet, par un sentiment patriotique excusable, a cependant trop exagéré le mérite en le comparant à Polyclète.

La fontaine de la Poissonnerie était décorée d'un Triton, et celle du pont d'un groupe de trois aigles, allusion aux trois bannières de cette partie de la ville, qui toutes y aboutissaient.

Aujourd'hui, Besançon possède quatorze fontaines abondamment approvisionnées par les eaux des sources d'Arcier. Les restes de l'aqueduc romain ont été abandonnés pour suivre un niveau plus élevé, en rapport avec le sol moderne de la ville. La nouvelle conduite a été terminée en 1853, d'après les plans de M. l'ingénieur Mary.

Ce canal a 10,350 mètres de longueur, 1 mètre 25 centimètres de hauteur et 70 centimètres de largeur ; il peut fournir jusqu'à 10,500 litres d'eau par minute.

On a établi deux grands réservoirs, l'un sur la place du Palais, et le second sur l'esplanade devant le fort Griffon. La distribution dans la ville a lieu par deux conduites principales en fonte.

(1) Voy. *Précis*, p. 17.

De ces quatorze fontaines, onze méritent un examen particulier sous le rapport monumental et historique. Ce sont les fontaines de Saint-Pierre, de la Grande-Rue, de Ronchaux, de l'Etat-Major, du Collége, de la rue Saint-Vincent, de la Préfecture, de la place de l'Abondance, du haut de Battant, de la Madeleine et de la place de l'Artillerie.

Fontaine de la place Saint-Pierre. Elle est formée d'un bassin, d'où s'élève un piédestal octogone portant des dauphins qui soutiennent une vasque au centre de laquelle est un génie avec une coquille sur la tête, d'où l'eau tombe en cascade.

De la Grande-Rue. Elle est décorée d'une statue en pierre représentant Neptune tenant un trident à la main et assis sur un dauphin qui jette l'eau dans le bassin.

On prétend que l'artiste, Cl. Lhuillier, prit le type de son Neptune dans la figure du duc d'Albe (1).

De Ronchaux. Etablie en pan coupé, à l'angle des rues de Ronchaux et de Saint-Vincent, elle date de 1747. La façade est ornée de bossages vermiculés formant l'encadrement d'une niche, dont une vaste coquille occupe toute la voussure. Cette niche sert à recevoir le Doubs, sous la figure d'un vieillard appuyé sur l'urne qui verse l'eau et tenant à la

(1) Voy. Précis, p. 17.

main droite une rame, attribut de la navigation. La corniche est couronnée par un amortissement supportant un vase d'où s'échappent deux branches de lis que des génies soutiennent de chaque côté. La partie supérieure de cette décoration se termine par un attique qui lui sert d'appui.

Cet ouvrage a été exécuté par Jacques Perrette, d'après un dessin de M. Devosges.

De la place de l'Etat-Major. Elevée en 1736, contre l'ancien hôtel de la vicomté, elle était décorée d'un groupe de dauphins en bronze, symbole politique et mythologique; mais depuis 1792, l'œuvre d'Herpin a disparu, et cette fontaine n'a plus d'ornements.

Du Collége. Elle ne se compose que d'un bassin, d'une niche centrale nue et de deux colonnes ajustées dans le style des jésuites. En 1730, Claude Baron en fut l'entrepreneur.

De la rue Saint-Vincent. Construite en 1755 par Pierre-Jos. Vesy, le bassin en est adossé contre une large façade en pierres de taille, dont la partie centrale est décorée d'une niche de forme carrée en élévation.

Le parement de cette niche est couvert de congélations, et dans le milieu on voit un masque de lion égyptien faisant jaillir l'eau dans le bassin.

Ce masque est supporté par des consoles et des touffes de roseaux, que surmonte une corne d'abondance. A droite et à gauche sont disposés, sur un mur à refend, des panneaux sur lesquels se détachent en bas-reliefs des trophées formés par des tridents, des rames, des branches de roseaux et autres attributs des eaux. Enfin, le tout est terminé par un entablement simple d'ordre dorique.

De la Préfecture. Sur un cadre couvert de congélations se détache un groupe de dauphins entrelacés, supportant une conque ouverte d'où sort une charmante sirène en bronze, de Breton. La partie supérieure est terminée par un entablement dorique, orné de triglyphes et d'une table de marbre, sur laquelle est gravée la date de la construction, MDCCLXXXV. Cet entablement supporte un écusson encadré par un cartouche gracieusement contourné et surmonté d'une couronne de laurier.

De l'Abondance. Sa dimension est colossale, et peut-être peu en harmonie avec l'emplacement qu'elle occupe.

Etabli au milieu d'un bassin circulaire, son soubassement, en forme d'un triangle tronqué, sert d'appui à trois vasques, recevant plusieurs jets d'eau partant des trois consoles ajustées en forme d'empatement au pied de la vasque principale, d'où jaillit au centre une gerbe d'eau qui s'écoule par la gueule de trois mascarons.

Ce que l'on doit surtout admirer dans cette œuvre monumentale, produit de la brillante imagination de

M. l'architecte Delacroix, c'est la beauté des matériaux et la perfection de l'exécution.

Cette fontaine, qui s'est écroulée il y a quelques mois, vient d'être rétablie. La pierre qui se trouvait au sommet a été remplacée par un vase, et les autres parties ont été remises dans leur état primitif.

Du haut de Battant. Le bassin est circulaire et du centre s'élève une vasque, d'où s'échappe l'eau des deux vasques supérieures, qui pyramident merveilleusement sur la première.

C'est une des meilleures compositions de M. Delacroix.

De la Madeleine. Placée à l'angle gauche du perron de l'église, son soubassement consiste en un énorme massif, d'où partent trois filets d'eau. Au centre, on a placé une gaîne en bronze, le plus joli morceau que l'on puisse voir de la renaissance. Cette gaîne, à triples formes, si fine de sculpture, supporte une légère coquille en marbre d'où l'eau tombe en cascade.

Place de l'Artillerie. Cette fontaine est bien sous tous les rapports, et heureusement appropriée à l'emplacement qu'elle occupe.

Elle se compose d'un premier bassin circulaire et d'un second en retraite, servant à recevoir les eaux qui tombent de la partie supérieure du monument pour être déversées en cascade dans la partie inférieure. On a établi au centre un triple socle, d'où s'élèvent deux vasques en fonte d'une belle proportion.

Les fontaines de Saint-Quentin, de la rue Moncey et de la rue Saint-Paul n'ont aucune décoration ; ce sont de simples bornes-fontaines.

PONTS.

Le pont de BATTANT, qui fait communiquer les deux parties de la ville, est l'ouvrage des Romains ; mais, perpétué, comme le vaisseau de Thésée, par des constructions de tous les âges, il n'est guère remarquable que par sa solidité et sa conservation. Il avait primitivement sept arcades ; aujourd'hui quatre seulement sont visibles. Une s'enfonce sous la rue du Pont, et une et demie sous l'entrée de la Grande-Rue, où ses vieux arceaux forment des caveaux souterrains pour les maisons voisines [1]. Après avoir traversé ce pont, on entrait dans la ville par une porte qui se reliait à un mur d'enceinte.

En 1265, l'archevêque Guillaume II de la Tour permit à quelques habitants d'y bâtir du côté des halles. D'autres obtinrent successivement la même faveur ; et le pont se trouva garni de deux rangs de maisons, dont l'une, en 1507, était habitée par Jean

(1) Voy. *Rec. de l'académie*, 24 août 1852, *Mémoire* de M. Marnotte.

Boisseneau [1], marchand libraire. Elles ne furent démolies qu'à la fin du XVIIe siècle. La nécessité d'élargir le pont pour faciliter la circulation des voitures, dans les temps de foires, s'est fait déjà sentir plus d'une fois à l'administration. Dans ce but, en 1839, on a construit deux larges trottoirs en encorbellement qui fournissent un passage commode aux piétons [2].

De BREGILLE, a été terminé le 25 mai 1689. Avant cette époque, on traversait le Doubs [3] sur un bac appartenant à l'archevêque. Les dangers qu'offrait ce passage dans les crues d'eau, et les fréquentes querelles des vignerons avec le fermier de l'archevêque, faisaient désirer une communication plus commode et plus prompte entre la ville et Bregille, qui en est comme un faubourg. Mais il fallut bien des années pour vaincre les obstacles qui s'opposaient à l'exécution de cet utile projet. Construit d'abord d'une manière peu solide, le pont, ne pouvant résister aux débâcles des glaces, fut enlevé plusieurs fois dans l'espace d'un siècle. Ce n'est qu'en 1837 que la ville a enfin obtenu du génie militaire

(1) Son fils, Richard Boisseneau, a fait imprimer, en 1530, un Missel à l'usage de Besançon, par Thielman Kerver, imprimeur à Paris, etc.

(2) Voy. Précis, p. 17-18.

(3) Cette rivière, qui donne son nom au département, prend sa source à la base du Rixou, montagne de la chaîne du Mont-d'Or, qui s'élève sur le territoire de Mouthe, à 25 kilomètres au sud de Pontarlier.

l'autorisation de l'établir sur des piles en pierre qui lui assurent une longue durée.

Des CHAPRAIS ; ce pont suspendu, construit par M. l'ingénieur Parandier, a été livré au public le 10 janvier 1838. Il conduit, à travers de riants jardins, à la route de Lyon à Strasbourg.

PORTES.

D'ARÈNES. Avant l'établissement des nouvelles fortifications, il existait dans cette partie de la ville trois portes. La plus voisine du Doubs était appelée *porta Arenarum* ou *porta Trojæ;* celle du milieu, sans doute la plus ancienne, *porta Antiqua;* la troisième, qui ne servait qu'aux piétons, *porta Minor.* Ces trois portes ont été remplacées par celle qui existe aujourd'hui, et qui, jusqu'à la révolution, a conservé le nom de *Duras*, le premier gouverneur de la province après la réunion à la France.

Elle reçut alors le nom de porte de la *Fédération*, parce qu'elle conduit au champ de Mars, où fut célébrée avec pompe, en 1790, la fête commémorative de la prise de la Bastille et de l'union des Français. Le bas-relief qui décore cette porte, œuvre du sculpteur Lapret, élève de Breton, représentait l'autel de la patrie entouré de drapeaux et de trophées guerriers, mais on n'en aperçoit plus que quelques parties.

De Battant, était anciennement placée dans l'endroit où est le bastion; le chemin côtoyait les dernières maisons à droite de la rue du Grand-Battant, auxquelles il a donné la direction circulaire qu'elles conservent. La porte actuelle existait déjà en 1575.

Pendant la Révolution, elle reçut le nom de porte du *Rhin*. Les bas-reliefs qui la décoraient ont subi divers changements. L'avancée fut reconstruite par le général d'Arçon, l'an Ier de la république, comme le prouve une inscription qui subsiste encore; elle se ferme au moyen de deux barres de fer qu'assujettissent des poids en fonte, système aussi simple qu'ingénieux, qui a dû recevoir son application dans d'autres villes de guerre.

De Bregille, qui conduit au village de ce nom, est fort ancienne (voy. Ponts, p. 329).

De Charmont. Dans le plan de 1629 on voit une porte au bout des deux rues de Charmont; mais elle fut supprimée par le maréchal de Vauban, qui fit construire celle qui existe. Il y avait encore anciennement une deuxième porte à l'extrémité de la rue de Chartres, à l'angle du fort Griffon. Elle est citée sous le nom de porte de *Chartres* dans un titre de 1307. Pendant la révolution elle reçut celui de porte de la *Haute-Saône*.

De Notre-Dame, de Malpas et du Jura. Sa dénomination actuelle vient de l'église qui était dans son voisinage (1). Avant le XVIIe siècle, elle était placée à l'endroit où l'on voit le magasin à poudre. La porte de *Malpas,* en latin *Mali Passus,* était autrefois un passage très périlleux, surtout dans le temps des grandes eaux.

De RIVOTTE, est aussi ancienne que la ville. Dans l'antiquité et surtout au moyen âge, l'architecture militaire se faisait remarquer par son élégance; des créneaux, des tourelles et des portes merveilleusement décorés faisaient l'ornement de nos cités.

Besançon, comme toutes les autres villes de guerre, a éprouvé le sort commun, et ses fortifications n'offrent plus rien aux regards des curieux. Il faut cependant excepter la porte de Rivotte, dont les deux tourelles qui accompagnent l'entrée ont quelque chose de pittoresque. Leurs flancs, percés de meurtrières gothiques, sont recouverts de toits en cônes allongés, et entre elles domine encore un campanile sous lequel se trouve la herse qui pénétrait à travers un vieil arc construit en pierre de vergenne, provenant de débris romains.

L'avant-corps date de la fin du XVIIe siècle. Cette construction sans style, au lieu de s'harmoniser avec l'ancienne, lui fait perdre le caractère primitif qui la distinguait, et n'a d'autre mérite historique que de représenter à son centre les armes de France cou-

(1) Voy. Eglise de Notre-Dame de Jussan-Moutier, p. 115.

ronnées d'un fronton où brille un soleil, emblème superbe de Louis XIV, qui réunit la Franche-Comté à ses vastes Etats [1].

SAINT-PIERRE, a été ouverte en 1838; elle conduit aux Chaprais.

CIMETIÈRES.

Dans les temps anciens, le principal cimetière [2] de Besançon était au canton qui a conservé le nom de *Champ-Noir,* sur le bord de la route de Saint-Ferjeux. Nos pères, à l'imitation des Romains, brûlaient les corps; c'est ce que prouve la quantité de cendres et d'ossements calcinés trouvés dans cet emplacement.

Avec l'établissement du christianisme les cérémonies funèbres changent de forme; on cesse de brûler les corps; les tombeaux ne sont plus placés le long des chemins. C'est autour des églises naissantes que les peuples choisissent le lieu de leur sépulture, sous la protection de la Vierge et des saints qui y sont honorés. Les cimetières établis dans l'enceinte des villes s'y multiplient, et, malgré les dangers que l'entassement des cadavres fait courir à la santé publique, y subsistent jusqu'à la fin du XVIIIe siècle. Alors, sur les représentations des plus habiles médecins, une ordonnance du roi porte que

(1) Voy. pour la porte Taillée et celle dite de Varesco, Monum. anc., p. 46-47.
(2) Voy. Séminaire, p. 211.

les cimetières, ces foyers perpétuels d'infection, seront éloignés de tous les lieux habités; mais la voix paternelle du monarque n'est point entendue, et ce n'est que bien longtemps après que cette loi sanitaire reçoit son exécution.

A Besançon, ce ne fut qu'en 1792 que l'autorité municipale acquit, aux Chaprais, un vaste terrain pour servir aux inhumations. La ville avait acheté ce terrain d'un sieur Brulley, le dernier descendant d'une ancienne famille qui a produit un peintre (1) dont notre musée possède deux tableaux, et le nouveau cimetière prit le nom de *Champ-Brulley*. C'est là que furent inhumés, dans une fosse commune, avec quelques-unes des nobles victimes de la Révolution, les criminels justement frappés par le glaive de la loi, des hommes infâmes pêle-mêle avec les citoyens les plus vertueux; mais la conscience publique ne tarda pas à se révolter contre cette monstrueuse *égalité*, et il fut permis aux familles de choisir une place pour y déposer les restes des êtres qu'elles avaient eu le malheur de perdre. Quoique le cimetière fût très vaste pour la population, la mort frappait alors des coups si redoublés, qu'au bout de quelques années il fallut rouvrir les anciennes fosses pour y déposer de nouveaux cadavres. C'est alors

(1) Brulley, dont on ignore le prénom, vivait en 1620. De deux tableaux que le musée possède de cet artiste, l'un représente la *Nativité*; l'autre est un plan de la ville en 1615. Tous deux sont sur bois.

qu'on s'aperçut que le terrain choisi pour y établir un cimetière n'était point propre à cette destination, et l'administration municipale dut s'occuper d'en trouver un plus convenable. C'est dans ce cimetière, maintenant abandonné, que fut enterrée, dans les derniers jours de mars 1824, la vénérable sœur Marthe, qui voulut sans doute reposer au milieu des pauvres qu'elle avait tant aimés. Un témoin fort respectable, M. l'architecte Marnotte, nous assure que le corps de cette sainte femme a été placé non loin et à droite de la croix; mais rien n'indique le dernier asile de celle dont la bienfaisance a porté le nom dans toute l'Europe. Vingt-trois ans avant sœur Marthe, le sage et savant médecin Tourtelle fut également inhumé dans ce cimetière, et personne aujourd'hui ne pourrait indiquer la fosse de l'auteur du meilleur traité d'hygiène qui ait paru dans le XVIIIe siècle.

Le nouveau cimetière, ouvert en 1823, offre une superficie beaucoup plus grande que l'ancien, et cependant, à diverses reprises, on a dû l'agrandir. Situé non loin de l'église construite au centre des Chaprais sous le vocable de saint Martin, en souvenir de l'église de Bregille qu'elle remplace, ce cimetière est proche de la route de Baume, sur le chemin dit de la Cassotte. Au milieu de ce vaste enclos s'élève la belle croix en fonte qui y a été transportée, en 1830, de la place Saint-Jean, où elle avait été d'abord érigée à la suite de la mission. Le Christ, de Clésinger père, est une œuvre capitale. Ce cimetière est divisé en trois zones, dont la principale est destinée aux sépultures concédées à perpétuité. Elle contient déjà un assez grand nombre de monuments funéraires en pierre, en marbre, en bronze, dont plusieurs ont été exécutés par M. Piguet, habile sculpteur, élève de Prost (1). Nous nous bornerons à citer ceux qui consacrent la mémoire des hommes les plus éminents que notre ville a perdus depuis trente ans : ce sont ceux du général Boulard, des colonels Maire et Druot, qui tous deux ont commandé notre garde nationale dans des temps difficiles ; du jeune et brave colonel du génie Petit, mort glorieusement dans nos guerres d'Afrique ; de M. Liard, mort inspecteur général des ponts et chaussées, à qui l'on doit la direction des travaux de jonction du canal du Rhône au Rhin (2) ; de M. Vieille, curé de Sainte-Madeleine ; de Clovis Guyornaud ; de Jos. Bailly, etc.

Le nouveau cimetière est entouré, comme l'ancien, d'une longue ligne de peupliers, de cyprès et d'autres arbres consacrés à la tristesse, et la plupart des tombes sont parsemées de fleurs entretenues par les amis et les parents des défunts.

(1) Cet artiste, qui n'est pas aussi connu dans notre province qu'il mérite de l'être, était né à Saint-Amour. Il s'établit à Lyon, où l'on voit au cimetière de Loyasse plusieurs monuments qui font le plus grand honneur au talent de ce sculpteur franc-comtois.

(2) Au bas de l'obélisque élevé à M. Liard, l'artiste a représenté en relief la percée de Thoraise, un des premiers travaux en ce genre exécutés dans notre pays.

Une partie du Champ-Brulley a été réservée aux protestants ; M. le baron de Rebecque, père de Benjamin Constant, y est enterré. Les deux monuments les plus remarquables qu'on y voit sont ceux du brave et regretté général Voirol (1) et de Charles Duvernoy, l'un de nos historiens les plus érudits et les plus consciencieux.

Les juifs ont leur cimetière à quelque distance, dans un étroit vallon qui rejoint la route de Baume ; il est entouré de hautes murailles blanchies à la chaux.

Il existe un autre cimetière catholique sur le territoire de Besançon ; c'est celui de Saint-Ferjeux, où plusieurs familles de la ville ont choisi leur sépulture. M. P.-Adr. Pàris, architecte de S. M. Louis XVI, y repose sous un tombeau qu'il s'y est élevé lui-même et qu'abrite un saule pleureur (voy. p. 238 et 286).

Il y avait, avant 1814, autour de la vieille église de Bregille, près du pont de ce nom, un cimetière qui datait de la construction même de l'église, et qui ne servait qu'aux familles peu nombreuses de vignerons et de jardiniers composant la paroisse. Mais, à la suppression des cimetières de Besançon, les personnes qui ne voyaient qu'avec répugnance

(1) Le monument du général Voirol est la reproduction de celui qui lui fut élevé en Algérie, dont il était gouverneur, à l'ouverture de la route de Byr-Chadiar, exécutée par ses ordres en 1834.

jeter dans la fosse commune de Champ-Brulley les restes de leurs parents ou de leurs amis, demandèrent et obtinrent la permission de déposer à Bregille ces restes vénérés. C'est dans ce cimetière, qui a disparu, qu'ont été inhumés l'abbé Jantet (voy. p. 273) et son intime ami le savant et modeste abbé Requet, qui, après avoir professé les humanités avec distinction au grand collége de Dole, est mort en 1812 professeur de mathématiques à notre faculté des sciences, emportant les regrets de ceux qui l'avaient connu.

TABLE DES MATIÈRES.

	Pages.
Précis historique	1
Description	26
Fortifications	32

MONUMENTS ANCIENS.

Arc de triomphe	39
Aqueduc d'Arcier	45
Porte Taillée	46
Arènes	48
Capitole	49
Forum	50
Temples	50
Rue romaine	51
Bains	52
Tour de Saint-Quentin	52
Arc de triomphe érigé à Louis XIV	53

MONUMENTS RELIGIEUX.

Eglises paroissiales.

Cathédrale	54
Sainte-Madeleine	76

Eglises succursales.

Saint-Pierre	81
Saint-Maurice	85
Notre-Dame	87
Saint-François-Xavier	89

Eglises particulières.

Séminaire	91
Le Refuge	96

Bellevaux 97
Ancienne église du Saint-Esprit 98
Synagogue des juifs 105

Eglises supprimées.

Saint-Etienne 105
Saint-André 108
Saint-Michel 108
Saint-Paul 109
Saint-Donat 113
Saint-Jean-Baptiste 114
Notre-Dame-de-Jussan-Moutier 115
Les Cordeliers 117
Les Dominicains 119
Les Dames-de-Battant 121
Les Grands-Carmes 123
Les Petits-Carmes 126
Les Cordelières ou Clarisses 127
Les Capucins 129
Les Ursulines 131
Les Carmélites 132
La Visitation 133
La Confrérie de la Croix 134
Les Bénédictines 135
Les Annonciades 135
Saint-Antoine 136
La Conception 136

MONUMENTS CIVILS.

Palais archiépiscopal 137
Hôtel du général commandant la division 146
Hôtel de la préfecture 147
Hôtel de ville 149
Palais de justice 152
Succursale de la Banque de France 154
Poste aux lettres 156
Halle aux grains 157
Hallettes et marchés 159
Anciens greniers à blé 160

Hôpital Saint-Jacques 161
Hôpital militaire 168
Mont-de-piété 169
Prison civile 170
Maison de correction de Bellevaux 171
Prison militaire 172
Ecole d'artillerie 173
Arsenal de construction 174
Casernes 174

MAISONS HISTORIQUES.

Palais Granvelle. 176
Hôtel Montmartin 180
Maison Bougnon 181
— Bonvalot. 182
— du comte de Saint-Amour 184
— rue de Rivotte n° 17 186
— rue des Chambrettes n° 12. 187
Hôtel d'Olivet 188
Maisons rue des Granges n°s 2 et 5 189
— des Chevaney des Daniels 191
— rue du Clos n° 25 193
— rue de Battant n° 18 195
La Vieille-Intendance 197
Académie royale pour l'éducation de la noblesse. 199
Théâtre 201

INSTRUCTION PUBLIQUE.

Académie universitaire. 205
Lycée impérial 207
Collége libre de Saint-François-Xavier 210
Le séminaire. 212
Ecole préparatoire de médecine. 214
Ecole normale 215
Ecole des sourds-muets 217
Ecole des sourdes-muettes 218
Pensionnats 218
Ecoles primaires 219

Salles d'asile. 219
Ecole de dessin. 220

SOCIÉTÉS SAVANTES.

Académie des sciences, belles-lettres et arts 222
Société de médecine 227
Société d'agriculture 229
Société d'horticulture 230
Société d'émulation 230
Société des amis des arts. 231

BIBLIOTHÈQUE ET MUSÉES.

Bibliothèque publique 232
Musée Pâris 238
Musée archéologique 240
Musée de tableaux 242
Muséum d'histoire naturelle. 249

DICTIONNAIRE DES RUES, ETC.

Rues 252
Quais 309
Places publiques 310
Promenades 316
Fontaines. 322
Ponts 328
Portes. 330
Cimetières 333

TABLE

DES NOMS DE PERSONNES.

Abbans (d'), anc. famille, 106
Aboville (le général d'), 303
Achey (Ant. d'), abbé, 183
Achey (Cl. d'), archev., 118, 145
Ackermann (Paul), 224
Acton (Jos.), ministre, 89
Adrien IV, pape, 8
Agay (d'), 261
Agrais, peintre, 142
Alavoine, archit., 73
Albe (le duc d'), 324
Algrin (Jean), archev., 117, 121
Allarde (Francis d'), 204, 304
Alviset (Jean-Ant.), curé, 85
— premier président, 282
Amandre (Hardouin d'), 129
Amans (frère Nicol. d'), 314
Amboise (le cardinal d'), 14, 262
Amédée Ier, archev., 57
Amédée II, archev., 110
Ancier (d'), 89, 207
André de Saint-Nicolas (le Père), 67
Andréossy (le génér.), 300
Anne d'Autriche, 132
Anseric, archev., 109
Antide (saint), 4
Antonins (les), 2, 238
Arçon (le génér. d'), 34, 276, 331
Arménier, anc. famille, 255
Artaud, peintre, 141
Artois (le comte d'), 228
Arvisenet (Antoine-F. d'), 311
Ary Scheffer, peintre, 246
Athalin, médecin, 24, 307, 316
Athalin (le génér.), 24, 316
Attila, 4
Attiret, sculpteur, 221
Aubry, médecin, 228
Augicourt (Hugon d'), 261
— comte de Poligny, 286
Auguste, empereur, 2, 48
Aurélien, empereur, 3, 40
Auxiron (J.-B. d'), 22, 322

Babey, conseiller, 314
Bailly-Briet, avocat, 306
Baille (Ed.), peintre, 88, 248
Bailly (Jos.), pharmacien-major, 290, 336
Baldauf fils, peintre, 141
Ballyet (le P. Symph.), 126
— (le P. Em.), 126, 226, 236
Balzac (J.-L.), académicien, 145
Barbelenet (l'abbé), 208
Barberini, cardinal, 63
Barbier (M.), 252
Barker, peintre, 246
Baron (Cl.), entrepreneur, 325
Baron (Henri), peintre, 248
Barrey, docteur, 227
Bartolomeo (fra), peint., 70, 108
Basile (le P.), capucin, 226
Bassan (le), peintre, 141
Baudouin (Franç.), jurisc., 205
Baudrand, général, 246, 296
Baufremont (les), 106, 183, 185, 222

Bauldot (Jos.), peintre, 108, 213
Baume (Claude de la), 17, 183
Baume Saint-Amour (le comte de la), 179, 184
Baumont, architecte, 289
Baverel (l'abbé), 303
Baulot (Jacques), 313
Bavoux, 282
Bayard, 262
Bazin, peintre, 86
Béatrix, fille de Renaud III, 8
Béatrix de Cusance, 128
Beauchamp (Ch.), 226, 227
Beaujeu (le sire de), 277
Beaumont (de), intendant, 175
Beccaria, 134
Béchet,
Belamy (Théod.), 132
Belon (la famille), 276
Belon (l'abbé), 276
Bellefontaine, voy. Saint-Mauris.
Bercin, anc. famille, 257
Bergeret, avocat général, 275
Bergier (l'abbé), 208, 217, 222
Bernard, général, 273
Bernard (Ch. de), romancier, 204, 300
Bernouin, archev., 56, 60, 61
Berthod (dom), 4, 216, 233
Bertrand, archit., 81, 274, 318
Besson (M. l'abbé), 225, 297
Besson (Faustin), peintre, 248
Bèze (Théodore de), 17, 267
Bigandet (l'abbé), missionn., 239
Biget (Bern.), peintre, 249
Billardet, peintre, 248
Billet, propriétaire, 278
Billerey, médecin, 24, 276, 277, 307
Billy, voy. Labbey de Billy.
Bizot, conseiller, 79, 264, 265
Blaeu, géographe, 179
Blanc (l'abbé), 214
Blanc, avocat, 124, 277, 280.
Blanc, procureur général, 278
Blanchard (l'abbé), 309
Blavet, musicien, 300
Blisterwich (Ant.-Fr. de), 96, 183
Boisot (l'abbé), 167, 179, 232, 234, 242
Boisot (Cl.), grand-chantre, 232
Boissard (J.-J.), antiquaire, 115, 187, 257, 295
Boisseneau (Jean et Richard), 329
Boiston, sculpteur, 250
Bonaparte, voy. Napoléon.
Bonvalot (la famille), 117
Bonvalot (Jacques), 182
Bonvalot (Nicole), 125
Bonvalot (Franç.), 182, 183
Bordeaux (le duc de), 276
Bordey (Mlle), 167, 168
Borel, peintre, 221, 286
Bossuet, 262, 281
Bougnon, anc. famille, 181, 182, 299
Bouhélier de Sermange (dom), 233
Bouhélier de Sermange (J.-Etienne), 166
Bouillon (Godefroi de), 131
Boulard, général, 336
Boulot (MM. de), 84, 236, 249
Bourbon (le connétable de), 107
Bourbon (Jacques de), 127, 128
Bourbon (le duc de), 202
Bourgon, conseiller au parlement, 269, 270
— président, 155, 240, 262, 318
Bourguignon, peintre, 221, 247
Bourmont (le général de), 37
Bousson de Mairet, 188
Boutin de Diencourt, 244
Boutry, sculpteur, 318
Bouvot (Ferd.), médecin, 318
Boysson d'Ecole, recev. gén., 219

Buyer (Jos. de), 312
Brequigny, historien, 256
Breton (Luc), 3, 73, 82, 84, 185, 220, 221, 235, 236, 266, 286, 326, 330
Breuillot (l'abbé), 217
Breville, voyez Roussel de Breville.
Briot, député, 301
Briot, chirurgien, 214, 215, 227
Brocard (l'abbé), 213
Bronzino, peintre, 125, 242, 243
Bruand (Jos.), 237
Bruand (Th.), 50, 230
Brulley, peintre, 334
Brunehaut (la reine), 106
Bry (le baron Jean de), 223
Bucaille, propriétaire, 278
Bugnet (M.), jurisconsulte, 124
Bullet (l'abbé), 24, 182, 235, 283
Bulabois (Fr.-Jos.), 166
Busson (l'abbé), directeur, 86, 217, 264
Cabet, anc. famille, 299
Caille (Ant.), médecin, 228
Calixte II, pape, 107
Calvin, 267
Camuccini, peintre, 142
Camus (de), président, 266, 312
Camus (l'abbé de), 232
Canaletti, peintre, 245
Canova, sculpteur, 238
Caracalla, empereur, 3
Carondelet (les), 196
— (le chancelier), 70
— (Jean), 65, 66, 70, 71, 244, 246
— (Ferri), 65, 66, 108
Carrache (Annibal), peintre, 144
Cart (Mgr), évêque, 303
Casenat (Guill. de), 194, 259
Castan (Aug.), 9, 161, 165, 231
Castel-Rodrigo (le marq. de), 19
Castex, sculpteur, 131
Castiglione, peintre, 246
Castillon, voy. Mme de Mazelières.
Caumartin de Saint-Ange, 317
Caumont (de), antiquaire, 59
Cérutti, 302
Césaire (le P.), 127
César (Jules), 1, 2, 47, 241
Chaffoy (Mgr de), évêque, 303
Chalandre, voy. Outhenin.
Chalon le Sage (Jean de), 9
Chalon-Arlay (Jean de), 10, 11, 12, 13
Chalon, voy. Jean de Bourgogne.
Chalon (M.), substitut, 256
Champagne (Philippe de), 247
Chandiot (Jean-Franç.), 165, 166, voy. Bordey.
Chandiot (Denis), 85, 166
Chantal (Mme de), 133
Chapitey, propriétaire, 278
Charlemagne, empereur, 6, 56
Charles le Chauve, 6
Charles IV, 12, 13
Charles VIII, 14
Charles, fils de Philippe le Beau, 14
Charles le Téméraire, 14, 65, 137
Charles-Quint, 16, 86, 110, 153, 183, 233, 237, 247, 305, 323
Charles IV, duc de Lorraine, 128
Charles X, roi, 73
Charles d'Orléans, 296
Charles de Neuchatel, 15, 145, 237
Charles, médecin, 307
Charnaux, propriétaire, 132
Chassignet (Jacq.), médecin, 187
— (J.-B.), poëte, 187
— (le baron), dipl., 187
— (dom Albert), 188

Chateaubriand, 316
Chatelet (Ch.-Gabr. du), 114, 222
Chaux (la), anc. famille, 196
Chavirey, anc. famille, 253, 308
Chazerand (Alex.), peintre, 79, 248, 266, 312
Chevalier, historien, 261, 284
Chevaney-des-Daniels, 191
— (Caroline), 192
Chevroz (Jean), 64
Chiflet, anc. famille, 149, 232, 280, 288
Chiflet (J.-J.), 2, 45, 48, 69, 72, 149, 179, 235, 260, 270, 286, 297, 320, 322
— (Jules), 108, 247, 255
— (Claude), 205
— président au parlement de Metz, 135, 249
— (le vicomte), 196
Choiseul (le cardinal de), 145, 165
Choiseul-Gouffier (le duc de), 229
Chrysologue (le P.), 129
Cigoli, peintre, 143
Claudius, préfet de la province, 3
Clerc (M. Ed.), président, 10, 45
Clermont-Mont-Saint-Jean (de), 249
Clésinger père, 74, 79, 91, 153, 235, 236, 336
Clésinger fils (Aug.), sculpt., 84
Clévans, voy. Lebas de.
Colard (le doct.), 214, 227
Colette (sainte), 127
Colombot, architecte, 115
Condé (le prince de), 18, 172, 202
Condé (le dern. prince de), 319
Condillac, 271
Constance-Chlore, empereur, 81
Constant de Rébecque (le baron), 337
Conti (le prince de), 300
Contréglise (M. de), 240
Coquand, professeur, 230, 251
Corneille (Pierre), 204, 256
Cornélius-Népos, 280
Cornette, médecin, 228
Corrége (le), peintre, 179
Coste, memb. de l'Acad., 40, 286
Couché (dom Marc), 232
Couchery (J.-B.), 289
Couchery (V.), 289
Courbouzon (le marquis de), 166, 222, 280
Courtin (N.), poëte, 20
Courtois, voy. Bourguignon.
Courvoisier, garde des sceaux, 24, 248, 282
Cousin (Gilbert), 116
Coypel, peintre, 245
Craon, 14
Crocus, 3
Cujas, jurisconsulte, 201
Curasson (Jacq.), avocat, 38, 276, 282, 311
Cuvier (Georges), nat., 224, 234

Daclin (le baron), 220, 243, 244
Damiens (Pierre), 76
Damoiseau, astronome, 301
Dard de Bosco, 321
David d'Angers, sculpt., 234, 235
Decandolle, botaniste, 306
Deis (Alph.), 201
Dejoux, sculpteur, 221
Delacroix (Alph.), 41, 59, 81, 178, 181, 215, 231, 327
Delestre, peintre, 203
Delort (le baron), 224
Demandre (l'abbé), 208, 217
Demesmay, conseiller, 296
Demesmay, sculpteur, 98, 236
Denizot (le chanoine), 145
Derosne (Ch.), 117
Desault, chirurgien, 228, 236
Deschaux (Mlle du), 83
Desloix (Jean), inquisiteur, 120

Desmolets (le P.), 21
Després, architecte, 115
Dessirier, née Chadelas (Mme) 311
Détrey, propriétaire, 135
Detroye, peintre, 70, 91
Devos (Martin), peintre, 179
Devosges, peintre, 221, 235, 268, 325
Dieu (Ant.), peintre, 91
Donat (Saint-), 109, 115
Donzelot (le génér.), 150, 236, 245, 251
Dornier, jardinier, 131
Doroz (la famille), 120, 283
Doroz (Jean), 283
Doroz (Théoph.), 284
Droz, conseiller au parlement, 216, 223, 292
Droz, conser à la cour, 240, 289
Droz (Jos.), philos., 209, 224, 234, 259, 302
Droz (S.), professeur, 322
Druot, colonel, 336
Du Ban, propriétaire, 192
Du Bourg, archev., 143, 144
Ducange, 272
Ducat fils, architecte, 88, 118
Duclos, 271
Dufresne (Mme), 245
Dulin, peintre, 79
Dunand (le P.), 129
Dunod (le P. Est.), 85
Dunod, historien, 45, 70, 89, 126, 235, 274, 311, 314
Durand de Gevigney, 262
Duras, gouv. de la prov., 330
Durer (Albert), peintre, 151, 243
Durfort (de), archev., 139, 166
Durfort (Mme de), 139
Durnel (l'abbé Pierre), 92, 212
Dusommerard, antiq., 72
Dusillet (Léon), poëte, 194, 195
Dusillet (Aug.), présid., 193, 259
Duvernoy (Ch.), historien, 337
Dyck (Van), peintre, 247

Ebelmen (J.-Jos.), chimiste, 225
Eclans (le baron d'), voy. Pétremand.
Elisée (le P.), prédicateur, 127
Elmerich, peintre, 218
Enghien (le duc d'), 271
Enskerck (MM. d'), 252, 253
Erasme, 65, 116, 145, 246
Etienne de Besançon, 119
Eudes, duc de Bourgogne, 11
Eugène, pape, 56, 69
Eusèbe, évêque, 3, 81
Eyriès (J.-B.-Ben.), 290

Fallot (Gust.), gramm., 224
Fantet, libraire, 248, 273
Farel (Guill.), 267
Fauche (J.-J.), archev., 183
Fauchet (l'abbé), 145
Faucogney, anc. famille, 106
Faurie, voy. de Vienne.
Félino, ministre de Parme, 271
Fénelon, voy. de Valay.
Fenouillot de Falbaire, 204
Ferdinand, duc de Parme, 271
Ferjeux (saint), 3, 284
Ferrand, général, 172
Ferréol (saint), 3, 284
Ferrier (saint Vincent), 314
Ferron (dom), 3
Flajoulot, 88, 91, 97, 221, 245
Fleury (l'abbé), 272, 294
Foncemagne, historien, 256
Fontanes (de), grand-maître de l'Université, 209, 302
Forno (le baron de), 200
Fouché, ministre, 302
Fourier (Ch.), économiste, 275
Fragonard, sculpteur, 162, 244
France, médecin, 24
Franchet de Rans, 263, 264
Francis, voy. d'Allarde.

Frank, peintre, 141
Frédéric Barberousse, 8
Frédéric II, 9
Frédéric III, 13, 19, 137
Frère, voy. de Villefrancon.

Galba, empereur, 2
Galezot, sculpteur, 88
Galiani (l'abbé), 127
Galliot, anc. famille, 253, 308
Galliot (Anatoile), conseiller, 308
Gascon (Gabr.), pharm., 165
Gauthier, archevêque, 106
Gayrard père, sculpteur, 88
Genevois, 260
Genisset, secrét. perp., 224, 301
Gérard, archevêque, 9
Gérard d'Athier, archevêq., 85
Gérard de Rougemont, arch., 119
Germigney (le marq. de), 146
Gevril, naturaliste, 250
Gigoux, peintre, 150, 218
Girard de Roussillon, 257
Giraud (Cl.-Mar.), méd., 276, 307
Girod de Chantrans, 227, 229, 297, 306
Girod de Vienney, voy. de Trémont.
Girodet, peintre, 221
Golbéry (de), procur. gén., 274
Gollut, historien, 17
Goudimel, musicien, 203
Grammont (Ant.-P. de), 20, 68, 80, 88, 91, 93, 162, 164, 165, 212, 222
Grammont (Ant.-P. II de), 165
Grammont (Fr.-Jos. de), 69, 94, 138, 165
Grandfontaine (de), 301
Grandjacquet (l'abbé), 146
Granvelle (les), 125, 184, 196
Granvelle (Adr.-Perrenot de), 86
— (le chanc. Nic. de), 125, 126, 177, 178, 182, 205, 243
Granvelle (le cardinal de), 86, 126, 180, 182, 183, 233, 235, 236, 237, 242, 243, 320
Grappe, jurisconsulte, 24, 123
Grappin (dom), 167, 216, 259, 262, 277, 281, 294
Grenier (Pier.), chanoine, 64
Grenier (Ch.), natur., 230, 251
Gresly, peintre, 247
Greuze, peintre, 244
Griffoni (Jean), ingénieur, 34
Gros, peintre, 246
Gros (Mad.), 245
Grosbois (de), président, 254
Gros de Besplas, prédicatr, 145
Grosjean (l'abbé), 306
Guerchois (le), intendant, 47
Guichard (Cl.-Mar.-Jos.), 296
Guichenon, historien, 291
Guide (le), peintre, 243
Guillaume (le comte), 8
Guillaume de la Tour, 71, 137, 328
Guillaume, biblioph., 301
Guillemin de Vaivre, 278
Guillot (dom Const.), 89
Guyornaud (Cl.), littérateur, 256, 294, 336
Hanneman, peintre, 247
Hardouin, voy. d'Amandre.
Hassenfratz, 303
Henri III, 7
Henri VI, 9
Henri, roi des Romains, 9
Henri de Montfaucon, 12
Henri IV, empereur, 8, 106
Henri II, roi, 18
Henri IV, 206
Henry, anc. famille, 288
Henry (le baron), 296
Herbert, archev., 9
Hernoux, maire de Dijon, 38
Herpin, sculpteur, 325
Holbein, peintre, 246

Hugo (Victor), 224, 235, 316
Hugon, voy. d'Augicourt.
Huguenin, sculpteur, 92
Hugues Ier, 7, 56, 60, 72, 77, 106, 113
Hugues, duc de Bourgogne, 10
Hugues, sire de Chalon-Arlay II, 13
Hugues II, 87
Hugues III, 87, 106
Hugues de Saint-Cher, 107
Humbert, archev., 56, 60

Innocent III, 57

Jacoulet (Mad.), 183
Jacquenet (l'abbé), 92, 212
Jacques (frère), voy. Baulot.
Jacques (l'abbé), 24, 123
Jallerange (Paul de), 210
Janin (Jules), littérat., 92
Jannet (le baron), 301
Jantet (l'abbé), 273, 338
Janvier (Ant.), horloger, 225
Jaquot (Bl.), poëte, 46
Jean-Sans-Peur, 255
Jean de Bourgogne, comte de Chalon, 9
Jean, voy. de Vienne.
Jeanhenriot, propriétaire, 275
Jobelot, anc. famille, 190
Jobelot (J.-Ferd.), 162, 165, 190
Jobelot de Montureux, 190, 280
Jolivet (Henri), peintre, 153, 221, 235, 243
Jollin, peintre, 96
Joseph Ier, empereur, 18
Jouffroy (de), anc. famille, 264
Jouffroy (le marquis de), 287
Jouffroy (Théod.), phil., 224, 234
Jourdain, peintre, 79, 88, 221
Jourdeuil, peintre, 204
Jouvenet, peintre, 91
Julien, empereur, 4, 40

Klaproth (H.-J.), 290

Labbey de Billy, 24, 186, 205, 268, 281
Labourey, 310
Lacoré (de), intendant, 220, 317
Lacroix (Sylv.), mathémat., 173
Lafayette, général, 198
Lafontaine (Jean de), 295
Lafosse (A.), garde du génie, 174
Lalande, astronome, 226, 265
La Luzerne (Mgr de), 268
Lambert (l'abbé), 130
Lampinet (J.-Ferdin.), 23, 147
Langeron (le marquis de), 180
Lancrenon, peintre, 79, 95, 185, 221, 246, 248
La Palud (l'abbé de), 112
Lapeyrouse (de), préfet, 287
Lapoule, avocat, 302
Lapret, famille d'artistes, 82, 88
Lapret, architecte, 220, 234, 235, 330
Largillière, peintre, 244
Larive, acteur, 202
Laviron (Hipp.), 116
Lebas de Clevans, 147
Lebeuf (l'abbé), 294
Lebon (le docteur E.), 303
Lecoz (Mgr), 145
Ledoux, architecte, 202
Lejeune, conventionnel, 120, 281
Lekain, acteur, 201
Lemot, statuaire, 95
Lenoir (Xav.), peintre, 220
Lenôtre, architecte, 318
Léon IX, pape, 106
Léonce, archev., 56, 77
Léopold Ier, empereur, 19, 291
Levacher, chirurgien, 313
Lévêque (dom Prosp.), 233
Lhuilier, peintre en bâtiments, 204
Lhuillier, sculpt., 17, 323, 324

Liard, ingénieur, 336
Lignéville (Mme de), 84
Loiseau, avocat, 282
Loisy (Pierre de), grav., 124, 274
Longin, architecte, 175
Lory (Ch.), naturaliste, 230
Lorraine (la princesse et le prince de), 18
Louis le Débonnaire, 6
Louis XI, 14
Louis XII, 14, 186
Louis XIV, 20, 21, 23, 53, 68, 134, 153, 162, 165, 179, 281, 333
Louis XV, 160, 311
Louis XVI, 278, 286, 312, 337
Louis XVIII, 279, 289
Louis-Philippe Ier, 74, 150, 246, 273, 316
Louis, architecte, 147
Louvot (le présid.), 269, 270, 292
Lucain, poëte, 266
Lullier (Jeanne), 247

Magnin (Jacques), aumônier, 162
Magnoncourt (Flav. de), 819
Maire, colonel, 336
Maire (J.-B.), statuaire, 95, 236
Maire (l'abbé), 134
Mairet (Jean), 120, 121, 277
Mairet, poëte, 120, 121, 130, 203, 236, 277, 284
Malarmé, Cte de Roussillon, 257
Malarmé de Roussillon (Lis), 257
Malherbe, 187
Malpé, 304
Manfredi, peintre, 243
Mantoche (Françoise de), 115
Maratte (Carle), peintre, 132
Marc-Aurèle, 3, 40, 45, 46
Marchand, général, 38
Marchant, docteur, 278
Maréchal, anc. f., 134, 187, 281
Maréchal (Guill.), 186
Maréchal, voy. Sauvagney et Vezet.
Marguerite de Bourgogne, 13
Maribon-Montaut, conventel, 87
Marie, reine d'Angleterre, 247
Marivaux, 204
Marlet (Ad.), cons. de préf., 182
Marmier (Xav.), littérateur, 239
Marnésia (le marq. de), 296, 302
Marnotte, architecte, 5, 40, 43, 54, 63, 101, 158, 234, 264, 285, 328, 335
Marquiset (Arm.), anc. sous-préfet, 250
Marsoudet, avocat, 198, 199
Marthe (la sœur), 171, 248, 249, 286, 335
Martial, poëte, 306
Martin (Franç.), député, 124, 280
Martin (le baron), député, 280
Mary, ingénieur, 323
Masson (Pierre), fondeur, 71
Masson d'Authume, 191
Mathieu (Pierre), recteur, 203
Mathieu, architecte, 234
Mathieu (Mgr), cardinal, 62, 66, 74, 139, 142, 210
Maxime, empereur, 4
Maximilien Ier, 14, 110, 137
Maximin, archev., 3
Mazelières (Mme de), 244
Ménestrier (Cl.), antiquaire, 63
Mesdames de France, 197, 228
Micaud (J.-Ag.), maire, 158, 321
Michalet (E.), naturaliste, 230
Michel-Ange, peint., 86, 141, 179
Michelet, historien, 116
Mignard, peintre, 245
Millot (l'abbé), 271
Minette (Mlle Ménestrier), 308
Miroudot du Bourg, évêque, 226
Molière, 204
Moncey, maréchal, 131, 150, 285
Monnier (Désiré), antiq., 255
Monnier (H.), peintre, 185
Monnot, sculpteur, 221

Monnot Arbilleur, présid., 164
Montaigne (Michel de), 262
Montbarrey (le prince de), 278
Montferrand (Jean de), 98
Montferrand (Guill. de), 117
Mongenet (Jos. de), 192
— (Mme de), 80
Montmartin, 146, 180
Morand, médecin, 313
Morel, jardinier paysagiste, 133
Morel, voy. Thurey.
Morelli (l'abbé), 233
Moro (Ant.), peintre, 247
Moutrille, propriétaire, 273

Napoléon Ier, 227, 235, 273
Napoléon III, 242
Narbonne (le comte de), 197, 198
Natoire, peintre, 70
Navarret (Et.), 100
Naymes, médecin, 228
Neffs (Peter), peintre, 243
Néron, empereur, 2
Neuchatel, voy. Charles de Neuchatel.
Neufchâteau (Franç. de), 229, 256
Nevers (le duc de), 18
Nicaise (l'abbé), 168
Nicet (saint), 5, 81, 105
Nicolas (Aug.), 134
Nicole, architecte, 77, 78, 96, 116, 147, 185, 236
Nivernais (le duc de), 228
Nodier (Ch.), 186, 224, 234, 287, 321
Nonnotte (l'abbé C.-F.), 132, 300
Nonnotte (D.), peintre, 221, 244
Norin, jardinier, 126

Oiselay (Jeanne d'), 123
Olivet (l'abbé d'), 188, 189
Orange (le prince et la princesse d'), 18
Ordinaire père, maire, 292
— (J.-J.), recteur, 209, 250, 301
— (Dés.), professeur, 250
— commandant, 25
Orival (Cl.-Fr. d'), 22
Orléans (le duc d'), 246
Otte-Guillaume, 6
Otton IV, 10
Otto-Venius, peintre, 249
Oudet (Gabr.), président, 282
Outhenin Chalandre, impr., 281

Paillot (Dom.), peintre, 82, 131, 221, 267, 268
Painchaux, architecte, 80
Pajol, général, 150, 304
Palladio, architecte, 238
Papay (Jeanne), 126
Papillon, propriétaire, 51
Parandier, ingénieur, 27, 330
Pâris (P.-Adr.), architecte, 74, 88, 235, 238, 244, 286, 337
Parmesan (le), peintre, 243
Paul Ier de Russie,
Paul II, pape, 169
Pauthier (G.), 300
Pécot (le doct.), 215
Peignot (Gabr.), biblioth., 227
Pélisson, historien, 21, 168
Pellier (l'abbé), 249
Péquignot, peintre, 221
Percy, chirurgien, 235
Pérennès (J.-B.), doyen, 225
Perreciot (Cl.-Jos.), historien, 252, 253, 255, 256
Perrenot, voy. Granvelle.
Perrette (Jacq.), sculp., 170, 325
Perron (F.), philosophe, 199
Perron, docteur, 303
Perrot (dom), 122
Perrot, anc. famille, 309
Pertusier, colonel, 300
Petit, colonel du génie, 336

Petit (J.), sculpteur, 234
Pétremand (Ch.-Em., baron d'Eclans), 93
— (Thierry), 155
— (Pierre), 155
— (Jean), 155
— (Suzanne), 130
— voy. Valay.
Philippe le Bel, 11
Philippe de Rouvre, 12
Philippe le Hardi, 13
Philippe le Bon, 14, 24, 255
Philippe le Beau, 14
Philippe IV, 20
Philippe II d'Espagne, 126, 180, 724
Philippe, anc. famille, 279
— (Cl.-Ambr.), 280
Philippe de Champagne, 79
Pichegru (le général), 162
Pie IV, pape, 205
Pie VI, pape, 74
Pie VII, pape, 143, 144
Pie IX, pape, 142
Piguet, sculpteur, 336
Piombo (Séb. del), peintre, 70
Pierre (de Baume), domin., 119
Pietro de Petri, peintre, 90
Piranesi, 238
Piraux, médecin, 226
Pisani (Jos.), sculpteur, 74
Ployer, anc. officier, 220
Pluvinel, prof. d'équit., 199
Poinctes (de), numismate, 286
Polyclète, sculpteur, 323
Pothé (Jul.), juge suppl., 248
Pourcheresse (Mlle), 79
Poussin (Nic.), peintre, 144
Pradier, sculpteur, 234
Pressigny (Mgr de), 74, 235, 292
Prost, anc. famille, 272
Prost (le P.), 13, 18, 48, 49
Prost, sculpteur, 336
Prothade (saint), 5, 49
Proudhon, jurisc., 209, 236, 282
— fils, 49
Prudent (le P.), 40

Quellinus, peintre, 79
Quentin Ménard, archev., 64, 110
Querret, ingénieur, 304, 305
Quinsonas (le président de), 166

Racine, 204
Radet, général, 38
Rainaud Ier, comte de Bourgogne, 106
Rainfaing (Marie de), 96
Randan (le duc de), 181
Rans (de), voy. Franchet.
Raphaël, peintre, 65, 179
Raucourt (de), propriétaire, 297
Ravier, anc. offic. d'artill., 40
Rebecque (le baron de), voy. Constant.
Recco, peintre, 245
Receveur (l'abbé), 214
Regnault de Saint-Jean d'Angely, ministre, 304
Rembrandt, peintre, 144
Renard (Simon), ambassad., 247
Renard (Nic.-Fr.), conseill., 306
Renouard de Sainte-Croix (Félix), 293
Requet (l'abbé), 338
Résal (H.), ingénieur, 231
Restout, peintre, 91
Richard, historien, 179
Rigaud, peintre, 142
Roberti, peintre, 141
Roche (de la), anc. famille, 106
Rodolphe Ier, 10
Rodolphe III, 7
Rohan (le cardinal de), 64, 73, 74, 95, 142, 144, 145, 221
Ronchaud (L. de), poëte, 187
Rose (l'abbé), 226
Roset (le P.), 119

Rosières, anc. famille, 120, 259
Rosières (le marquis de), 245
Rosset, sculpteur, 221
Rosy (Mgr de), voy. Franchet de Rans.
Rotalier (Ch. de), 234, 297
Rottenhamer, peintre, 246
Rougemont, anc. famille, 106
Rouget de Lisle, 204
Rougnon, médecin, 24, 278
Rousseau (dom), bibliothéc., 233
Rousseau (J.-J.), 295, 309, 310
Rousseau (J.-B.), 189
Rousseau de l'Epine (l'abbé), 228
Roussel de Breville, 168
Roussillon, voy. Malarmé.
Roux de Rochelle, 293
Rouzot (Mme), 218
Roy, anc. négoc., 216
Royer, architecte, 162
Rude, peintre, 235
Ruty, général, 236, 280
Rye (Ferd. de), 65, 129, 133, 284

Saint-Amour, voy. Baume.
Saint-Clair-Deville, chim., 207
Saint-Germain (de), magist., 259
Saint-Juan (le baron de), 147, 190, 258, 279, 280
Saint-Juan (Alex. de), 199
Saint-Just, conventionnel, 302
Saint-Mauris (Jacq. de), 182, 183
Saint-Mauris (le marq. de), 124
Saisenay (de), 275
Sales (saint François de), 64, 272
Salvator Rosa, peintre, 245
Sauget (Jean), 114
Saulnier (dom), évêque, 89
Sauvagney (Maréchal de), 281
Scamozzi, 238
Scey, anc. famille, 106
Scheffer, voy. Ary.
Schidone, peintre, 88
Scudéry (Mlle de), 167, 168
Seguin, professeur, 236, 301
— son fils, 263
Sérent (l'abbé de), 225
Silvant (Mme), propriétaire, 188
Simon (Rich.), 217
Simon, de Troyes, 305
Sorans (de), anc. famille, 120
Sorans (le chev. de), 249, 250
Stassart (le baron de), 225
Sterque (dom), bibliothéc., 233
Suard, de l'Acad. franç., 224
Sylvestre (saint), 85

Talbert (l'abbé de), 262, 275, 300
Talbert (Cl.-Fr.), 156
Talbert de Nancray, 156, 157
Tallard (le duc de), 160, 222
Taylor (le baron), 239
Terrier, anc. famille, 273, 274
— (Jacques), 274
— (Jean), 274
Terrier de Santans (le marq. de), 225
Tesselin, dir. de la Monnaie, 294
Tharin (Mgr), évêque, 276
Théodoric, roi de Bourgogne, 106
Thiébaud de Neuchatel, 14
Thiébaud, 73
Thiébaud, chanoine, 249
Thomassin, chirurgien, 290
Thurey (Morel de), 275
Tiburce (le P.), 250
Tinseau, anc. famille, 120, 283
Tinseau (Mgr), 283
Titien, peintre, 153, 179, 243
Toubin, professeur, 231
Toulongeon (de), 253
Tourtelle, médecin, 24, 335
Trajan, empereur, 2
Tremblecourt, 18
Trémolières, présid., 282, 301
Trémont (le baron de), 296
Trincano, professeur, 173
Turenne (le maréchal de), 247

Turgot, ministre, 275

Udressier (le comte d'), 191

Vaites (Pierre de), 113
Valay (Pétremand de), 154, 155
Valay (Mme de), 156
Valimbert, anc. famille, 258
Valle, anc. famille, 272
Valois (Adr.), historien, 256
Vanloo (Carle), peintre, 70
Varin, anc. famille, 290
Varin (Thom.), 19, 124, 291
Varin (le P.),
Vasari, peintre, 243
Vatteville (Jean de), 129
Vauban, 21, 28, 33, 175, 331
Vaudemont (le prince de), 18, 128
Vaulchier (le marq. de), 83
— (le Cte Louis de), 240
Vaux (le maréchal de), 180
Veil-Picard, propriétaire, 197
Vergy (le comte de), 17
Vergy (Béatrix de), 128
Vergy (Ant. de), 145, 253
Vernet (Jos.), peintre, 143
Verny (Ch.), poëte, 266, 267
Véronèse (Paul), peintre, 143
Verres ou Voeres, 294
Vertel (le doct.), 214, 227
Vezy (P.-Jos.), constructeur, 325
Vezet, anc. famille, 281, 288
Vezet (Luc Maréchal de), 130, 186
Vezet (le comte de), 249, 281
Vieille (l'abbé), curé de la Madeleine, 336
Vieille (Ed.), architecte, 52
Vienne (de), anc. famille, 106
Vienne (Jean de), 13, 123
Vienne (Faurie de), 133
Villars, docteur, 277
Villefrancon (Mgr de), archev., 291, 292
Vincent, peintre, 244
Vinci (Léonard de), peintre, 248
Virgile, poëte, 287
Virginius Rufus, 40
Vitellius, 241
Vitruve, architecte, 238
Voirol, général, 337
Voltaire, 188, 189, 244
Vregille (de), 249
Vuillemin (le P.), 208
Vuilleret (Just), 240

Wailly, peintre, 244
Wurtemberg (le duc de),
Wyrsch, peintre, 220

Xaintonge (la mère de), 131

Young (Arthur), voyageur, 319

Zurbaran, peintre, 246

BESANÇON, IMPRIMERIE DE J. JACQUIN.

CPSIA information can be obtained
at www.ICGtesting.com
Printed in the USA
LVHW030122210323
742063LV00002B/474

9 783382 700942